U0466863

似水流年

王 巍◎著

SISHUI LIUNIAN

时代出版传媒股份有限公司
安徽文艺出版社

作者简介：

王巍，笔名七夕，安徽省作家协会会员，中国金融作家协会会员，安徽省金融作家协会副秘书长。1996 年毕业于安徽大学计算机科学与工程系，2008 年取得合肥工业大学计算机技术专业硕士学位，高级工程师、高级经济师，现供职于中国农业银行安徽省分行。

似水流年

王 巍 ◎ 著

SISHUI LIUNIAN

时代出版传媒股份有限公司
安徽文艺出版社

图书在版编目（CIP）数据

似水流年/王巍著.—合肥：安徽文艺出版社，2023.4
ISBN 978-7-5396-7630-2

Ⅰ.①似… Ⅱ.①王… Ⅲ.①散文集－中国－当代 Ⅳ.①I267

中国版本图书馆 CIP 数据核字(2022)第 239488 号

出 版 人：姚 巍
责任编辑：张妍妍　姚爱云　　　　装帧设计：徐　睿

....

出版发行：安徽文艺出版社　　www.awpub.com
地　　址：合肥市翡翠路 1118 号　　邮政编码：230071
营 销 部：(0551)63533889
印　　制：安徽联众印刷有限公司　　(0551)65661327

....

开本：880×1230　1/32　印张：9.75　字数：220 千字
版次：2023 年 4 月第 1 版
印次：2023 年 4 月第 1 次印刷
定价：49.80 元

....

(如发现印装质量问题，影响阅读，请与出版社联系调换)
版权所有，侵权必究

序

  《喜欢你,杨小姐》是中国散文史上一篇优秀的作品,一篇可以常读常新的作品。看王巍的《喜欢你,杨小姐》已经是好多年前的事了,如今再看仍然是心疼的。——一种温暖的心疼,一种快乐的心疼,好像被王巍笔下的爱把心弄得热热的、水汪汪的。他为人类文学史上写母爱贡献了一篇特别的作品。可以说,自有人类以来,母爱就是一个永恒的主题,歌颂母爱的作品也是汗牛充栋、不计其数的。写苦难,写奉献,但多是仰视的、传统的。王巍这篇《喜欢你,杨小姐》则充满了现代意识,这是相当了不起的。这是一个现代家庭成长起来的人的视角,这样的视角在我们这个似乎已融入世界的中国文学中是少见的。这样的作品看起来是视角问题,实质上是一个人的精神世界的开阔问题。我们看起来物质是现代化了,而我们多数人的精神世界里,还是三千年文化的那些传统的东西。这多数人里,当然也包括我自己,所以我特羡慕他这篇作品。别小看这一千多字,文学作品历来不是以字多字少论成就的。《醉翁亭记》三百来字,《记承天寺夜游》仅几十个字。这是一篇偶得之作,王巍可能并不觉得怎么好,他写时可能也并不觉得怎么难。但好作品往往就是偶然得之。正如他的另两篇作品《昏迷》和《手术》,都是神来之作。

王巍这个集子里的三十七篇散文皆可读,写亲情,写交游,写读书,都充满真情。文笔俊洁,又充满才华。

王巍的散文在写亲情上用力最多,也写得最好。除《喜欢你,杨小姐》外,《我们仨》《小儿女》《当你老了》等多篇写亲情之文也写得好。写得真,写得纯,写得美,也写得很文艺。在《小儿女》中,写妻子、女儿,都是人间小事,但这就是生活,人类的历史千百年来大多是平凡的事,平凡的人生,但我们看历史书都是帝王将相。王巍的细节描写能力很强,其实也不是他的细节描写能力强,而是他有一颗敏感的心,一双多情的眼。在《当你老了》文尾,他这样写道:

> 我没有让妻来送我,我让她陪在岳父身边。车站的喇叭里窜出一首歌:"当你老了,我真希望,这首歌是唱给你的。"我愣了好一会儿,回过神来,看路边杨柳,已缱绻风流。

我特别为他这最后两句感动:"看路边杨柳,已缱绻风流。"王巍的才能是随时可以"移情"的。闲情空怨,凭空而至。"移情",

当然是中国文章的传统,从古诗十九首到《诗经》、汉赋,都可奉为圭臬。移情当然是一个情到浓时的自然反射,但表现在一个文人身上,多为才华。

是的,王巍是有才华的。他读的书很多,也很杂。他喜欢《红楼梦》,喜欢古诗词,还有一点点喜欢哲学(他爸爸是哲学教授嘛)。王巍的艺术感觉是好的,文笔雅致。——我常常批评他写得太雅。是的,他是雅致的,也略有点小资情调。他仿佛有一点董桥,有一点木心,但他缺少一点汪曾祺,缺少一点孙犁。他少了点"俗",少了一点庸常生活的"痛"(他的"痛"被文字雅化了)。他看起来是喜欢烟火生活的,可是那一点"烟火"被他涂上了一层浪漫色彩,诗意起来。不过这也正是王巍的特色。人不怕特别就怕平庸,就怕写得千人一面。王巍是有自己的写作面貌的,即使诗化些、浪漫些,又何妨?我倒是希望王巍不要改变,我想祝福他,祝福他的文笔,祝福他的才华。

看王巍的书随便翻到哪一页,只看上几行就看进去了。他的文字是忧伤的,同时又藏着小小的得意和快乐。他的文字叙述的天地很小,但又很大,在他充满诗意的文字中,有看不见的哲思,有对生命与天地的困惑。他写的是小文字,但他的世界并不小。

在王巍的作品中,不管是记游还是记事,往往会劈空冒出一人来,比如《扬州月》中的扫地僧,《仙寓山》中问客从何处来的老者。一两句高蹈的对话,透出对生活的一点哲思,或者对虚无的一点妄想。其实在某些方面,这并非写实,也许是他写作时的一点小设计、一个小诡计、一个小阴谋。正如他在《四方吃事》一文中写到我家吃烩鱼羹，一次两次都没吃到，最后拎着一条鱼到我家来终于吃到了。其实鱼本来是我家的，他偏说是他带来的，这是他写作的一点小狡猾，是他叙述到此时的情感需要。文学中什么是真实？散文里什么是真实？艺术的真实才是最真实的。

王巍自己说过，写自己的文章，唱自己的歌，干自己喜欢的事。这是一条正确的路。这条路很正很长，坚持下去，才是风格。

王巍给我送来此书校样时，又在我家吃了一顿蟹黄豆腐羹。他边吃边说："嗯，这个好吃，序也给我一并写好点哈。"我今天写这篇序文时，又把这番话学给我爱人听（她当时人在厨房呢），她听完笑说："他还挺'坏'，还晓得提条件。"唉！是的，我是又贴"好话"又贴饭。这个"生意"做的！可是，谁叫我这么喜欢他，该！

是为序。

莱北

2022 年 12 月 20 日

目录 Contents

序 / 苏北 001

寄文字，怡山水

细扫落叶听雨声 / 003

旅途 / 008

你好，厦门 / 015

半生·西塘 / 021

读书 / 027

观己 / 033

喝茶 / 039

困 / 045

梨花雨细——我和金融作协公众号 / 052

我所理解的生活 / 057

桥 / 063

似水流年 / 069

仙寓山 / 075

扬州月 / 082

我们仨，全世界

我们仨 / 091

喜欢你，杨小姐 / 097

小儿女 / 104

当你老了 / 110
昏迷 / 115
冰淇淋 / 148
啤酒 / 154
聊聊石头 / 159
跳舞 / 168
思南路的冬天 / 176
听我说,我们 / 183

倚红楼,留旧影
印象安大 / 203
别了,附属学校 / 210
当年的月光 / 216
逍遥津 / 221

与友人,喝咖啡
老爸这群人 / 229
朋友 / 240
蒙特利尔的爱情 / 246
40 岁的女人 / 256
小荷 / 263
恬妞 / 269
上海女人 / 277
一杯咖啡 / 286

后记:写作的理由 / 297

寄文字，怡山水

细扫落叶听雨声

我喜欢文字。我一直在问自己一个问题,是文字选择了我,还是我选择了文字。我喜欢过很多东西,也喜欢过很多人,但仅仅是喜欢,我从没想过要去占有他们,只要他们好好地存在。但唯独自己的文字,我会攥在手心,百般呵护。我的每一篇作品,就像我的孩子,容不得别人诋毁,尽管它并不完美,甚至是一身缺点。

人生当中,你总能碰到一两个人,在经意或不经意间触动你。初中的时候,我有一个非常杰出的语文老师,他会用充满磁性的嗓音给我们朗诵:"从明天起,做一个幸福的人,喂马,劈柴,周游世界。"我一直很敬佩他,是他把我引入了文学的殿堂。但是后来他出了问题,离开了我们。从那时起,我养成了写作的习惯。

写作是不需要门槛的,但写作需要大量的知识储备。于是我大量地阅读。哲学让我有思想,文学让我有感情,历史让我有借鉴,宗教让我洞穿人生无常。书本告诉我,物质以外,还有三种东西——爱、意义和境界。我去旅游,行万里路,寄情山水。旅游让我明白,景可以生情,情也可以生景。我喜欢听歌,喜欢李健和李宗盛,好的歌手会把音乐变成一首诗;我喜欢看电影,最喜欢许秦豪,《八月照相馆》《春逝》《外出》《好雨时节》,细腻得揪人心肺。美好的东西悄然逝去,不是因为不美好,是因为它本来就会离去,遇见、失去、怀念,令人唏嘘。但也许逝去了,我们才能永远记住它的美好。

我最初只是想写我的父母,他们给我生命,然后用生命爱我,可惜我知道得有点迟。后来又写我的妻子和孩子,因为面对她们,我可以正大光明地说"我爱你"。后来,经历了几次人生的变故,我又开始写曾经拥有但又被灰尘遮蔽了的友情和爱情,有相聚,有别离,无可奈何。我喜欢用淡而又淡的情节诉说沉而又沉的情感。咖啡和茶是我的伴侣,不是说刺激大脑,而是在喝它们的时候,我开始思考人生。我的文章都有浓厚的怀旧情绪。我希望将来能够出个集子,就叫"扫叶"吧。

很多人问我:"为什么写作?"我说:"因为痛。"一个不痛的人写不出好的作品。我是一个懒散的人,平常最喜欢的事就是往床上一躺。但我又是个细腻的人,我用灵魂来触碰这个世界,而世界又还了我痛苦。每当灵感袭来,就像腹泻,写出来才感到解脱。自己苦,方知众生苦。我喜欢描写微妙的痛苦,说白了就是爱和忧伤,有爱就有忧伤。我经常把美好的东西撕碎了给人看,让它更加珍贵。

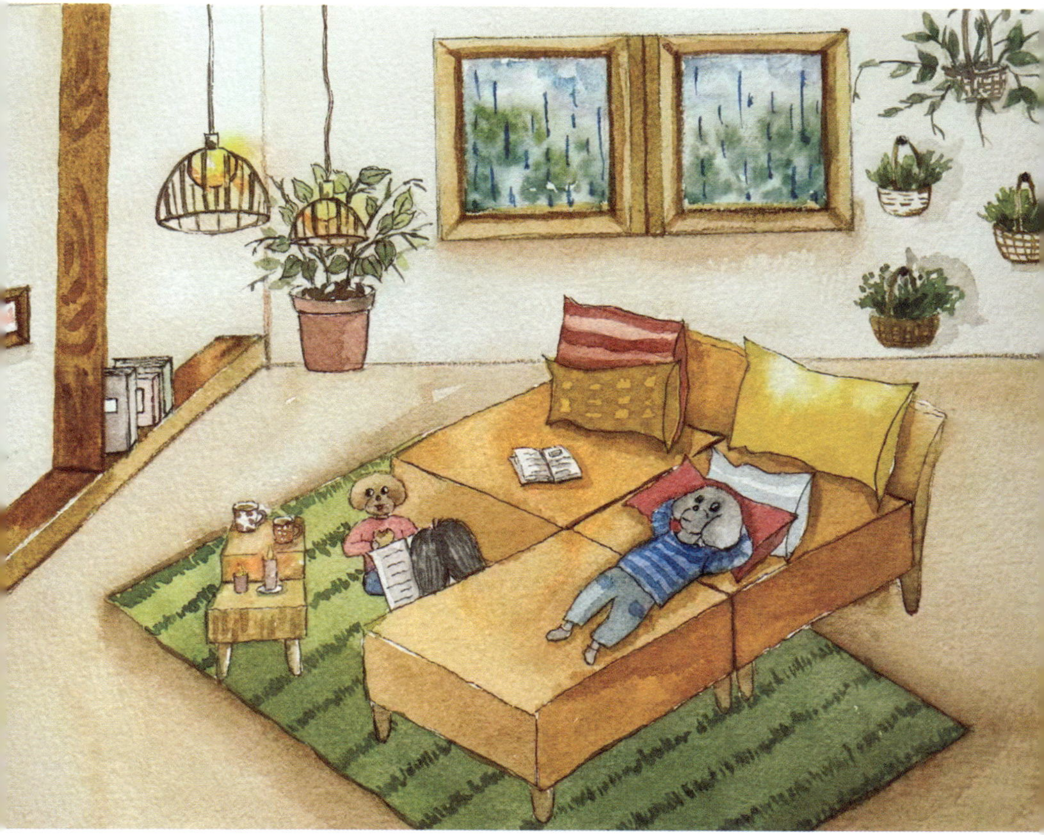

我写了很多人,我小心翼翼地把他们写出来,增加了很多情节,是为了在回忆的大锅里吃出幸福的味道。但他们只是关心故事的情节和自己的形象,总是责难我歪曲事实和真相。我很害怕,也很失落,害怕他们一辈子都不会知道,我曾经那么那么喜欢他们。多年的痛苦告诉我,很多的秘密不能说,因为一说出口,它就不复存在。有一段时间我都怀疑自己得了孤独症,周围有那么多人,我还是感到孤独,非常孤独。

我的女儿很乖巧,看着她吃饭,我就很高兴。她的作文也不错,但我舍不得让她成为作家或写手,我想让她快乐地忘掉文字。

我是一个悲观的人,敏感的人大多悲观。但乐观的人未必积极,悲观的人未必消极。只有先对人生失望透了,才能鼓起勇气挣扎出来,依靠自己的力量,拯救自己和爱的人。真正的勇气,是洞悉生命的真相后,依然热爱生活。我也是个老古董,对那些没有感情、没有意义甚至没有营养的文字非常憎恶。我同样反感不接地气的文学作品,文学的意义不在于技巧和流派,在于真诚地面对自己的内心。

朱光潜说:"我们所居的世界是最完美的,就因为它是最不完美的。"喜剧是美的,悲剧也是美的。我写悲比写喜要多,因为生活本来就是这样,不如意事十八九。我想,写作的终极目标不是还每个人以真实面貌,而是还生活以本来面貌。文字的妙处是在痛苦处寻得内心的平和。

我说得已经太多了。我能听到窗外淅沥的雨声,此刻,我安宁了。

旅途

很喜欢听朴树的歌,尤其喜欢听《旅途》,日日听:"这是个旅途,一个叫作命运的茫茫旅途。我们偶然相遇,然后离去,在这条永远不归的路……"

人生就是一场旅途,而旅途也最能体现人生。

我喜欢旅行,喜欢人在旅途的那份感觉。开始是翘盼,过程是忘我,结束是疲惫和满足。

而对我来说,几乎最美的回忆都在旅途之中。

我从小胆子较小,怕黑,恐高,好哭,坐汽车紧张,后来才知道这是一种心理障碍。我开窍也比较迟,同年级男生四年级就知道给女孩子写纸条,我到中学才知道女人美。小时候没有离开过家,直到初三时,学校组织夏令营,成就了我人生的第一次旅行。夏令营中有一个女生同行,她漂亮温婉,姐姐一样照顾我。庄严的佛像,颤巍巍的烛火,红扑扑的面庞,让我知道怀揣一个人的幸福。那时候,很陶醉,碰到一个含笑的眼神,魂魄就飞到了九霄云外。

五天的旅行结束后,我再也没有和那个女生说过话。上学时,我会骑自行车飞快地从后面超过她,不敢回头,然后躲在窗棂下看她。她的照片我保留到了现在。

这之后,我就爱上了旅行。只要在旅途中,我就很快乐。只要和家人朋友在一起游玩,啃馒头、打地铺也是芳香之旅。我有几个喜欢旅行的铁哥们,那时候以为会一辈子在一起,但他们一个一个随着岁月走散了,只是遗憾没有好好告个别。

我一直把自己包裹着,一方面怯懦,一方面不愿降低标准,结果大学毕业也没有谈上女朋友。

我是教师家庭出身,没钱,但有点文化。我一直引以为豪,直到进入社会才知道自己也是芸芸众生之一。我一共相过三次亲。第一次碰到一个长发、戴蝴蝶结的女子,她和我聊帅哥靓女,还有动漫,很快就相看两厌。第二次碰到一个精干的短发女孩,她和我聊房子和车子,不久后就断了消息。第三次本已心灰意冷,见面后女孩却和我谈旅游和文学,这次谈上了,后来她成了我的妻。

结婚的时候,妻让我带她去三亚旅游。由于工作的原因,最终没有成行。看着泪眼涟涟的妻,我异常心疼,发誓一定找机会陪她去三亚看海。后来我们有了孩子,我一有机会就带着妻和女儿一起旅行。我们去过很多地方,高山、峡谷、沙漠、大海,每到一个地方,我就把它记下来。我有些小资情结,我写的都是小街小巷、小情小调,还有被压抑的情感。我写,妻笑,只有她知道我葫芦里的药。

旅游是我最大的爱好,但我一直遗憾,没有陪父母去旅行。我父亲身体一直不好,几乎瘫痪,母亲因为照顾他也无法离开。我每次旅行回来,都会眉飞色舞地和他们说遇到的一切,我高兴,他们更快乐。有机会去海边,我就会带个海螺回来,让他们凑耳朵听,听大海的声音。

30岁那年,我生了一场病,身体迅速发胖,病好了也瘦不下来。亲戚朋友都为我操心,循循善诱,说我这人啥都好,就是胖得无法忍受。但是妻对我很宽容,所以我也不着急。但有时候胖也不完全是坏事,胖了以后,我才知道,什么人真正喜欢我,而他们喜欢我,是因为喜欢我的灵魂。也有很多尴尬的事情,有一回在霞浦的海滩看月亮,我坐在副驾驶的位置回宾馆,车从右边落入沙坑,一直到现在也说不清楚怎么回事。只是,诸多原因,我们一直没去成三亚。

冯小刚拍的《非诚勿扰》捧红了三亚。我们全家去看电影,看到鸟巢的静谧,看到亚龙湾的秀美,看到雾起时,舒淇走过那座桥。妻一直想去走那座桥。那座桥叫情人桥。

妻发现身上有一个较大的肿块,去医院看,吉凶未卜。我紧张得睡不着觉,等待是人生最痛苦的煎熬。我忽然下定决心去三亚旅行。我请了假,订了机票和旅馆。妻老是看三亚天气,怕有台风。我对妻说,下刀子也要去。

亚龙湾的海温润如玉。我们拥有一个望得见海的阳台,坐在

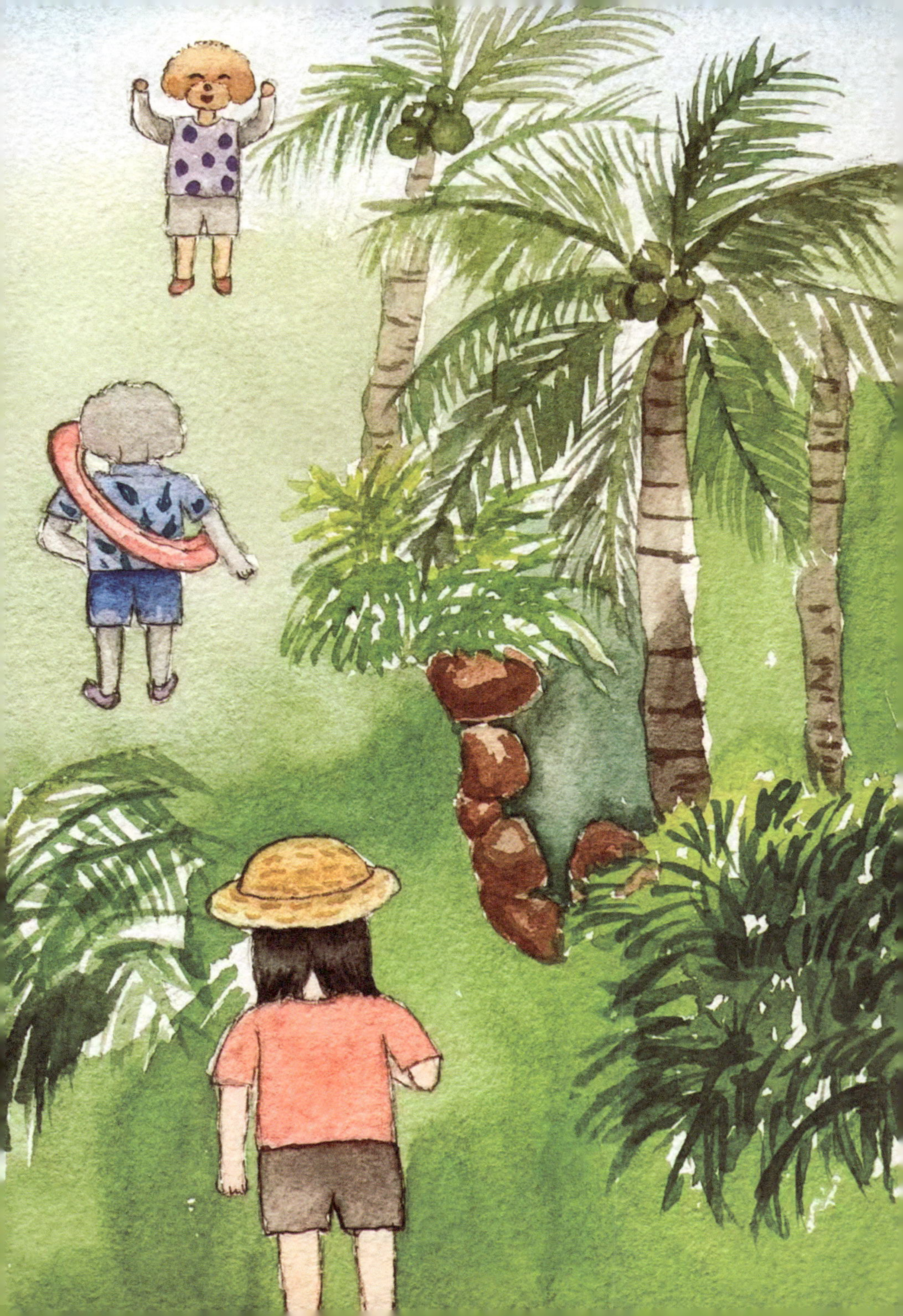

藤椅上看海由灰转绿,由绿转蓝,舒适惬意。中午在房间里吃泡面,不是省钱,是舍不得那片海。太阳西斜的时分,我们仨就拉着手冲向海浪,融化在天海之间,再也想不起自己是谁。

离开三亚的时候,妻忽然想起,忘了去走情人桥,可那时飞机已经起飞了。

世事难料,仅仅半个月,由于工作原因,我又来了三亚。妻叮嘱我,一定要替她看看那座桥。

那天吃过饭,无意间听到两个老兄在闲聊,一个问:"胖子可找到老婆了?"另一个抬头看到我,说:"瞎说什么,人家孩子都10岁了。"我尴尬地笑,忽然非常感激我的老婆,谢谢她喜欢我,谢谢她嫁给我,谢谢她给了我另一个宝贝。如果没有她,我的人生将是多么悲催。

我终于来到了那座桥。

我在努力克服自己的恐惧,尝试走过去。犹豫徘徊间,忽然看到一女子,穿着、背影都很像妻。那女子扶着吊桥,笑颜如花,回首拍照,雀跃过桥,然后渐行渐远,渐行渐远,最后消失在深深山谷。我多愁善感起来,不由得想起人生有多少喜欢的人就这样走失,就使劲地微笑,微笑。

我还是没有走过那吊桥。

旅途就像人生,有温暖,也需要一些遗憾。

没人的时候,我用尽洪荒之力唱那首歌:"我们路过高山,我们路过湖泊,我们路过森林,路过沙漠,路过人们的城堡和花园。路过幸福,我们路过痛苦,路过一个女人的温暖和眼泪,路过生命中漫无止境的寒冷和孤独……"唱得声嘶力竭,唱得泪流满面。

写给旅途中路过的有缘人,感谢你们的陪伴。人生旅途,最快乐的,莫过于和喜欢的一切在一起。

你好,厦门

第一次和苏北一起出游,很荣幸。

也终于来了传说中的厦门。憧憬的,向往的,都有了了断。厦门像个女子,干净秀气,温暖包容。所谓伊人,在水一方。

旅馆边就是浅浅的海湾,我急匆匆地想拜访它,海水却退得干净,滩涂上空无一人,一弯新月挂在灯头,没有滟滟随波的倒影,这似乎是这次旅行唯一的遗憾。

跟着导游奔波,去了很多地方。

喜欢集美的小街小巷,书卷味十足。嘉庚故居、嘉庚中学、嘉庚纪念馆,让我对陈嘉庚心存仰慕。南方就是比北方婉约,路边都是树,千层雪、龙眼、菩提、大王椰,都生得妖娆俏丽。凤凰木开出血一样艳丽的花,让苏北赞叹不已。特别是逛到嘉庚公园,阳光轻柔,情思万种,坐在解放碑下望海,汪蓝一片,比水粉还要水粉。桥就矗在那里,就如白龙探海,不远不近,不增也不减。风过来,海也活了,桥也活了。

白鹭洲公园没看到白鹭,鸽子倒是铺天盖地。苏北顽童般跪在地下爬行,摊开手心的碎饼干,乞鸽子来食,但鸽子偏偏不吃他手中食。苏北失望,说鸽子不好,挑食,又怕鸽子营养不良,观察了许久。

中山路一定要走一走。花生汤、牡蛎煎饼、烤鱿鱼、烤鸭肠,简直是在考验我的消化能力。举着串在大街上穿梭,人们似乎司空见惯,匆匆来,又匆匆去了。"去来之间,又是怎样的匆匆呢?"我一直在思考这个问题,忽又觉得太浪费时间,还是赶紧用膳。街上的旧建筑花枝招展,我七拐八弯地绕进一个书店,书店有汪曾祺、苏北的书,看一会,很惬意。

曾厝垵热闹非凡,一派市井气息。水果好吃,切一个杧果能吃一小时。馅饼便宜,最低3块钱一盒,看了馋,又不敢买。踱步到一家咖啡店,店面空无一人。店家是个女子,漫不经心地唱自己的歌。我点了一杯咖啡,认真仔细地听。一时技痒,抢了她的话筒唱了两曲。店家夸我是文艺青年,我说我已经是文艺中年了。我和她聊,她在追忆青春,我却说希望老去,因为从来没有玉树临风过。老头大概只分两种,有文化的老头和没文化的老头。店家告诉我,老头是分两种,有钱的老头和没钱的老头。回来我说给妻听,她笑了,我却哭了。

这一周的时间,人生最快乐的事情大抵都实现了。在酒店睡到自然醒,在景点逛到脚跟疼,在饭桌吃到十分饱,再点一杯茶消

TICKET
LIST
MAP

磨下午时光,和美女同事们肆无忌惮地聊天八卦,人生似乎不再有什么追求。但我突然想留些文字,一些属于心灵深处的东西,却又不知从何写起。

南宋是我见到的第一个厦门作家。文化人总有几分痴气。他领我们参观厦大,在鲁迅纪念馆,意气风发地为我们讲解,细到年谱,让我十分汗颜。而我只去看老照片,关心鲁大师收入多少,喜不喜欢吃肉,一天几包烟,还有就是许广平年轻时到底漂不漂亮。厦大最有名的是那条芙蓉隧道,一幅幅涂鸦之作让我明白,什么才是青春,什么才是爱情,什么才是生活的幽默和无奈。旁边小山上写着"情人谷",我探头探脑,老婆不在身边,最终没敢进去。我说,读书时最向往厦大,但28岁才找到老婆。南宋笑,眼神似有深意。

翌日去鼓浪屿,苏北告诉我,舒婷家就在这里,给她发消息说带我去见。我一直以为他吹牛,直到第二天舒婷回消息说请我们吃饭,确切地说是请苏北吃饭。我为这顿饭激动不已。父亲生前最喜爱舒婷,经常拿她的诗念给我听,让我知道有一种东西叫文学,有一种力量叫文字。父亲于9月份过世了,我一直没有缓过来,和人相处也总是淡淡的,特别害怕失去,所以干脆就不想得到。苏北教我,难过时,在心里种一朵花。

我见到了舒婷。舒婷女士戴着眼镜,大众脸,客气。如果非要用几个词形容,我想是敏感、机智、热情。我不知怎么就羞涩了,印象中记得舒婷和我说了三句话,但都让我受用。第一句是"吃",第二句是"多吃一点",第三句是"再多吃一点"。她不停地给我们夹菜,而我变得越发笨拙。平日最喜欢聊文学,此时却不敢卖弄,只是对着手机竖起耳朵听。陆续来了陈仲义、黄橙,都是大家,南宋也捧书过来。他们热烈地聊着。槛内槛外各有不同,但对文学的痴迷是一样的。只有服务员不是文艺青年,看不出我们这桌人的不同,打着哈欠伺候着。不过话又说回来,写字的人和普通人本没什么不同,多情一点,敏感一点,如此而已。

酒宴散去,舒婷戏问我:"小胖子吃饱没?要不再买袋方便面给你带上。"言罢自己笑了出来。我十二分恭敬地送他们走。逛完夜市再回宾馆,满是兴奋,又给妻打了半小时电话。有人对我说:"你好幸福。"仔细想想,是好幸福。

幸福的事接踵而来。苏北应邀在琥珀书店授课,作为亲友团成员,我们早早来到这个海边的书店。店不大,学术味道浓,随手翻看,手不释卷。桌上烛火暖着花茶,再配上几样细细的茶点,简约又温馨。苏北带着他的夫人还有牛仔帽,如约而至。他还是讲汪曾祺,说汪老的成就,说他的疯癫,说他的豁达,也说他曾经的窘迫。苏北穷其一生研究这个率真的老头,一言一行、一举一动,如切如磋,如琢如磨,近乎痴魔。我和苏北相识十数年,岁月如斯,如今他自己也变成了一个有酒糟味的率真的小老头。

在环岛路吃完饭,我坐在饭店门口的石阶上看海。在这幸福的时刻,忽然忆起了父亲。他要是在我的身边,多好。我对着海拍照,拍下蔚蓝的一片,然后发到父亲生前的号码,又写了一行字:"我坐在这里想你。"悄悄擦掉眼角那讨厌的泪珠,那一刹那,看到了父亲,在我心里,清晰明亮。他对我说:"我一直和你在一起。"

你好,厦门。你好,我生命中一处叫幸福的驿站。

半生·西塘

最初告诉我西塘好的人是隔壁老王。

我家隔壁姓王,他家隔壁也姓王。两家孩子一起长大,岁月蹉跎,催生了鬓边白发,所以我们互称隔壁老王。老王自幼喜欢文艺,有的是精神追求。不同于别人的玩世不恭,他一直生活得认真努力,30岁移民澳洲,时运不济,辗转一圈,又回了国,除了经历啥也没赚到,还把夫人丢了。后来他又有了爱情,却恐惧婚姻,就像在黑屋子待久了,害怕阳光。他经常戴着棒球帽,背着深蓝色的背包,捧着网上淘来的攻略,一身全黑,独自旅行。每次聚会,他对自己的事只字不提。无以言说的痛苦才是真痛苦。

老王曾对我说,西塘好。我却嗤之以鼻,古镇哪有徽州的好?老王念,无梦到西塘。我嘲他,还不是从"无梦到徽州"抄过来的。他一直要带我看看西塘,偏偏我这些年净是些七个三八个四的事情,也就耽搁了下来。

转眼人到中年。

父亲过世前曾经和我说,人的后半生不太好走,能做的只有少些遗憾。这几年越发体会深刻,明明已拼尽全力,最终却还是一次又一次地失去。

我陪母亲去上海看病,千里投奔老王。一番奔波以后,老王又约我去西塘。一切随缘,还是去吧。

从景区侧门进去,未走几步,灰瓦白墙间发现两块紧挨的招牌,一为"隔壁老王",一为"偶遇西塘"。我二人笑,竟有这般巧合。踱步河边,西塘的好处终于显露出来。人都说烟雨江南,今日遇见的应是最好的西塘。雨非常轻,滑过屋顶的细瓦,在白墙上晕染开来。岸边垂柳得了新绿,越发温柔缱绻。石板路上人不算多,三三两两,都是有情之人。连风都是懒的,暖洋洋的,吹不动须发。

沿河边的长廊一路东行,净是枯藤老树、瓦舍古桥,配上暗淡的天色,水墨味尽出。水是深绿,安静贤淑,丢片叶子下去,才知道在流动。乌篷船从桥下漂过,似乎也没有方向,径自横在戏楼边。戏台上空无一人,却依旧萦绕着吴腔。鸬鹚在水里嬉戏,吞了半尺的鱼,又吐出来。艄公卧在船头,跷着腿打盹。一切都在"悠闲"之间。

古镇我见过很多,有的只艳不媚,有的只媚不艳。西塘的美对我们这些半生之人却是恰到好处。三分颜色,七分风骨,再加上百年阅历,一番沉淀,正合国人的审美。它就是媚,就是雅,就是风流到骨子里去,就连最俗的人也要吟诵万千。

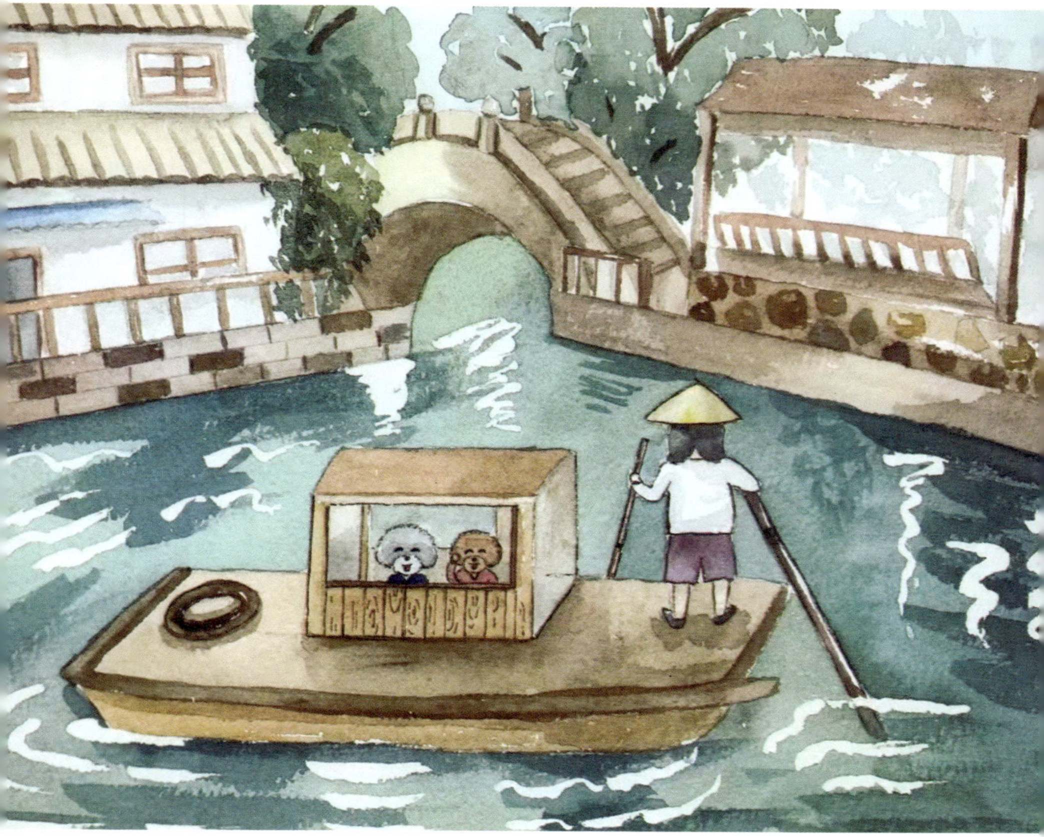

印象最深的是河西醉园。厅堂上挂着对联："一生寄情江南水,三分得意海上风。"园主戴着眼镜看书,漫不经心,问一句,答一句,生怕被俗人扰了。园内绿影婆娑,一米宽的桥,半尺宽的水,两个人的茶亭,让人想起佛经里的"一花一世界"。最深处的柜台有园主的版画,画里都是西塘,晓风残月,让人好生艳羡。

过了"送子来凤桥",东边多是酒吧、客栈,临湖而坐,精致细腻,门口总有吸引人的东西,或水车,或雕塑,或穿汉服的女子。偷偷瞄上一眼,一点烛光,一段老歌。旧巷里古朴斑驳,净是店铺,门口有万千盏红灯笼,待得夜色温柔,怕是要把人照进梦里。游客在店内随意讨价还价,倒也是一番风景。老王置了四件文化衫,而我在钻研各式门匾,"云舍""择木""枕溪""光阴且慢""波若禅""久栖""采菊东篱",每一个灵动的文字后面都有故事,都有意义。

逛到焦渴,望见路边一茶社,名曰"半生",心中一动,恍惚间联想起半生的感悟,半生的愁思,半生的疲惫,半生的颓唐,思绪万千。情不自禁推开半掩的门,寻了临窗的位置,点一壶茶、两样茶点。

有人在浅唱:"零零碎碎,点点滴滴。"

我和老王多了话语,聊时光的流逝、人生的虚无,谈物质也谈精神。

老王说,过去以为人生光有物质是不行的,现在终于承认光有精神也不行,只是希望,余生不会被物质完全打倒。

我笑。

我对他说人生的遗憾,去世的父亲,老迈的母亲,令人心疼的妻儿,失去的朋友,人间种种。

老王长叹,这世上纵是爱得深沉,与某些人却只有半生的缘分。

然后沉默,任心中汹涌。

这西塘的水呀,能载动人生的许多愁吗?

从西塘回来的第二天,老王给我发了一张照片。照片上他穿着在西塘买的文化衫,上面有一行引人入胜的文字:"春风十里。"

今夜必定梦回西塘。一池春水,烟雨里飘逸的红灯笼,还有被墨泼湿了的墙头。

读书

夫子嘴里的君子和小人,原先不是以人的品质来区分,而是受教育的程度,读书人就是君子,不读书的就是小人。后来"君子"这个词道德化了,读书的目的便成了塑立灵魂。

我父母都是知识分子,耳濡目染,我自小便爱读闲书。家里的书架上有很多外面看不到的内部油印刊物,鲁迅、郁达夫、沈从文、老舍、巴金、萧红、丁玲、孙犁,我都一一啃读。读了这么多书,成绩却也提不起来,一心就学那不留心仕途经济的"宝二爷",所幸父母也不怎么说我。

那段时光,影视还不发达,读书成了我唯一的消遣。书里什么都有,父母恩情、兄弟情深、江湖险恶、奋不顾身的爱情、国恨家仇、阴谋和背叛,但结局总是好的,总有人为了理想生存或者毁灭,总在让人绝望的世界里给出温暖和挣扎。

初中的时候,我迷上了诗。徐志摩、戴望舒的,手不释卷。也曾排队买过舒婷和席慕蓉的,但最喜欢的还是林徽因的。因为某一个阳光明媚的早晨,有一个剪着短发的青衣女子从长满鲜花的小巷穿过,在阳光下大声地朗诵:"你是一树一树的花开,是燕在梁间呢喃。你是爱,是暖,是希望,你是人间的四月天。"

上了高中,我开始反复读《红楼梦》和《围城》。这是写给文人的书,捏塑了知识分子的众生相。人生是如此的虚无,人生又是如此的嘲讽,促人警醒顿悟。但有人喜欢就有人批判,有人说曹雪芹和钱锺书都是掉书袋子,缺少烟火气,我却举起脚反对,知识分子也是人,只不过穿起了教化的衣服,而往往,越是遮盖起来的东西越是真实罢了。

大学那几年,我成天在宿舍里捧着书。我常和人说:"书要是不能读,将是怎样的落寞。我见青山多妩媚,料青山见我应如是。"寝室那几个,齐声向我呸。我仍说:"我不是刻意说我的伟大,但万事万物如果没有人的一点灵性,便失去了意义。"啪嗒一下,有人把灯拉灭了。

进入职场,我仍然保持着阅读的习惯。"书中自有黄金屋,书中自有颜如玉",我终于遇到一个女孩,她也是个文学青年,我和她谈书,她和我谈恋爱,我顺利娶到了老婆,这恐怕是我人生中最大的胜利。进入职场以后,读书的坏处也显现出来,心里也想对人好,嘴巴却说不出来,做事情总分是非,评论人爱用好坏,总比世人浅薄几分。内心沮丧,读了那么多书,竟和聪明伶俐沾不到一点边。

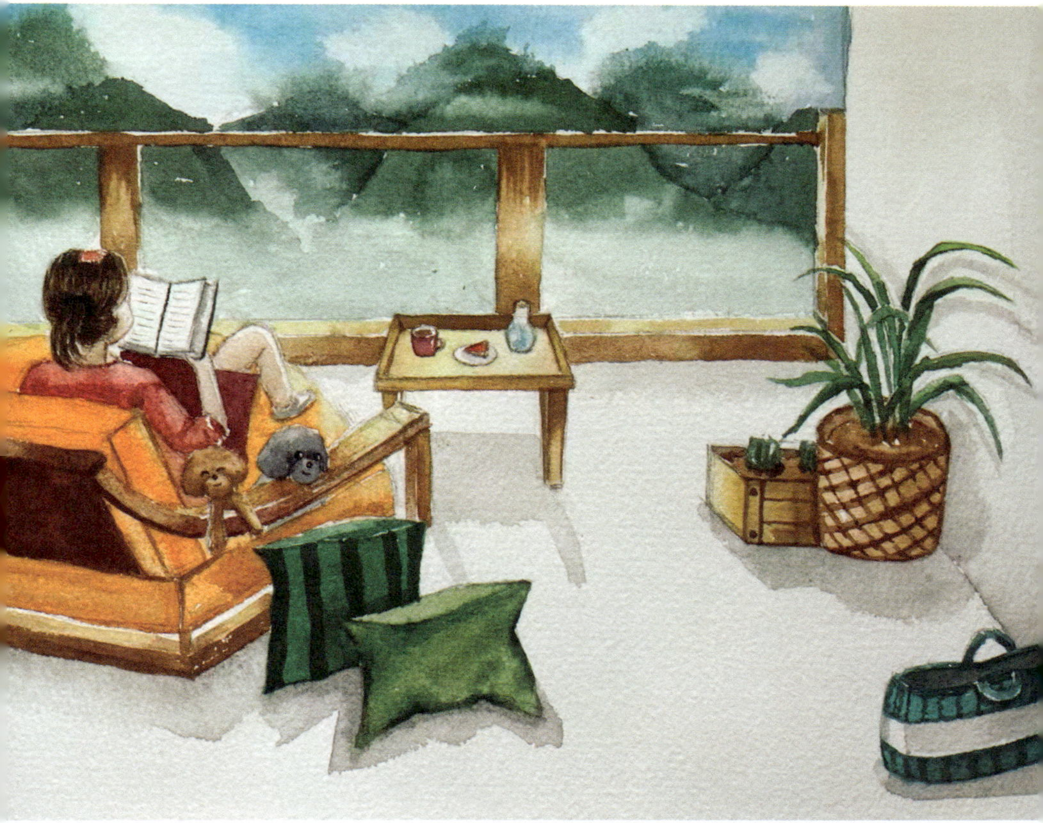

有人说我笨,我当然不喜欢,但有人说我是书呆子,便觉不再刺耳。领导和同事经常善意地提醒我,衬衫滴油了,要洗了,走路别老看书,当心撞到电线杆子,仿佛书读多了,生活就不能自理。现实和书里有很多不同,以前觉得很简单的事其实不简单,以前觉得不简单的事其实很简单。职场上只论成败,不论付出。所以,竹林七贤的狂傲都是被逼出来的。

30岁那年,我在报纸上发了第一篇文章,后来逐渐成为省内非著名作家。成年人的内心都是一地鸡毛。也有人说我是人生赢家,他们不知道作家其实大多是人生的失意者,是悲悯和疼痛成就了他们的文字。我在单位算不上特优秀,人缘却还不错。曾经有个同事经常照顾我,我把他当成知己,后来偶然听到他和别人的对话,才知道其实在他眼里,我不过是"一坨牛粪"。那天我哭得呼天抢地,终于不情愿地承认,职场里没有真正的朋友。另一个同事看见我哭,把我拉到暗处,认真告诉我,职场上最忌讳的就是流露真情。而现在,他是我在单位里唯一的朋友。从那以后,我再不会为感情奋不顾身。我越发喜欢读书,十年苦读,只为用各种理由去解释这个悲剧。

40岁的时候,终于变成了年轻时最讨厌的样子,我学会用我的憨态可掬掩盖狂放的性情。读书成为我唯一的消遣。我和父亲讨论,大智若愚,大巧若拙,知其雄,守其雌,人应该踏实本分地生活,书上说的这些是对的吗?可我觉得职场上最不能做的就是老实人,为此我吃了半辈子亏。父亲说,总有一天,我会明白世上无巧可取,一定要与人为善,认真努力地生活。

人到中年，我整天累得盔歪甲斜，全无形象而言，人生的目标似乎只是活着。我的办公桌永远一片狼藉，若有人来公干，必会说我作家范儿，不知道是表扬还是批评。我几个搞写作的朋友也大多如此，也许邋遢慵懒的环境才能促生情感的爆发，就像莲花是从淤泥里生出一样。唉，小声点，妻刚说，真不要脸。

45岁以后，读了几本佛书。我却对佛法知之不行。佛说要了无牵挂，我却事事挂碍，对于一个情感深重的人来说，这谈何容易？做事需要执着，解脱需要放下，我的心就在执着和放下间游走，不得安闲。但我终于领悟，职场里没有真正的朋友，恰恰是因为我们的自私。年轻时候的阅读，让我觉得人生皆可批判，而现在，诚觉世事皆可原谅。人生不过几个朋友几壶酒，我的愿望就是守着窗儿，有个长长的黄昏，喝热腾腾的茶，给每个牵挂的人打个电话，享受着书里说的从容。生日，妻问我想要些什么，我说想要我妈活到100岁，想我们永远在一起，还想多有几个朋友。妻说，你怎么还这么傻？然后眼角潮了。

阅读陪伴我几十年，而如今，年未半百，心态龙钟，书越读越冷，就像人生，越走越孤独。天气转凉，我站在冬的入口，却在遥想春天。我无数次去探访那条开满鲜花的小巷，就像偶然间哼起一首老歌，尽管风早已把它吹旧。每个男人心里都有个女孩，细想来跟爱情无关，恰似一本书，给了我们最初的美好和温柔，让你有勇气怀揣着她毅然前行。

人哪，读书不过是读自己。

观己

我喜欢在人海中看人。

街头有各种场景。相见恨晚,如胶似漆,离人话别,情侣分飞,都是活生生的,比电影还要精彩。我经常猜想,这些人来自何方?去往何处?所见何人?又所怀何想?他们的脸上是溢满幸福还是挂满伤感?他们的心里是死水微澜还是汹涌澎湃?他们有没有看我?最重要的是,他们是不是喜欢我?"我见青山多妩媚,料青山见我应如是。"这就是我年少时的梦。

有一年中考作文考到了王阳明,给了一段文字:阳明与友人同游南镇,友人指着岩中盛开的一朵花问道:"天下无心外之物,如此花树在深山中自开自落,于我心亦何相关?"答曰:"你未看此花时,此花与汝同归于寂;你既来看此花,则此花颜色一时明白起来,便知此花不在你心外。"

我花了许多功夫去研究这段话,一番渐悟后终于明白,世间所有的学问就是发明本心,而宇宙万物,不从我灵明中过,就不再有意义。

自那时起,我的兴趣从关注外界变为关注自己。

其实,我也并不了解自己。有人说我温柔敦厚,有人说我放浪形骸,哪个才是真正的自己,我也弄不明白。但我清楚地知道,温柔敦厚是为了掩饰自负,放浪形骸是为了掩饰自卑。每个人的心里都有自负和自卑,只不过口是心非把它们藏了起来,所以,我们生活得都不真实。

很多时候,唯心是一种迫不得已。现实生活,自己能掌控的太少。世上本没有神明,但唯心一点其实也没有错。只有这样,心才能强大,人才能强大。

年轻时以为自己俊朗,喜欢照镜子。后来进入社会,眼里都是外面的世界。一瞬间年过40,偶尔拿起妻的妆镜照,妻笑说:"我这镜子小,照了脸照不到肚子。"然后拍我的啤酒肚,仿佛这样就会小了些。再后来,我变得更加邋遢,掉了两颗牙也不去补,怕疼,却推说没有时间。

一直羡慕妻的平和和豁达。她面对过很多苦难、很多不平,却从不苛求于身外。她总说,没有东西应该属于你,也没有谁应该对你好。反过来说,如果孤独或者失意,一定是自己出了问题。善良如斯,让人心痛。我却是小肚鸡肠,总是抱怨,为什么物价飞涨,不涨工资?为什么单位竞聘画了很多圈,就是圈不到我?为什么发小失了义气,整天追名逐利?为什么年迈的父亲像从手中

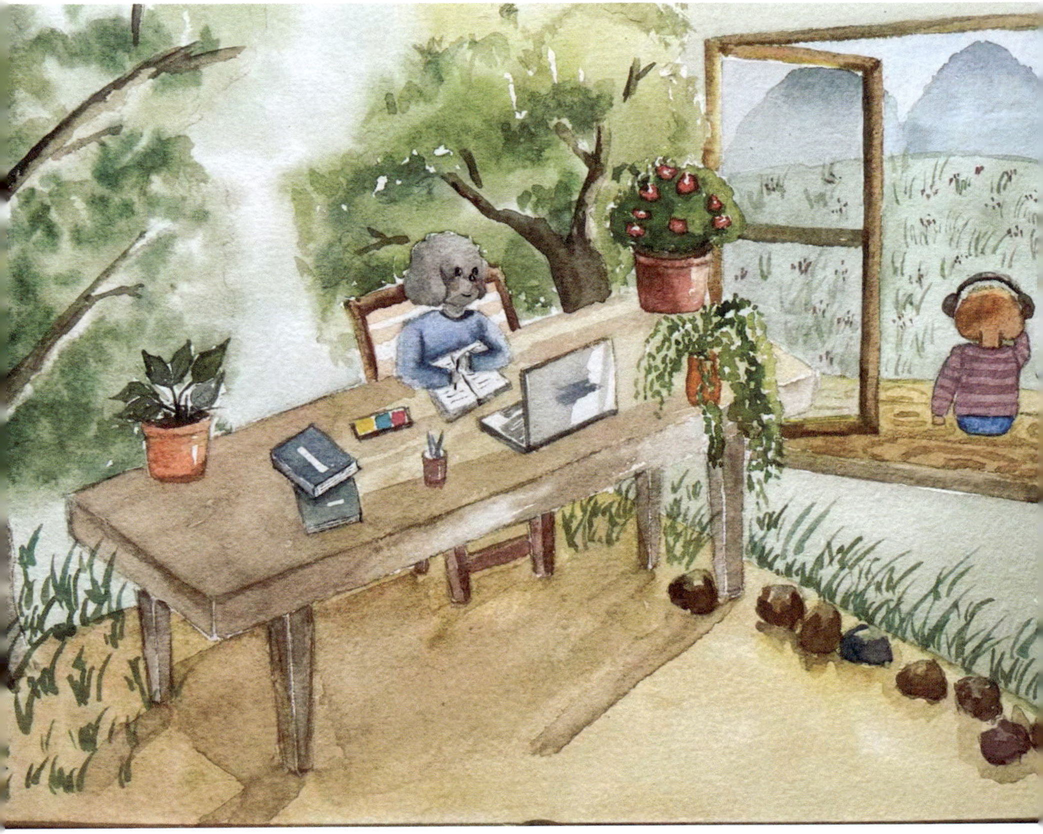

飞走的气球,再也找不回来?

我写文字,痛了才写,这一点可能与大多数人不同。

我喜欢读书,也喜欢听课,在职场中,培训于我是最好的福利。单位花了血本,聘了全国顶尖的先生授课。先生看我胖,觉得定是能开起玩笑的,课上调侃我贪财好色,肆意卖弄他的幽默风趣。

好不容易熬到回家,我对妻抱怨:"那些庸人总不能因为我胖,缺了两颗牙,就断说我钱也贪,色也好。"妻笑,说新买了个大镜子,推我到镜前照。这一照,让我莫名惊讶。镜子里那个男人,猥琐油腻,怎会是我?我心中丧气,口中却依旧不服,说我这形象怎么当色狼,也没有杀伤力呀,真正的色狼应该都是人面兽心,衣冠禽兽。妻又拍我肚子,说还不减肥。

自那以后,我再也不敢说别人丑。我渐渐明白,人生中的许多痛苦,仅仅是因为看不清自己。人若真了解自己,至少能减了一半的心理问题。

我经常坐在家中冥想。假如说,我真是个帅哥,有许多女人喜欢,朝秦暮楚,确实是快活,不过命犯桃花也是有代价的,注定没有真正的爱情,可能就遇不见妻,更别说珍惜,白头到老。或者,我得了富贵,周围围满人,锦衣玉食,花团锦簇,倒也不错,但人对我的好难辨真假,整天里开会、打牌、吃饭,打个电话都要偷偷摸摸……再或者,我出了名,受人追捧,到处给人签字,但也怕被人聚焦放大,出门要戴墨镜和帽子,鬼鬼祟祟,手机和电脑都不敢修,生活也回不到当初的安静和清明。思来想去,精神胜利,得失选择,还是当下的光景最好。许多时候,生活早已帮你做好了选择。

说实话,我的前半生过得不怎么努力,中年以后才知道认真工作,认真做人。很多人害怕付出,总说得到太少。我和他说,付出未必都有回报,何况不付出?不努力,怎么知道自己不行呢?一向执着的孔老夫子都说,"尽人事,安天命"。人间欲望,得到的毕竟是少数,若求不得,就用豁达的境界去消磨它吧。经历过沧桑,才知道反思,才知道敬畏,才知道隐忍,才知道世事无常。

不记得从何时起,生命中没有了惊喜。平庸的我,更不敢奢望许多人喜欢。我一直在失去,亲人,朋友,爱过的人,错过的事,痛彻心扉。我无一刻不在想念那些人生中的美好,那些失去的亲人和朋友,却也只能是珍惜眼前。我也时刻检讨自己,收起性情,善待一切。渐渐地,一切都缓缓消融,尘归尘,土归土。岁月给我的仅仅是内心的安顿。

青葱年代,我总和人谈梦想,如果我可以怎样,我将又是怎样。

但什么是"如果"?怎样又是"如果"?

闲适的下午,拉开窗帘,坐在藤椅上,饮一杯茶,若得一人,聊一点心事,看窗外流过的光。我想,这才是我该有的梦想吧。

人生是面镜子,而最终寻觅的,不过是纷扰世间照见的我。

喝茶

年少时,喝茶只为解渴。放学后疯玩,回家就举着茶壶一通牛饮,全无顾忌。那时偏爱喝花茶,花香满口,止渴生津,好不畅快。懂茶的人劝诫:"茶不好了,才用花去熏香。"那时的我却是少年心性,觉得好,便是好,痛饮花茶好些年。

20岁以后,爱上了绿茶。茶好不好,靠品。茶形好坏,汤色是否纯净,入口是否受用,回甘又如何,都需要用心感受,如人饮水,冷暖自知。我开始随父亲四处游历,每到一处,必先去访当地的茶水。茶这玩意很奇怪,就像人的面孔,没有二般一致的。安徽是茶乡,但南北西东,茶的味道、工艺大相径庭。六安瓜片无芽无梗,求壮不求嫩,喝起来浓而不苦,香而不涩,我一直就想不明白,《红楼梦》里的贾母为什么偏不爱喝。黄山毛峰形似雀舌,汤色微黄,滋味甘醇,香气如兰,可惜上品很难买到,我每年只能托人买很少一点尝个鲜,还给它起个别名叫"袭人"。猴坑的太平猴魁更是稀罕物,记忆中扁平挺直、温润如玉,喝起来醇厚爽口,回甘绵长,是茶之君子,可如今只剩下个念想了。舒城小兰花,名气不如上述三种,品起来却似小家碧玉般舒爽,细卷如弯钩,嫩绿明净,冲泡后如兰花开放,耐喝,三泡正是极品。其他二三线的茶更不胜枚举,价格卖得也更加真切。

好茶必须配好水,就像好马配好鞍。泡茶,泉水为上,井水次之,纯净水第三。早就听说过几大名泉。龙井香片配上虎跑水,是传说中的绝配。龙井茶我尝过,虎跑泉水却难弄,遗憾错过了这人生至味。庐山谷帘水泡上云雾茶也应是极好的,不过也只是听说。惠山石泉沏出的太湖翠竹我倒是尝过,那个茶馆放了一下午《二泉映月》,却不知道茶是否正宗。印象最深的还是济南趵突泉,三五亲友在泉边的茶馆坐了一下午,随便点的日照绿茶清香扑鼻,再上几道细细的茶点,聊一会李清照的生平,人生曼妙。古人对茶水的追求是无止境的,妙玉用隔年的雨水和前年梅花扫下的雪水冲茶,想想就飘然若仙。我也曾埋过雪水,后半年挖出来,早已腐了,被同伴奚落一番。现在有了条件,用"农夫山泉"或"百岁山"煮茶,味道果然美上许多。

再说茶具。我出生在教师家庭,年少时家里拮据,但茶器倒还讲究,用的是宜兴的紫砂。泡茶最好的就是紫砂,茶水和紫砂厮混,便有不一样的口感,而且隔夜不馊。瓷具次之,画工师在杯壶上勾勒一番,喝茶便生出许多美感。玻璃杯也不错,能看到一汪碧绿和舒展如花的茶形。至于玉器和金银器,应是富贵人家所

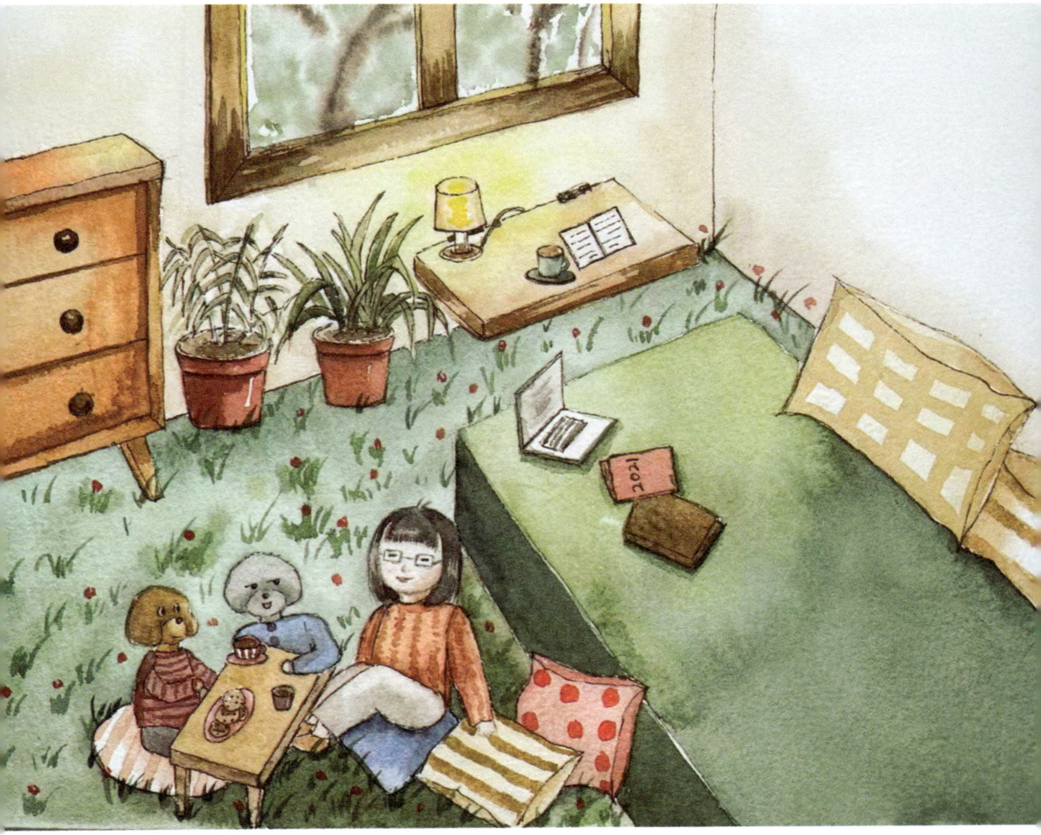
2021

有,我就无福消受了。

　　茶固然好,却不如心情好。喝茶最讲究的是环境和心境。年轻时喜欢泡茶馆。茶馆大多数都建在山之角、水之旁,装饰也雅致。那时经常与亲朋好友聚上一聚,点一壶茶,诉说人心。我甚至萌生过开茶馆的念头,以为这样便隐居江湖了。直到某日,在古书中读到"大隐隐于市",才幡然醒悟:世间烦扰,人若没有定力,即使身在乡野,亦不得静。而市井间有一杯茶,生活便清丽起来。

　　30岁以后,喝茶变成了一种姿态。说高深一点是禅茶一体,说通俗一点是待客之礼。喝茶更加注重文化和仪式感。有茶的地方就有江湖,这些年行走江湖,靠的就是茶;有茶的地方就有文化,文人雅客,修道之人通过喝茶来捕捉禅意。我人生最初的疑问是:茶作为最好的饮品,为什么是苦的?没想到这最初的疑问引申出了最深的学问。人是要吃点苦的。苦过,痛过,然后会心一笑,人生才没有白过。茶是一种历练,茶也是一种回归,真正有智慧的人都在过茶一样的生活。不过"茶"上升到"道"的高度,便会生出很多意义。曾几何时,我请一个女生喝茶,她却漫道:"茶和水说,遇见真好。"

　　子曰:己所不欲,勿施于人。因为爱茶,才喜欢送人茶。每逢春茶一出,我便买来寄给那些散落在异地他乡的朋友。这是最雅致的礼物,是南国的红豆,是思念。我离不开故乡,有很大原因是离不开故乡的茶。有人说他乡也有好茶,他乡也可以喝故乡茶。可是他们不明白,故乡的茶是要故乡来做配画的。"寻常一样窗前月,才有梅花便不同""碧云引风吹不断,白花浮光凝碗面""谁念西风独自凉?萧萧黄叶闭疏窗",那就是我家的庭院。我开始得意满满,刻意风雅,现在想来,这也是一种执着。

40岁的时候,偶然与一僧评说茶好茶坏。那僧说:"众生平等,如何连茶也要分个高下?"我忽然开悟,喝茶的种种讲究其实不必放在心上,能给人带来快乐的茶才是好茶。这世间,有人借着茶道装腔作势,有人几片树叶喝出绝世风骨。喝好茶未必长命百岁,喝粗茶也可保得一生平安。烦恼时不知茶味,清明时始觉茶香。心是什么样,茶便是什么样。不妨学学王阳明,以心带茶,而不是以茶带心。真正的好茶直指人心,恰如"满船空载月明归"。

如今,我只剩下两大爱好:喝一杯茶,写一会文章。文章的最高境界应该如清水泡茶,而人生能悟到的,不过是个"安"字。茶不会思考,想多的是人。它原本就是解渴的俗物,还有,一缕温香。文字呢?是否也只是简单地记录生活?我就是我,既无豪侠之气,亦非方外之人。我仅仅就是喜欢喝茶。

茶到好处,仰天一笑。

困

我喜欢出游。

对于一个敏感的人来说,出游仿佛是爬梯过墙,逃脱了现实狗血。

有一群人,在一起就快乐,我把他们叫作朋友。有时候我想,若没有他们,人生该是多么的乏味。

我和赵电梯、唐副官、袁教头已相识多年,后来又结识了陶散人。我们都是小人物,生而平凡,但小人物有小人物的快乐。我们经常在一起厮混,浮游天地,谈古论今,一壶浊酒,几度夕阳。提到酒,有些惭愧,我本是滴酒不沾的好男儿,在他们几个的怂恿下,如今也举起了啤酒杯。古人说,李白斗酒诗百篇,可我一杯下肚,只会到处找马桶或床铺,再写不了文章。

听说陶散人新学了测字,我在月下向他讨教。他让我随口说一句,我望着院里绿影婆娑,脱口而出:"满庭芬芳。"陶散人眉头一皱,说不好,草木在庭院里,不就是一个"困"字?

我忽然对他有些崇拜。这几年确是不顺,总觉得束手束脚。亲人离世,仕途艰辛,人情淡薄,怎么都畅快不起来,不由得拍了大腿,把往昔那争强好胜的心折了一半。我问,可破否?陶散人用树枝在沙地上画了个"安"字。我明白,天地这么大,却只有灵魂可以是自由的,如果连心都是束缚的,那人生才真是困苦的。

今年春假长,我们几家计划出游,开始是为了陪孩子玩,策划来策划去,变成了孩子陪我们玩,再后来,把家眷、老人也加了进来,二十多口,包车,浩浩荡荡。

还未出城,路已经堵成停车场。

我们困在车上,进退两难。

车跌跌撞撞前行,一上午开了 34 公里,真恨不得插双翅膀。所幸车里都是自己人,有吃有喝,有说有笑。袁教头追着家中二宝车头车尾喂水果,天地那么大,恐怕只有夫人和孩子能降住他。陶散人的幼子唱了首《梨花又开放》,童声一出,连破音都这么委婉。赵电梯添了个笑话,唐副官又打了会呼噜,半日就这么过去了。

路边有一饭庄,酒旗招展。

菜还未上就喝上了。唐副官来了精神,说反正也是堵,前面也是雨,急啥,不如喝酒。

方才头一顿,带来的酒便消耗了一半。酒这东西,对身体没甚好处,对心理却大有裨益,要不怎么解释,唐副官比我快乐?

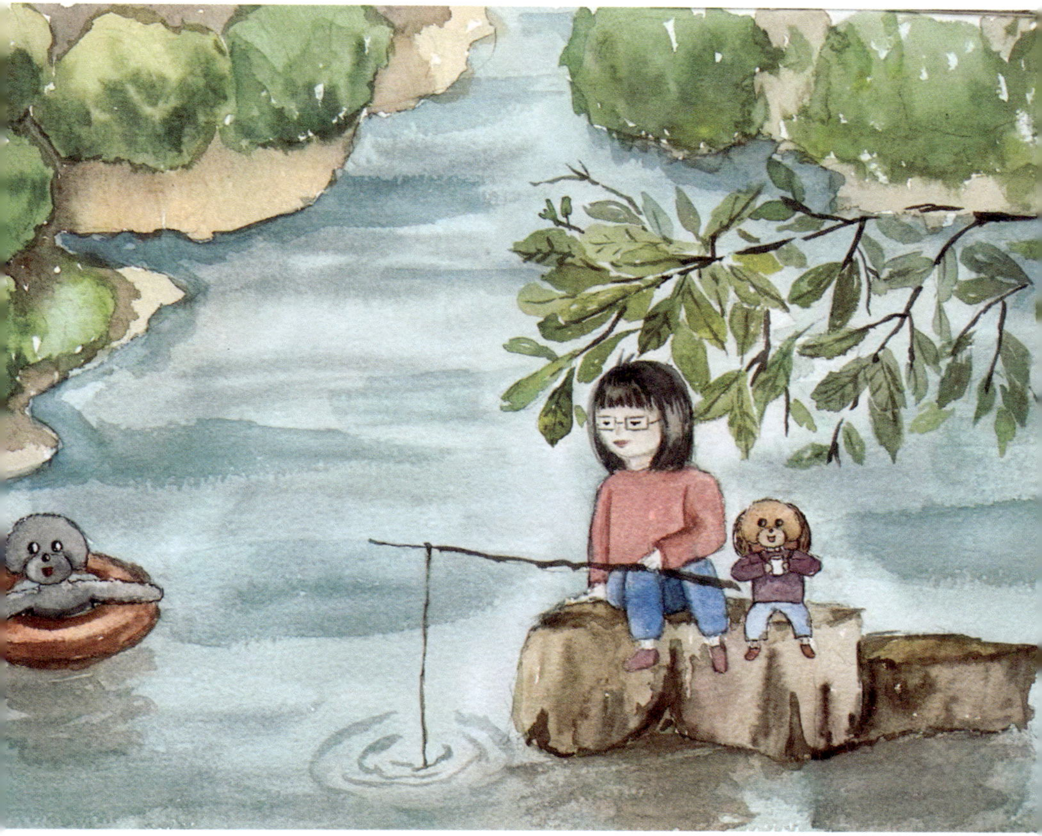

院里有池子,供人钓虾。虾趴在池边,张牙舞爪地逃,青蛙肉都不吃。

连虾都是困着的,世间万物,哪来的自在?

再上车时,似乎没有原先那么浮躁。窗外景致逐渐好起来,墨绿色的山在天之一隅跳动,仿佛体检时的心电图。微黄的溪流在路边逶迤缠绵,像是新雨后山的眼泪。山水间有鹞鹰风筝般翱翔,时而俯冲到车的顶部,我们不怕它,它也不怕我们。车旁,把花草吹低的,那定是落山风了。我的心也逐渐清爽起来。

下午5点半,终于到了那个梦想的小乡村。

这里峰峦如聚,溪声潺潺,有参天古檀,有爱晚之亭,怎么看都是个好去处。

吃罢晚饭,屋外已伸手不见五指。院里遥远的那点残灯,照不清四周沟壑。夜色汹涌,似乎又把我们困了起来。

我们却有了兴致,打着电筒在院中行走。树影婆娑,闭上双眼都能感受到春的气息。又过一会,适应了黑暗,满天繁星落了下来。女儿只认出北斗七星,拿出手机放大又放大了拍。夜色如水,我把音箱挂在香樟枝头,袁教头从包里掏出家里做好的咸水豆、花生米,唐副官拖来喝剩的啤酒,一群人又开怀畅饮起来。赵电梯拿出年轻时哄小娘子的绝招,放起了从镇上偷买的烟火。烟火呼啸着在宁静的天空炸开,漫天花雨,老人、孩子仰着头看,有人唱歌,有人微笑,他们才是最绚烂的那朵花。我坐在赵电梯旁边,说没想到困在这个小山村里,却也可以是这么快活。赵电梯狠抽一口烟,说:"人生哪有什么真正的快活,不过是苦中作乐罢了。"那夜我们喝了很多,喝醉了就放浪形骸,也不记得怎么爬上床的。

什么是自在?喝了酒才是自在。

第二日,本想去马鬃岭爬山,离景区还有5公里,山路已经堵得水泄不通。司机不停坡起,骂骂咧咧,心疼那飞驰而去的油。哥儿几个眼光一对,当机立断,掉头下山。夫人们不情愿,说:"你们出来不是为了看山水的,就是想换个地方喝酒。"我只好挺起肚子装有文化,在车上讲那王子猷乘兴而来、兴尽而归的故事,连我自己都觉得无耻。那一日,要不是夫人护我,我早已体无完肤。

山爬不成,又想去戏水。

绕过鲜花岭,就是响洪甸水库。这里碧波万顷,让人无限亲近。

我们包了船,上下浮沉,拖着影子奔向海市蜃楼般的岛屿。

一路清波滚滚。破了篷的船,开了足足一个小时。山水看厌了,我们都缩在舱里看人打牌。这近在眼底的岛怎么还不到?是不是又被困在船上了?

好一会,船终于泊在水湾里,马达停歇了,波澜不惊。

岛上绿竹掩映。竹林深处,藏一户人家。

这是一户茶农,还未进屋,茶香已铺天盖地袭来。

问主人讨来一杯茶,斜坐在阳光沐浴的竹楼里,几杯下肚,岁月静好,再不管人生百态,疲惫辛酸。

一番徜徉过后,始觉有什么不对劲,仔细一想,那泊在湾里的船没了。

我又开始思念那条船,望眼欲穿。

陶散人却指了指一缕斜阳,又给我续一杯茶,滴水不漏。

我忽然悟了,如释重负。

人生哪里不是困?不如听天随缘,共饮一杯茶。平日里蝇营狗苟,心心念念总是如何逃离,却不知道好好面对人生中这些逃无可逃的困苦。

袁教头的二宝在岸边磕磕绊绊地跑,有些焦躁,老是问什么时候能回家。

我对他说:"最亲的人都在这,最牵挂的人都在这,这里才是家,何必急着回到那个住的地方?"他不懂,我懂了。

我们齐刷刷地坐在高处,望向那无比绚烂的夕阳。我把心气球般放开,任它漂泊。水那边是什么?应该是另一个碧波万顷。那夕阳照了什么?照了万水千山,照了悲欢离合,照了多少像我这样的人。

我险些错过了这最美的风光。

最后一丝光亮消逝的时候,船来了。

这迟来的船呀,给了我们一个长长的、闲适的黄昏。

一叶孤舟乘着暮色游弋。

我又怀念这段蹉跎在路上的时光。

原来夜色可以这样温柔,原来茶酒可以这样温香,原来喜欢的人可以这样从容相守。

人生所有的困,不过是画地为牢。

梨花雨细
——我和金融作协公众号

"缘分"这个词很复杂,我把它理解为相遇。人和人的遇见,人和物的遇见,甚至物和物的遇见,背后总有根线牵着,是因又是果,是偶然也是必然。我和金融作协公众号自是有缘分的,细想起来,千丝万缕。我常恨我笨,写不出撑着油纸伞的邂逅,也写不出挥挥衣袖的洒脱,一切仅是慢慢,慢慢与之相识,慢慢与之相交,慢慢投身进去,慢慢有了情感。

身为金融人,自然知道金融人的可怜。忙碌,压抑,为事业过度付出,对家庭太多亏欠。八年前,我开始写作。我是个普通人,只是多了些情感上的敏感和疼痛,写作是我释放压力的一种方式。我写的都是家人,生活很艰辛,亲人才是我最坚强的后盾。金融人以追逐现实利益为目标,这种做实际工作的眼光会不自觉中流露对文学的鄙视。很多人问我是否只专注于写作,仿佛我

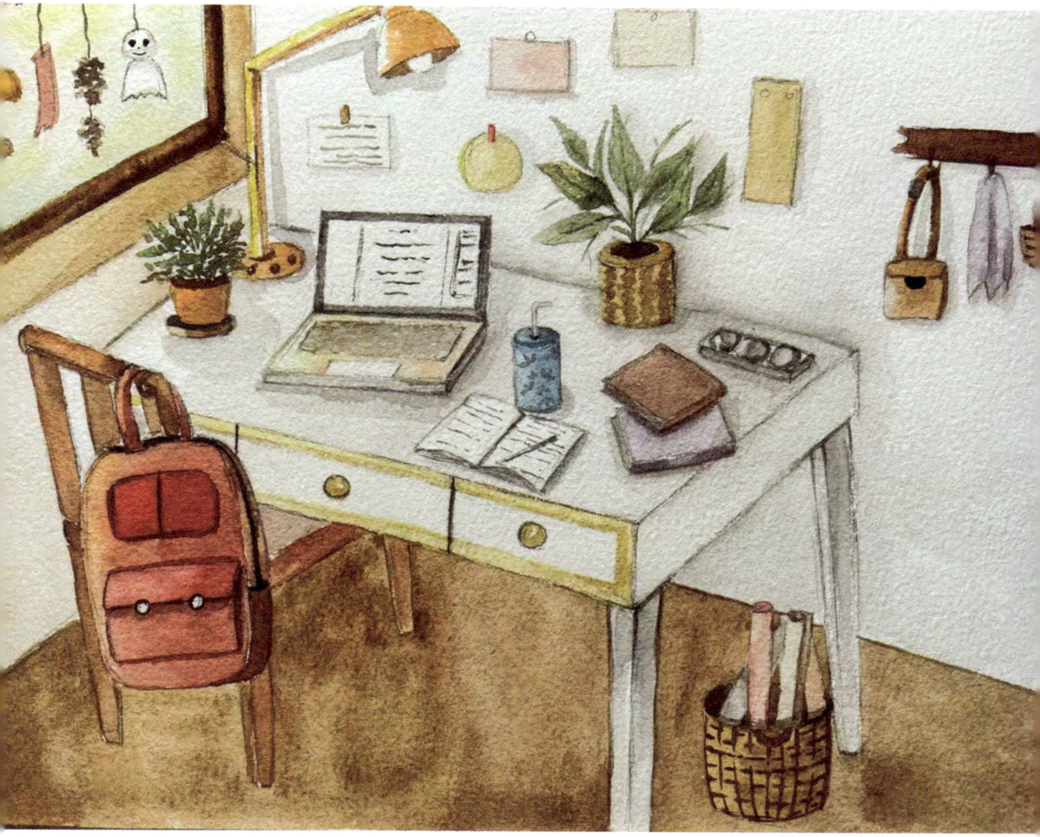

是不务正业的典型。我告诉他们,我百分之九十的精力在工作,百分之五在家庭,剩下百分之五才是读书和写些文字。人生总是这样,有心栽花花不开,无心插柳柳成荫。事业上的平凡和压抑却把我逼成了生活中记录痛苦的写手。

2018年,我加入了省金融作协,加入了中国金融作协,后一年我又加入了省作协。我有了很多名分,开始进入文学这个圈子。我好像找到了组织。金融作协是一个很有意思的群体,有许多名家,还有许多非名家,他们大多是性情中人,他们的作品非常有个性,有意味,有升华。不记得何时起,在朋友的推介下,我开始关注金融作协公众号,也开始以一个普通会员的身份给公众号投稿。出乎意料的是,我受到了非常高的礼遇,这让我有些莫名惶恐。

父亲节前,公众号刊发了《桥》,母亲节的时候,刊发了《喜欢你,杨小姐》,国庆节前,刊发了《似水流年》,三八节前,刊发了《跳舞》,这些都是我的应时而作,应时而发。这是公众号给我的最珍贵的礼物,我又把它们送给我的家人。去年金融作协公众号评选最受欢迎作品,我的作品《桥》也幸运参选,这本是一乐,但身边许多认识的、不认识的人都忙着为我投票,仿佛干着天大的事。我又一次惶恐起来,我真的怕辜负他们,我这艘小船又怎么载得动这么多的关爱和希望?

公众号的各位老师,有些十分相熟,有些素昧平生。我们的关系也很简单,没有觥筹交错,没有物质往来,有的只是线上的一声问候,或者微信里一句小的赞美。奈何,君子之交淡如水,文人追求的最高境界,不也只是曲意相通吗?

你问我金融作协公众号到底怎样,这叫我如何回答?对我来说,它就是我的娘家人,怎么看都顺眼。我喜欢它,因为乐在其中。这本是圈子里的玩味,不必惊世骇俗,不必吟唱千古,小桥流水、婉转精致,就像《红楼梦》里黛玉的海棠诗社。名声有大有小,水平有高有低,但改不了的是金融作家的真实、细腻和对文字、生活无与伦比的热爱。

文学不能当饭吃,但文学能够抚慰一个人的灵魂。这些年我经历了很多事,遇见过许多人,柳絮风轻,梨花雨细,有美好,也有伤感。我本就不是大作家,我只是一个孤独的写手。我很平庸,但我发现我越来越甘于这种平庸。平庸让我更清楚地看世界,也更清楚地看自己,让我警醒,也让我敬畏。我写作只是想把自己的平庸给别人看,把自己的柔弱给别人看,把自己的伤口给别人看,把自己的无奈给别人看。感谢金融作协公众号给了我这样的一个机会。

电脑屏幕上出现了一行字,我觉得有些意味:"即便我是棵仙人掌,也需要几滴雨露的滋润。"我怎么就想起了金融作协公众号?

我将我的心事付诸你。

我所理解的生活

我恋爱的那个年代,走路的时候十指相扣便可认定是私订了终身。而现在的有些男女,即便住在一起也不一定就有爱情。那时候,老婆送我一个杯子,表示愿意一辈子在一起,而现在谁要是收到了杯具,怕是要大大的不妙。时光改变了一切,甚至包括情感,而我却把它们一一收藏。

有人说我很有佛缘,其实我没有什么宗教信仰,我无法了无牵挂,我无法普度众生。我只是喜欢那些让人解脱的哲学,试试看能否自度。经常有人问我,什么是生活。我说我不知道,我知道的只是我所理解的生活。

我所理解的生活就是真实与美好。

一直在探究生命的真实,因为只有生命是真实的,才能有美好的可能。我的前半生虽不算曲折,但也有些许的坎坷。我的父亲瘫痪了十年，却天天为我们操持，甚至准备好中午、晚上的配菜。我的母亲为了服侍父亲，十年没有离开市区一步。我有个不懂事的弟弟，沉迷游戏无法自拔。我和岳母矛盾重重，却要艰难地维系。我的孩子聪明可爱，却身体孱弱。我的工作不断努力，却平淡无奇。唯一让我欣慰的，是有一个相濡以沫而又冲淡平和的妻子。

我有很多坏毛病。

我粗心。某日，妻不在家，晚上回家的时候我才知道自己的毛衣穿反了，而且是里外反，前后反，怪不得觉得脖子有点勒。当然羡慕人家衣着光鲜，举止优雅，但我发现自己越来越不注重打扮，一是找不到合适的衣服，二是由于心灵的膨胀。

我胖。其实除了健康因素以外，没觉得胖给我带来了什么不好。和我来往的人都是真心喜欢我的人，不会因为我的外表而嫌弃我。我有点轻度的焦虑，所以喜欢吃，吃各种美食。吃让我觉得踏实，进到肚子里才是最实在的。我有一个很铁的哥们，因为劝我少吃而闹翻了，现在回想起来非常后悔，我想，我要把他请回我的生活。

我细腻。因为细腻，所以敏感，因为敏感，所以痛苦，因为痛苦，所以积淀，因为积淀，所以喷发。我觉得自己除了爱情取向之外，都更像一个女人。我很容易感动，也很容易伤感，情感的触觉是常人的数倍。我也经常一个人哭泣，一年平均为5到6次，比一些女人还要多。生命是真实的，所以有忧伤。但正是认定了这份真实，才能不断催促自己放下幻想，着手构建自己的浪漫和美好。

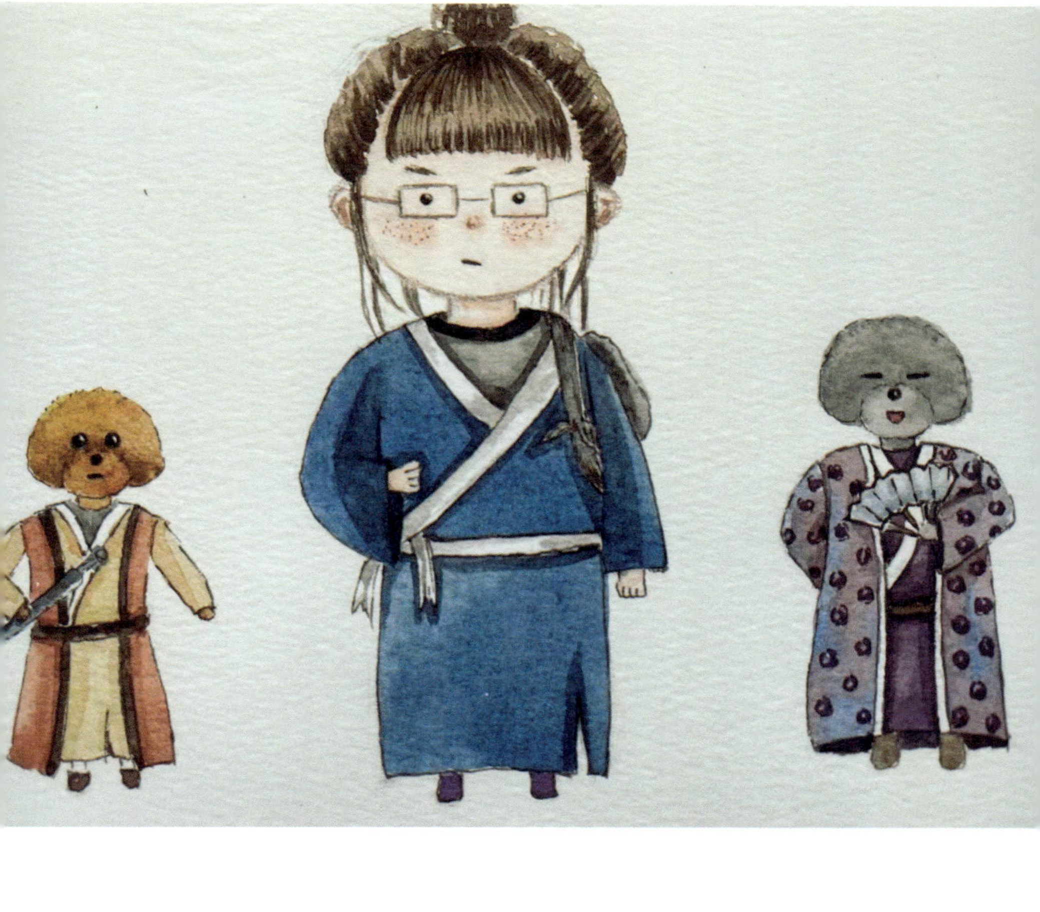

我也有优点。我不骂娘,无论什么人或者什么东西得罪了我,跟他或它的母亲没有任何关系。我悠闲地过我的日子,因为悠闲所以有闲情,闲情多了,必然多情。

我所理解的生活是做自己不讨厌的事。

做自己喜欢的事,非常不易。但我们可以折中一下,做自己不讨厌的事。我大学学的是计算机,但我对这个无情的东西非常不喜欢,一心想去工会或办公室,却困难重重。最后在技术部门从事了文字工作,不知道是自己选择了文字还是文字选择了自己。我喜欢文字,无论是公文还是私文。是文字,就有情感,就有思想,就有意义。也有烦恼的时候,很多懂文章的人和不懂文章的人经常指责我,就如武侠小说里所说的,只要有招式,就会有破绽。我想我的文字还需要锤炼,武学的最高境界是无招胜有招。

我喜欢聊天,无论是现实中还是网络上。我甚至可以边工作边聊天,直到把所有的朋友都聊跑才依依不舍地下线。聊天带来的是轻松和释放,也给我很多灵感。还有个女性网友,见了面聊得很投机,但这就是全部了。君子之交淡如水,清谈已经能够温暖人心,何必再往下走呢?

我所理解的生活就是和喜欢的一切在一起。

我非常吝惜自己本来不多的感情,亲情、爱情、友情,还有许多说不清道不明的感情。我把它们收藏起来,像珍珠一样地守着它们,从不放弃,除非它们主动离开我。现在的我比年轻时主动很多。我一直认为,缺憾是一种美,但遗憾不是。曾经喜欢一个姑娘,我在她身边坐了三年却没有勇气表白,直到现在都觉得遗憾。现在想想,如果当时有勇气去表白,最坏的结局也不过是被她男朋友暴打一顿或者被她的孩子抱着腿喊叔叔。不过,正因为有遗憾,才获得了现在的老婆。其实我一直觉得自己混得还不错,至少娶到了老婆,生下一个可爱的女儿。我对老婆的要求很高,我说,全天下的人都可以看不起我,而你不可以。我们人不离人,剑不离剑,工作以外的时间都在一起,从来没有厌烦过。女儿身体有几样毛病,却喜欢神怪武侠,经常和我切磋武功法术,喜欢背一把塑料宝剑到处乱走,我爱她胜过生命。

我有很多朋友,男的,女的,女性多过男性。这是因为我有一颗足够细腻的心去理解她们,还因为我有一个豁达的老婆。碰到可爱的女孩,我也会去上前搭讪,当然仅仅是搭讪。因此被一些道貌岸然的家伙说成是贪吃好色,甚至称我"二师兄",尽管他们心里比我贪婪一百倍。我有一个心得:异性之间的友谊要想长久,就要把两个人的友谊变成两家人的友谊。所以我和我的女性朋友的老公和孩子都比朋友还要好。

我还喜欢读书、看电影。因为可以看到久违了的境界和心情,让我觉得温暖,让我觉得不孤独。文人无论怎么不羁,无论怎么狂放,都有不可触及的东西,它的名字叫灵魂。

那天,我在书摊上看到韩寒的一本书——《我所理解的生活》,非常投入,所以剽窃了一些句子,但我想,重复不一定是抄袭,可能是一种心灵的契合。

桥

父亲一生爱三样。一是好为人师,那是他的工作。二是邓丽君,那是母亲一辈子的情敌。三便是观"桥","桥梁"的"桥"。他说,有了桥,路就通了,人心也就通了。

很小父亲就给我讲经。我一直就不喜欢读经,因为过于晦涩理性。父亲给我讲了一个故事:"佛陀的弟子阿难出家前,在道上见一女子,从此爱慕难舍。佛祖问他:你有多喜欢那个女子?阿难回答:我愿化作石桥,受五百年风吹,五百年日晒,五百年雨打,但求她从桥上走过。"那时我正值青春,满脑子只是爱情,就自诩浪漫地记住了这个故事,急慌慌地引用下来写情诗。父亲苦笑,世间又怎会有五百年的爱情?

父亲喜欢带我去看各种桥。小学三年级,他就带我徒步南京长江大桥,一路给我描述,当初用了多少钢筋、多少水泥,抵得上多少撞击，兴奋不已，我却无心听讲，脱下鞋看脚被磨出的泡。后来，他带我去烟花三月的扬州，看"二十四桥"，告诉我这是风月的象征，多少文人曾在这里缠绵。他又带我去西湖，在断桥边买一把伞，划一会儿船，对我说将来总会有一个女子在桥上出现。但他最喜欢的还是乡野间长满青苔的石拱桥，接着水里的倒影，恰似一轮满月。有一回我们在石桥上遇到暴雨，淋了个透潮。我说这桥要是有个屋顶，做成亭阁，可以喝茶观雨，该有多惬意。父亲说，真的有这种桥，它的名字叫廊桥。

  我也和父亲一样，迷上了文字。父亲喜欢写"大"，其远不知几万里；我却喜欢写"小"，其情尽在方寸中。父亲总指责我格局不高，我也心悦诚服。我遇人遇事始终纠结，够不上平阔高远，我喜欢的只是微风细雨，只是百转千回。

  再接着我上了班，结了婚，生了孩子。人生处处都是烦恼，不知不觉光阴熬成了黄金。等到我想要带父亲旅游的时候，父亲已经无法行走了。我不知道用什么方式去爱他，只能陪他聊聊天。我和他说我去过的那些地方，山川河流，荒村古桥。他听得津津有味，说下辈子做个桥吧，总有一天，你会从我的身上走过。

  父亲离世后，我一直很孤独。有时候想法很极端，觉得满世界无人爱我，人生中真正对我好的似乎只有父母，勉强带上妻儿。我挽着母亲的手护她过马路，母亲含着泪说我长大了。可我一点不想长大，如果可以选择，我宁愿做一个懵懂的小孩，一辈子躲在屋檐下，一辈子牵父母的衣角，一辈子没有出息。

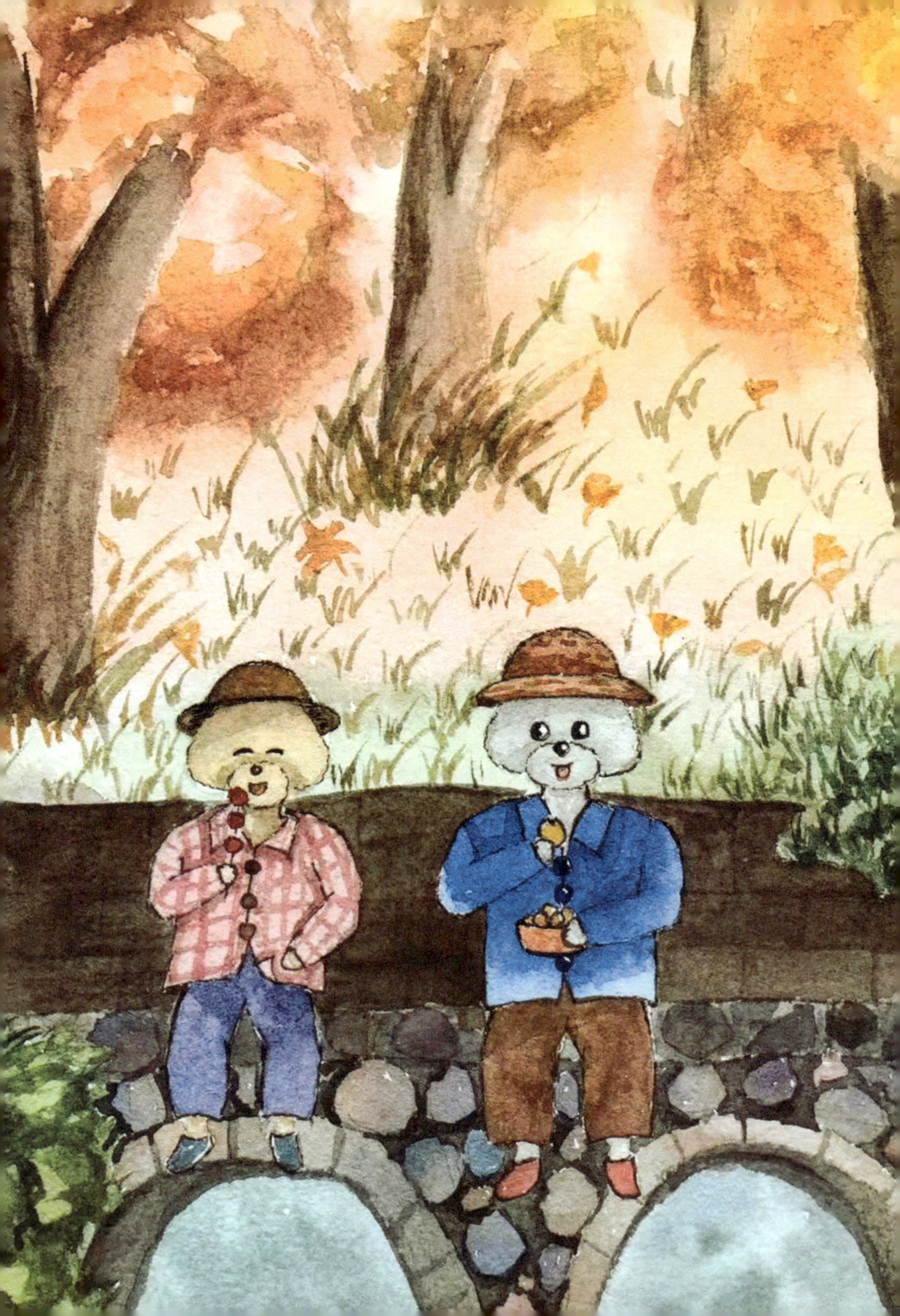

我经常出游,想让自己快乐一些。看山,看水,看桥,看人,遇到游人中有父亲的,我就很羡慕。

此地叫仙寓山,听名字就觉得好,神仙也住得。路窄,颠簸,会车也困难,却也有着更深的野趣。村口栏杆阻路,到了卖门票的地方,掏了会员证免费进了村,心中有些扬扬得意。不过吃人家的嘴软,多少要留下点笔墨传说一二,不可辜负了这好山好水。

眼前是一条墨绿色的溪流,栈道沿溪而上,峰回路转,柳暗花明。我走得极慢,碰到美景就多停一段。一路上听不到人声喧哗,山谷间只余溪涧的轰鸣。瀑布像是龙的眼泪,我们却从龙嘴里穿过。岩石上长满青苔,不是深绿而是嫩绿,古朴又有生机。鸟雀在巨石上跳跃,人来了也不飞走,啄啄食又看看我。口渴的人直接从溪边舀水,一饮而下,却没人说腹疼。这里似乎没有时光,世界只是一个个静止的画面。我原本是个小气的人,很少对一个地方用这么多溢美之词,但这个养在深谷的小村确颇合我的审美,一步一景,百转千回。

山道一弯,便出现一座亭阁般的廊桥。桥身刷着厚厚的桐油,乌油油的,桥头悬着"沧浪"二字。这似乎就是梦里的那座桥。桥下是溪水,绿泱泱一片。桥上挤满了人,喝茶、聊天、打牌、发呆,一任休闲。我小心翼翼地走过,几次想回头望望,却被导游催着一路向前。

不知又爬了几个坡,拐了几道弯,戏了几回水,迷茫间抬头一望,又回到了那座廊桥。心中自有一番喜悦,就像久别重逢。想起当年和父亲说,要在桥上吃一杯茶。细细翻包,却找不出茶叶。

一缺了牙的老者朝我笑,示意我坐,给我倒了一杯茶。我啜饮一口,他问我茶好否,我点点头。他接着问,茶好还是水好?我答不出。他又问,水好还是景好?景好还是心情好?我更答不出。他又笑,仿佛早就有了答案。

我问他在这住了多久,他说三年,从他查出癌症开始。听朋友说,这里的水能治病。我一声惊叹,他却笑说,人迟早是要走的,但是现在,岁月静好,还有,希望。

一刹那,我好像看到了父亲,他穿着白背心,摇着蒲扇,听着收音机里的邓丽君,举着半旧的绿瓷杯,坐在廊桥的边凳上自斟自饮,自在逍遥。我强忍着泪,想和他说些什么,但万语千言又不知从何说起。

我伫立桥边,望那东流的春水。

万能的佛呀,你不是说,人生不增也不减吗?

我想断了这念想,却又力不从心。

在从前,总是盼望有个人能思念。而如今,思念是一座小小的桥,我在这头,父亲在那头。

似水流年

1979年,我5岁,祖国30岁。家离父亲单位很近,父亲却总喜欢骑着新买的自行车上班。车笨重结实,我记得那个牌子——"永久"。最喜欢父亲下班归来,自行车龙头上挂着一网兜苹果或梨。母亲新买了缝纫机,咔嚓嚓踩着缝裤头汗衫。那年过年,我和弟弟都有了新衣,衣服非常宽大,袖口没过指尖,像戏台上青衣的水袖。中午12点,收音机里准时播刘兰芳的《岳飞传》或者单田芳的《三国演义》,心里总念着,岳爷爷的枪厉害,但恐怕敌不过关老爷七十二斤的青龙偃月刀。我在大院里终日疯玩,用纸糊的兵器和小伙伴们"对战"。每逢节假日,水泥地广场上会放露天电影,翻来覆去都是"卓别林"。那个"小丑"从来不笑,却让我们笑到肚子抽筋。半夏的光景最好,我们都爬到门口的凉床上纳凉,床下躲着青蛙和癞蛤蟆,不小心踩上会摔个大跟头。父亲一手端着茶碗,一手摇着蒲扇,和邻居吹牛:我去过北京天安门,见过毛主席。那时的日子竟是这么缓慢和幸福。

1989年,我15岁,祖国40岁。十二英寸的黑白电视机,有了《新闻联播》,有了《霍元甲》,后来有了《大风车》,有了《正大综艺》,当然也有祖国的大好河山。老师给我换了新同桌,他对我非常好,上语文课的时候偷偷把租来的武侠小说塞给我看。那时的我爱自由,以为自由就是离开家,到金庸和古龙的世界,伴一个如花女子,仗剑走江湖。那年我第一次随学校去旅行,父亲送我到车站。天还没亮,路灯照见早点摊上冒出的热气,父亲买了汤包给我,告诉我慢点吃,汁水烫嘴,又塞给我50元钱,问我会不会想家。我说我已经不是小孩子了,祖国这么大,我想去看看。那次旅行刻骨铭心,河流、山川,还有第一次暗恋的女孩,种种风情,流连忘返。踏入家门的时候,母亲眼睛红了,却不承认落泪。后来,我又有了无数次的旅行,也遇见很多人、烦琐事,才明白,家是无论旅途多美终归要回去的地方。

1999年,我25岁,祖国50岁。我已经上班三年。那时任性,整日和朋友厮混,肆意挥霍着青春。这年我第一次去北京。故宫、北海、颐和园、十三陵,熟悉的名字,新鲜的地方。我站在天安门城头,看广场上国旗飘扬,想象着祖国的无限江山,这就是父亲当年看到毛主席的地方,内心澎湃,无以言说。父亲多病,已经坐上轮椅,我向他细述着北京的一草一木,他呆呆地听,仿佛是自家的院落。他又告诉我,人生最大的悲哀是老去,不管怎样不情愿,他已经老了,只挂记着我,能有一段不离不弃的爱情,能有个家。

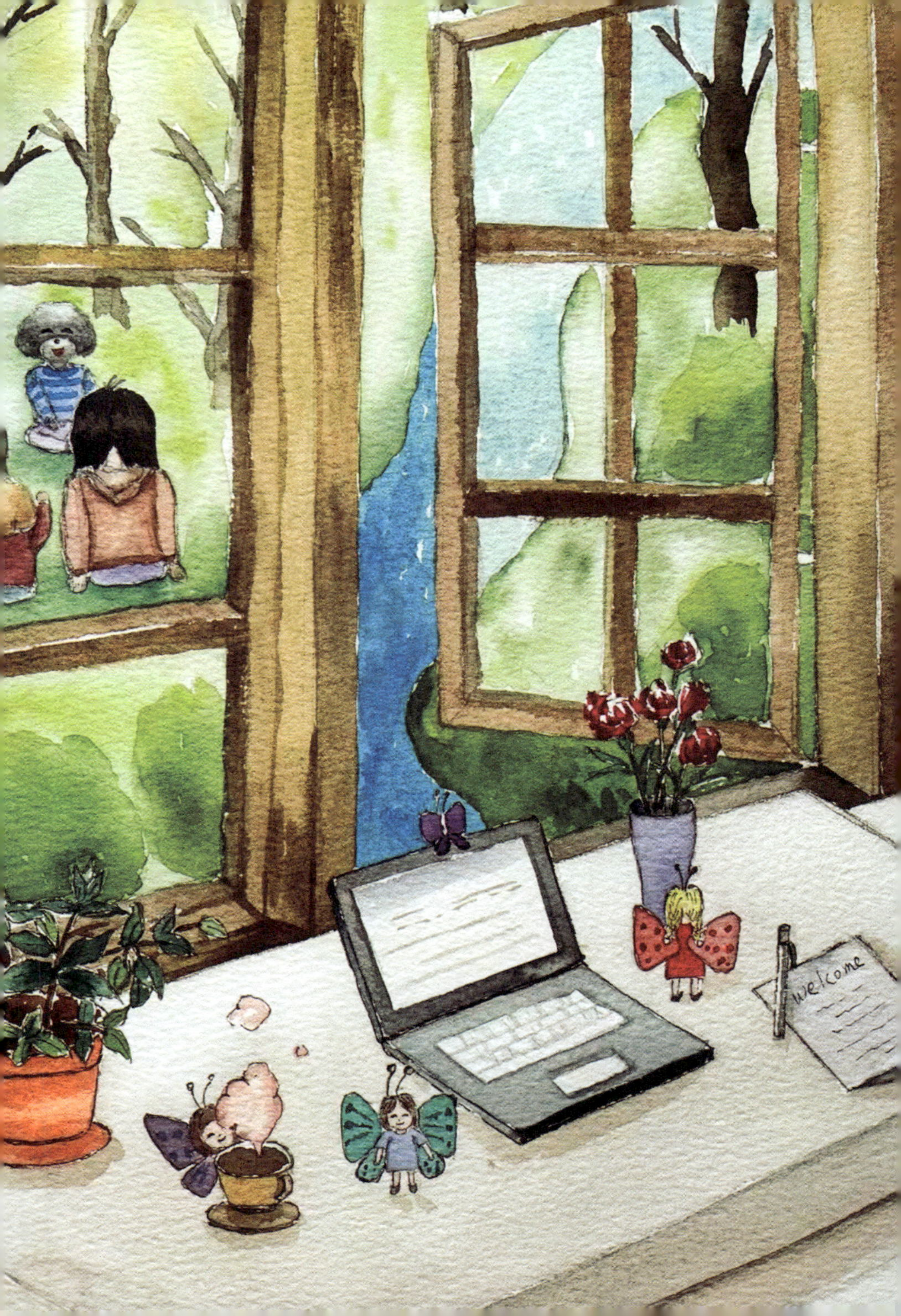
welcome

后一年,我认识了妻,她温婉、柔弱、善良,包容我像包容孩子。我离开家去接亲的时候,父亲握着我的手,颤抖着说:"我很幸福,我怕我看不到这一天,但是我看到了。"书里总说,人是慢慢成长的,可对我来言,长大只在那一瞬。

2009年,我35岁,祖国60岁。祖国依然年轻,而我却青春不再。生活像个喜剧,比喜剧还要精彩。而我恰恰就是儿时电影里的那个"小丑",演出很精彩,内心却快乐不起来。我所理解的幸福变了,仅仅是三五知己,谈笑风生。可偏偏是,知己零落,话不由衷。童年的伙伴接二连三地离开了我,为了前程,为了爱情,为了生活中似乎很重要的事纷纷离去,甚至异国他乡。我体验到了那份令人黯然神伤的"孤独"。而我只能前行,只能期待生命中搭载更多的情感。又过了几年,伙伴们却又纷纷归来,原因不必细述,我只为我的祖国自豪。分开的那段时光,我无时无刻不在想念他们,如今他们回来了,我又觉得似乎有些面目全非。我在叹息,究竟是距离改变了他们,还是时光改变了我自己。人到中年,万事缠身,偶尔也会和妻因琐事发生矛盾。垂垂老去的父亲告诉我,爱一个人,就要像爱祖国、河流、山川一样。而如今,我最爱的人呀,已经成为生命里的一部分。

2019年,我45岁,祖国70岁。两年前,我失去了父亲。流云成雨滴,我终于明白,活在一个人心里是怎样的滋味。我经常问自己,成长就是一次次地失去吗?不过也许正是这必然的流逝,让我更加珍惜当下,春花、秋月、亲人、朋友、工作和生活。一向健硕的母亲一下子苍老了,终日活在回忆中,干什么都提不起兴趣。

我想让她快乐起来,带她去看电影。那明明是一部喜剧,我们却在哭泣,捂着脸不让对方看见。我也经常带着亲人们去旅行,细细又慢慢,只盼时光也能像脚步一样轻慢起来,让我们好好体味这似水流年。中秋那晚,一轮满月。吃罢晚饭,我们挤在一起看电视,母亲忽然指着屏幕兴奋地喊:"北京,天安门,天安门!"镜头一闪而过,蓝色天空下的天安门美得夺人心魄,孩子举起右手,朝电视里的五星红旗行着少先队礼,时光一瞬间变得肃穆庄严。我已经是泪流满面,我的眼里是父亲、母亲、妻儿、朋友等所有爱的人,以及河流、山川,还有,祖国。

仙寓山

"在离这很远的地方,有一座山,孤独的人在那里唱着歌。"母亲的故事总是这么开始,也是这么结束。

我反问母亲:"什么是山?"

母亲说:"是宏大而让人崇敬的东西。"

长大以后,我去过太多的山。有名的、没名的、险峻的、连绵的,雄伟的、秀气的,我都喜欢。

我从来没想过去征服它们,相反,我对它们心存敬畏。

母亲曾经说,每一座山都住着一位神佛。我总是幻想,神佛是什么样子?是不是一缕白云,青松流水,或者幻化人形,鹤发童颜?成年后,读了书才知道,神佛并不是庙里塑的那般,他们只是人,解脱的人而已。

父亲一生从事教育。从他的学生取得的成就来看,我觉得他的人生是成功的。后来他生病,不能行走,这十几年,从门庭若市到门可罗雀。我问他:"你孤独吗?"他告诉我,人生所有的绚烂,最终都以孤独来偿还。

父亲有一本仙寓山的画册,里面画的都是白云苍狗、浮山掠水。我问:"喜它何处?"他答:"此间有禅意。"我又问:"何为禅?"答曰:"不过是让你安静。"

那时的我还有个青春的尾巴,背起背包,毫无牵绊,一头扎向画册里的地方。

这里的天很低。繁树满山,映衬于云霞下,青和白分不开来,就像毛边纸上的墨迹,你中有我,我中有你。一路探幽而去,栈道下溪水飞溅,爬满青苔的山岩,到处都是闲时的鸟雀,我拿出相机去拍,肩上却落了一只翠绿的蝴蝶。这蝶,怕有多少年没见到人了。它不动,我也不动,就这样享受这岁月静好。坐了须臾,又踱步到廊桥那边,泥土里零落两三户人家,倒像是躺在群山的摇篮中。小街头俱是烟雨打旧了的墙头,痕迹斑驳,我却恨不得它们再旧些,哪怕茅舍疏篱。村后亦是绿水缠绕,仰首看岩壁上挂的瀑布飞流,内心却越发静了。三五步外,光着腚的孩童在游泳、嬉戏,通透的鱼从人腿间穿过,逍遥无羁。立在溪边,风也自在,水也自在,旧日里那一切繁华、一切烦恼,却与我无半点关系。

这是怎样的世外桃源!除了日照,基本感觉不到时间在流逝。我不知道拿什么形容我的情感,只望着半山的云发呆,直到夕阳西下,空自感叹,多少回晚霞,又多少回断崖边。还未一盏茶的工夫,一轮明月从两峰间跳了出来。茅檐下一清瘦老者推开院门,

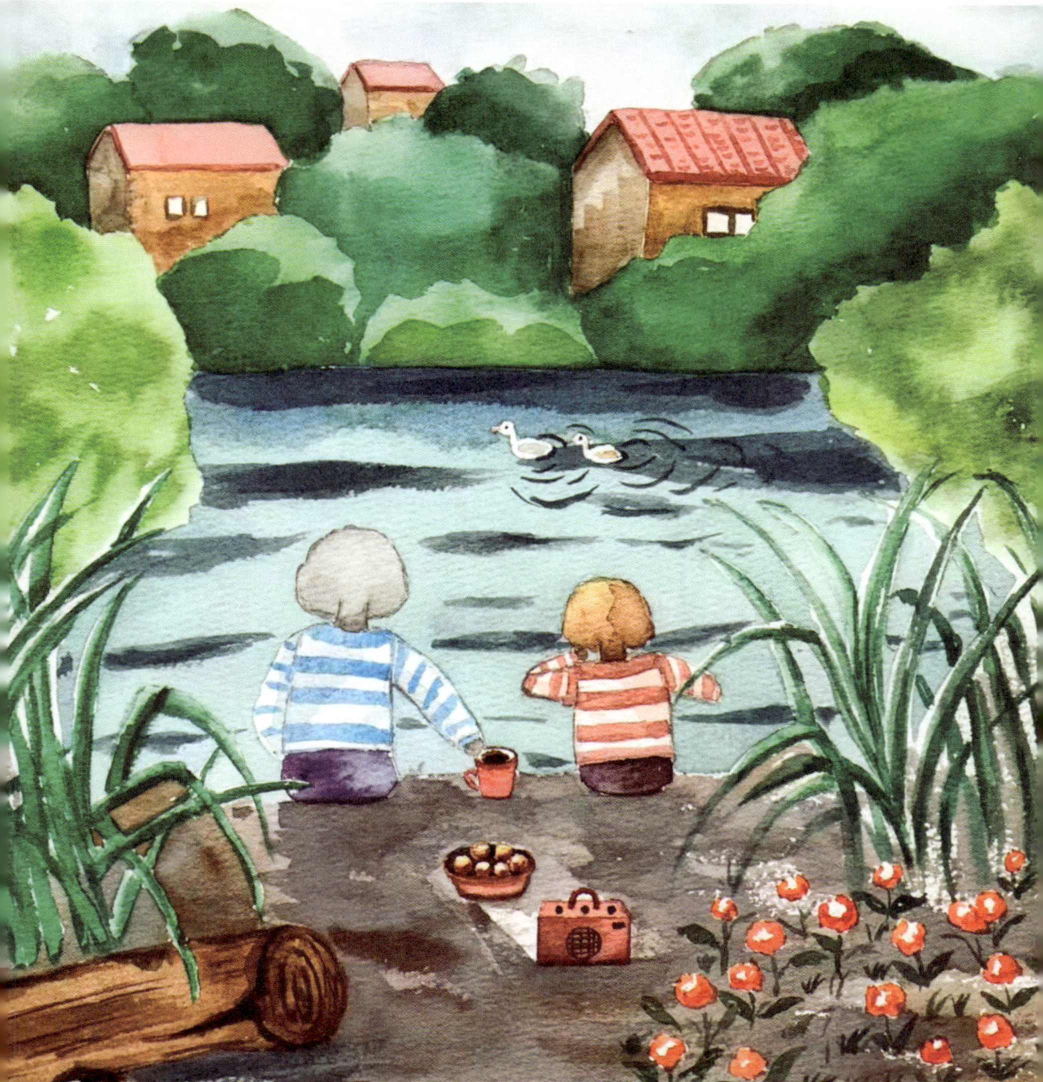

问客从何处来,又往何处去?我答,自然是来处来,去处去。呵呵一笑,便似相识很多年。

我把照片带给父亲看,父亲问,好在哪里?我说,有禅意。父亲问,何谓禅?我答,大概是喜悦吧,对众山的喜悦,对众生的喜悦。

从那时起,我有了写作的冲动。搞写作的人,大多是性情中人。是性情生烦恼,还是烦恼生性情?反正就是烦恼多,终日谈禅也无用,就像解脱不了的人才求解脱。

光阴荏苒,在我们完全没有做好准备的时候,父亲突然辞世了。那时我才知道,父母的爱比山还要宽。

我一直理解不了,有些人父母离开了,可以大吃大喝,无动于衷。难道他们真的长大了,或是参透了,悟开了?我仰天长叹,只盼神佛能够看到我的苦。

我随苏北采风,二上仙寓山。恰逢小雨,云很霸气,把山拦腰截断。雨是黏的,粘在须发间,又汇在皮肤中,像是穿在了身上。将山涧的水清波翻滚,我被雨淋得无助,只好缩在村头廊桥上躲避。偶然间看到一个穿白背心、摇着蒲扇的长者,差点认作父亲。父亲现在在哪里?会不会就住在这魂萦梦系的山中?但看涧水一路东流,就像岁月一样无法回头,涕泪皆下,思绪万千。在这个离神佛最近的地方,我却无法解脱。

记得一句诗:"我曾踏月而来,只因你在山中。"

我写了一篇不算长的文章,名字叫《桥》。

时光压着我们前行,就算悲伤也要走。但越往前走,越知道岁月的凶残。

父亲去世后,我成了母亲的精神支柱。她只要在街头看到白头翁妪携手而行,就会泪流满面。

母亲是个很自律的人,自己能解决的事,从来不麻烦别人,哪怕是自己的儿子。我能做的,仅仅是每天给她一个电话,聊聊吃些什么,可曾温暖。

母亲说,想和朋友去仙寓山避暑。

我和朋友开车送她。

从来没想过,一个不是故乡的地方,能反复去三次。人生的虚无,让我不得不相信缘分。

又入那座白云缠绕的小山村。这一路,雨水追着我们,追进车窗,追进山谷,追进云间,又追进屋门,追进纱窗,不依不饶,酣畅淋漓,仿佛要洗去所有的纤尘。

山间的云低到眉梢,被风催得飞速地奔跑,就像那些释然的忧伤。这里是旅途还是归处,我已无法分辨。

人生有太多的美好,人生也有太多的遗憾。可为什么越是美好的地方,越让人感到虚无?

母亲打着伞坐在院落里看暮色将至。我问母亲,喜欢这里吗?母亲说,喜欢,此间有禅意。我问,何为禅?母亲答,大概是放下吧。我又问,你孤独吗?母亲说,孤独是人生的常态,从现在起,我必须去适应它。

我咬着牙走了很多路,却脆弱到一句话就可以泪流满面。

一夜的时光,只睡到一半。天光放亮,我推开了屋门,却被眼前的世界惊呆了:水声潺潺中,抹了云雾的群山探出头来,仿佛一群淡施粉墨的娇俏女子,无限缱绻温柔。云起云落间,灵魂逐渐清澈起来,宛如这群山的清晨。

我和母亲作别。后视镜里母亲始终挥着手,我偷偷抹掉眼睛里讨厌的东西。

母亲似乎迷失在山水之中了。

我总在电话里问她何时归来。她说,过完这个夏天吧。

那个名字叫烟花的台风缓缓过来了。

母亲微信里写来一行字:"我这里下雨了,你那里呢?"

我猝然忆起,在离这很远的地方,有一座山,它的名字叫仙寓山,那里的小路上,开满了鲜花。

有个朋友说也要去仙寓山游历。

我对他说,如果看到我的母亲,就请你一定告诉她我的名字。

朋友问,你母亲什么样子?

我回,非常淡然,非常安详。

扬州月

唐诗宋词里,不是凉州,便是扬州。

所以,文人都有扬州情结。而我,勉强也算半个文人吧。

父亲年轻时爱读:"天下三分明月夜,二分无赖是扬州。"我不知道,他爱的是扬州,还是那一轮明月,我把它称作"扬州月"。

我很小的时候便和父亲一起赏月。人常喜春花秋月,但这世上,花是靠不住的,从南到北,自古至今,不变的唯有那一轮明月。

我喜欢美食,喜欢美女,喜欢诗和文字,喜欢一切美好的东西。在我心中,女子的代名词应该是温柔。我打小就暗自期待,能在烟雨江南逢一婉约女子。但在爱情上,我没什么可吹嘘的,正儿八经的恋情就那一次,就是遇到了我老婆。她不是扬州人,却是标准的江南女子。她是我的老师,教会了我怎么去对一个人好,怎么去迁就一个喜欢的人。

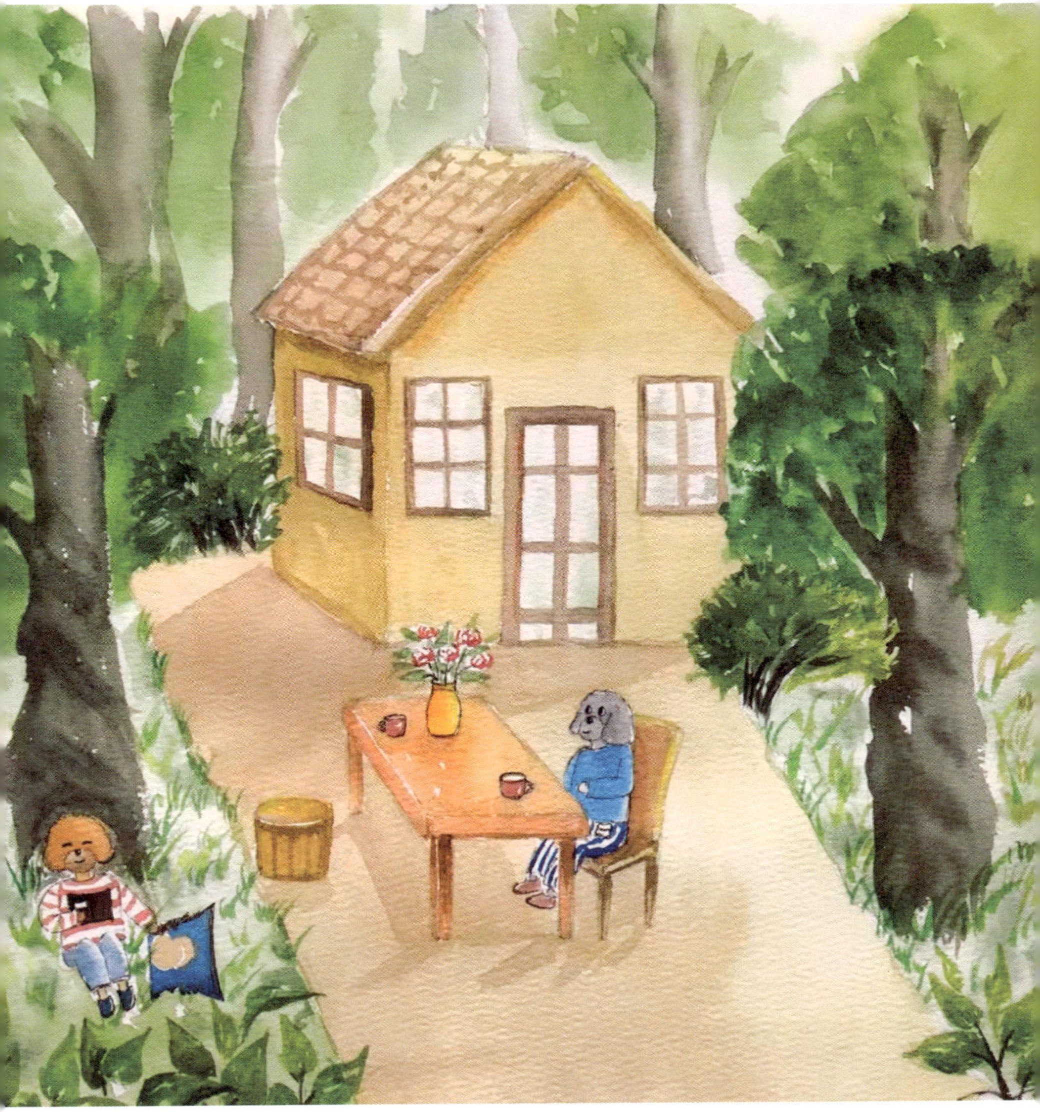

女儿 5 岁的时候,我们第一次去扬州。

扬州这个地方有些奇怪,明明在江北,却成了江南文化的名片。瘦西湖的景致足以和西湖媲美,水多,柳多,桥多,人也多。游船画舫穿梭在烟柳画桥,诗情画意扑面而来。女儿穿着才买的旗袍沿着岸边傻傻地跑,一路数着遇到多少桥,可怎么也数不到二十四个。我指着那楼阁边的白桥对她说:"二十四桥其实是一个桥。"这时,楼上有人弄箫,也有人抚筝,令人心里浮现无边的风月。

爱美之心,人皆有之。每当见到明眸皓齿的扬州姑娘时,妻便和我一起评头论足。但最让人难忘的还是淮扬菜。大煮干丝,用黄澄澄的鸡汤煮出来,加上虾仁提鲜,就好比《红楼梦》中贾府的茄子,料比菜还金贵。狮子楼的狮子头足有皮球大小,就着汤汁服下,肉嫩,不腻,让人疑惑江南也有大块吃肉的豪爽。三巡酒后,上一份扬州炒饭,或蟹黄汤包,淮扬菜的风味才知晓一二。

我叹:"扬州好。"

妻笑问:"是不是扬州的月亮都圆些?"

我这才想起去看扬州月。

那月就挂在柳梢,金灿灿的,像雕刻着玉兔的玉盘,说不尽的富贵温柔。她不同关山月的凛冽,也不同杭州月的冷艳,她就是一个风韵柔情的女子,等待着才子佳人、文人骚客的吟诵。月光照过堤畔的柳条,照过塘里的残荷,照过二十四桥,照过万丈红尘,俗中生出雅,雅中带出俗,好一个"情"字了得。那月确是好看,花前月下,我不禁脱口而出:"试问闲情都几许?一川烟草,满城风絮,梅子黄时雨。"

回廊里坐着一老者,须发皆白,不知几十岁。他忽然开口,说羡慕我,儿女绕膝,风华正茂。他说他曾经也很幸福。前年,大儿子车祸走了,去年老伴癌症也走了,今年,小儿子移居海外,就剩下影子陪着自己。他说他是扬州人,14岁背井离乡,这趟回来是为了寻当初家乡的初恋女友,还上了电视。

我问:"找到了吗?"

他答:"据说找到了,可是我再没有勇气去见她。"然后仿佛着了魔,迎着月走,边走边说,"富贵不可留,温柔不可留。"

从扬州回来,我变了很多,似乎有了千种风情,有了百转柔肠。妻笑我:"把那悲春伤秋的心思也带了回来。"

这十年,过得虐心。父亲和岳父相继过世,让我知道世事无常,我想把他们画出来,却画出一片伤心。女儿一天天长大,时而乖巧,时而叛逆,总幻想着仗剑走江湖,哎,也不知道还能陪她几年。年轻时的生死兄弟、红颜知己,往来越发少了,各自忙着各自的事,让我这个喜欢热闹的人情何以堪?而今的我,怕了良辰美景,也再不敢去望那旧时明月。

我的愁再不是闲愁。

人生有太多的遗憾。

我开始写作,先前笔名"十五",因叫这名的人太多,又改成"七夕"。文人大多心怀悲观主义,写作似乎也只有一个永恒的主题,就是忧伤。悲剧是的,喜剧更是。也有好事者看了我的文章又看我人,他们和我说,你和我想象的不一样,你应该是戴着眼镜,一袭青衫。我认真地和他们说,我确是戴着眼镜,一袭青衫,就是号大了点。

这个中秋,我和妻是分开过的。妻回乡探母,我也带着母亲还有茶杯再访扬州。为什么单提茶杯?因为当你觉得到哪都得带着它的时候,说明你已经老了。我问妻:"这个中秋会不会有些孤单?"妻说:"至少我们还有一轮明月。"

这十年,扬州似乎没有什么变化,依旧是精致曼妙,小鸟依人,像不老的妖精。但我又觉得什么都变了,秋未央,人半老,心境、景境,早已不同。

瘦西湖秋色三分,两分黄叶,一分流水。二十四桥犹自矗立,却无人吹箫抚琴。细想来,旧物皆在,只是少了当年情。在回廊上穿梭,记起十年前碰到的那个老者,似乎也不太真实,就像《红楼梦》里出现的癞头和尚或跛脚道士,点化人生罢了。

迈过瘦西湖,就是大明寺了。这是鉴真和尚修行过的地方。寺东有塔,旁边对着钟楼和鼓楼,钟声悠远,促人警醒。一僧在扫落叶。我一时兴起,问那僧:"何为人生大智慧?"答曰:"禅。"又问:"如何平心中遗憾?"答曰:"定。"我自疑惑,旁边香客插嘴:"人生怎么过都是遗憾的。"

晚餐很简单,我点了炒软兜,母亲点了文思豆腐。天色不知道什么时候暗了下来,东关街上家家户户点起红灯,热闹嘈杂。小吃、美酒、茶馆、客栈、扇子、陶器、丝绸、书画,人间享乐,应有尽有。有人在店外吹埙,是首旧曲——《偏偏喜欢你》。是呀,这世间,恐怕只有喜欢是不需要理由的。说话间,云里捧出一轮明月,街上的行人驻足远望。记得家乡的月是银色的,到了这扬州,如何竟换成了金色?我搀着母亲的臂膀,且看那无可奈何的月光,清风徐来,宛若柠檬。

记起妻说过,至少我们还有一轮明月。内心渐渐坚强起来。

"吾心自有光明月,千古团圆永无缺。"

把那沉重的、忧伤的,都忘了吧。什么是我,什么是红尘,我只要那一轮明月。

我们仨,全世界

我们仨

我是个胆小的胖子,所以恋爱基本只能靠相亲。

从小一起长大的女同学看我可怜,把妻介绍给了我。

寒冬腊月,看完电影,妻鼻子、手冻得通红却不愿回去,我忽然生出勇气搂住她,谁知道却搂住了幸福。我的爱情很少,所以我异常珍惜。

我一直很感谢我的"媒婆",尽管结过婚后我也把她抛过墙头。

结婚后我胖了五十斤,一边偷吃零食,一边装作抱怨,锻炼这么久体重怎么也降不下来。其实我心里也无烦恼,爱谁谁,爱我的人依然爱我,不爱我的人就让她不爱吧,弱水三千,吾只取一瓢饮,天下只要我老婆一个人爱我,我便是幸福的。

一个女子的优秀不优秀,有的时候真的不是自己说了算。妻是教师,心态平和、瘦小娇弱,镇不住场,上课老是被调皮的学生欺负,但她也不生气,期末考试还放过了许多人。她天生与世无争,申请个科研项目还怕占了别人的名额,所以混到40岁仍是讲师一个。妻事业平平,却是家里的顶梁柱,做了许多事情也不叫苦,只要我能陪她读书、看电影,只要我能给她唱歌,只要我把报纸上的文章拿给她看。妻也让我减肥,怕我生出许多病来,为了奖励我,说一天走一万步可以不刷碗。可聪明的我坚持了几天后,便认识到还是洗个碗更简单快乐。我一直胖到现在,每个人都说,是妻太溺爱我了。

  后来,我的另外一个宝贝降生了。在没有鱼之前,我都不喜欢小孩。有了鱼,我才开始关注其他小孩。当我把这个爱闹的小东西抱在怀里时,她居然不哭,用含水的眼睛观察我。我开始有为人父的感觉,也开始孝敬父母。我喜欢陪着鱼野玩,陪着她成长,陪她打架练武,陪她玄幻穿越,陪她表演动画片里的情节,陪她把东西藏在被子里让妻去找,陪她干不切实际的任何事。所以鱼从来不怕我。鱼的身子弱,哮喘、发烧,还抽筋。她第一次抽筋把我们俩吓得魂飞魄散,穿着睡衣去急诊。回忆起来,最痛苦的时候是鱼生病,最幸福的时候也是鱼生病。鱼生病的时候就乖得楚楚可怜,我们三个人挤在一张床上,裹一床被子,一起看电脑或是讲故事。夜里我和妻轮流用温水给鱼擦洗降温,轮流睡上一会。现在鱼10岁了,不再经常生病,可也不怎么听话,我有时候也烦恼,可妻说,这样也挺好呀。

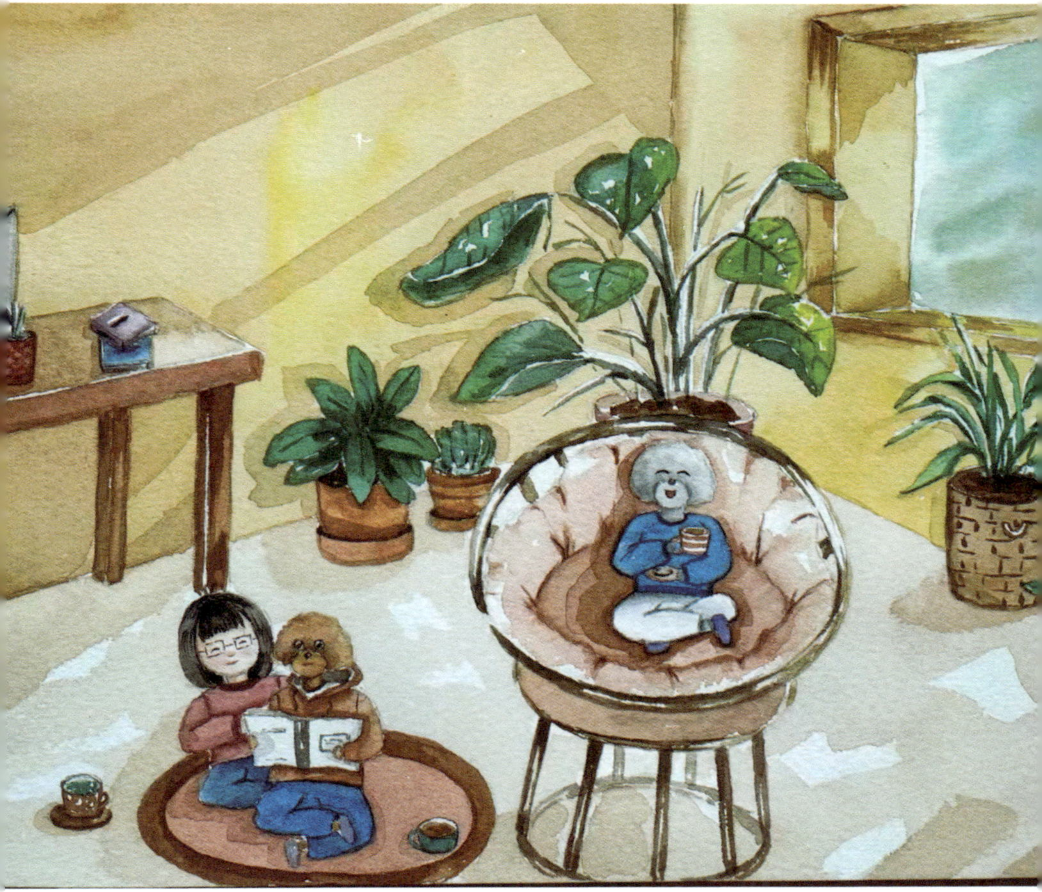

去年暑期,妻去国外访学一个月,那是我最难熬的一个月。妻临走嘱咐我一定要多做饭,不要总在外面吃。鱼夜里睡不着,爬过来说要跟我睡,然后把脚放在我肚皮上,说妈妈在就是这样睡的。我们共同想念妻,梦到妻,依靠电话和微信诉说相思,难过着,幸福着。妻回来,说哪里也比不上家,哪也不想去,还是陪在宝贝身边。我们去照相馆照相,每年一张。

二胎政策放开了,许多人劝我再要一个孩子,我不假思索地摇头,因为我爱鱼,我不想把我对她的爱分给别的孩子。我们仨天天腻在一起,同吃同睡,同看电影,听音乐,从没厌烦过。有人说距离才能产生美,而我们却希望美无距离。

如今,鱼念到五年级,已经能读懂很多书。阅读一直是我们仨共同的爱好。我一直主张,读书要破万卷,好书要读,烂书也要读,读完了所有的烂书,才知道什么是好书。我们买了很多书,浪费了很多钱,但这种浪费就像文人的写意画,喜欢的地方就多些笔墨,不关注的大可留白。我也尝试写作,我很庆幸自己有个不错的职业,这样我可以写自己喜欢的东西,而不会用文章摇尾乞怜。

妻递给我一本好书,是杨绛写的《我们仨》。妻对我说,看完了觉得心里很沉重。我一口气读完,已是泪流满面。我想不只是我,所有的父亲、母亲、丈夫、妻子读了都会沉重,所有有家或者曾经有家的人读了都会沉重。这本书写的是失去,失去女儿,失去丈夫,失去曾经的家。我读到杨绛写钱锺书:"他并不求名,却躲不了名人的烦扰和烦恼。假如他没有名,我们该多么清净。"这让我半生追名逐利的心平复了。我读到杨绛写阿瑗:"她依恋父母,也不愿再出国。她一次又一次在国内各地出差,在我都是牵心挂肠的离别。"我心里不由得打起小算盘,女儿还是不要太优秀,陪在身边就好。读:"人间没有单纯的快乐,快乐总夹带着烦恼和忧虑。"细细回想,确实大抵如此。又读:"人间不会有永远。我们一生坎坷,暮年才有一个可以安顿的居所。但老病相催,我们在人生道路上已走到尽头。"不禁感叹,相守相助是缘分,相聚相失才是结局。

文中结语是这样的:"我清醒地看到以前当作我们家的寓所,只是旅途上的客栈而已。家在哪里,我不知道。我还在寻觅归途。"这是何等孤苦而又清明的境界。一生从容,而暮年已至。我想向杨绛致敬,向这个水一般的女子致敬,下辈子我愿做钱锺书般的男人。

其实人生无论怎么过都是有悔的。年华美丽,却不能总是盛开如诗,这就是人世间的悲苦。书中的情绪总是缠绕着我,挥之不去。午夜梦回的时候,我总是用手摸摸身边两个小小的身躯,听一听她们微弱的鼾声,方能踏实入睡。我很害怕,有一天我会失去她们,或者她们失去我。我真的很想永远陪着她们。我买了计步器,一天走一万步,锻炼减肥。我更加珍惜这些清泉流淌的日子,我们仨,全世界。

喜欢你，杨小姐

要不是外公去世得早，杨小姐真的就是杨小姐了。本来家里也算殷实，后来随着外公的去世逐渐败落，一贫如洗。外婆靠给人纳鞋底过生计，日日家中两顿饭，杨小姐叹息自己是小姐的身子，丫鬟的命。后来外婆也去世了，杨小姐就一个人上学，一个人下放，一个人返城，一个人吃饭、工作。我问她那时候是不是很孤单，她说倒也没觉得什么。

或者是父母早逝的原因，杨小姐非常坚强，也非常豁达，万事都是走一步算一步，明日的愁留给明日，不过一切也都过来了。但她不愁，别人替她愁，二十五六岁也没个对象，实在也说不过去。几个朋友忙着帮她张罗。杨小姐其实才不是不解风情，而是内心有标准，男人一定要有知识、有文化，再加上一点情趣，阿猫阿狗如何能入她的法眼？

世上的缘分真是说不清楚。杨小姐在教育局招生的时候,碰到了王大学。王大学是家乡方圆几十里唯一的大学生,小时候家穷,经常吃不饱饭,毕业分配留在大学,有了工资,一不小心吃成了胖子。王大学五短身材,但面相慈善,善谈吐、有文化,杨小姐也就对上了眼。那时候王大学坐六个小时的汽车来看她,吃个中饭聊会天,再坐六个小时的汽车回去,很辛苦也很甜蜜。前后也没见过几次,王大学就托同学来说媒,事情就这么成了。

杨小姐就这样荣幸地成了我的母亲。说来也奇怪,现在的年轻人通常爱得颠来倒去,死去活来,最后还不一定有好的结果;杨小姐那辈人的爱情,简单明了,水波不兴,却十分幸福,十分坚定。小时候我和弟弟在书橱里翻书,奇怪的是几乎每本书都是双份,扉页上写着赠某某同志,祝在革命的道路上携手前进等等。我问杨小姐为什么会买双份书,她说这些书都是年轻时和我父亲一起买来互相送的,说话间还藏不住羞涩。

杨小姐爱王大学爱得十分纯粹,不仅嫁给他,还跟着他一起吃苦。王大学家里困难,老人、兄弟都要供养,经济十分拮据。杨小姐爱干净,也爱漂亮,拮据的生活让她养成了买打折衣服的习惯。她喜欢背一个时尚的小包,里面藏一支眉笔。其实穷并不可怕,没有闲情和温情才最可怕。婚后两年,杨小姐就生下了我。为了我,她修了个鸡笼,养了两只老母鸡,日日取蛋给我吃。后来弟弟也来了,奶奶带我睡觉,这让我一直很嫉妒我的弟弟。

杨小姐对我管教很严,上学时,总是没收我的武侠小说,没收我的游戏机,还没收女同学给我的小纸条。可事与愿违,棍棒底下也没生出个孝子。我开始离经叛道，和杨小姐争吵，要自由，要快乐，要爱情，一方面赌气，一方面清楚地知道，无论我犯什么样的错误，她都会原谅我。

　　高考的时候发挥极不好，我终于低下了自己高傲的头。杨小姐没数落我，让我心里更加难受。她和我说："儿子，没关系，把心磨磨就不疼了。人生还有很多的路口，只要朝着努力的方向，在哪个路口转弯，都能走到目的地。"我酣畅淋漓地哭了，自此学会了努力做事。后来看书，有一本书叫《总有一次流泪让我们瞬间长大》，特别好看，不信您看看。

　　大学毕业，我顺利就业，杨小姐又开始操心我婚恋，老是问过去给我写小纸条的女生到哪里去了，弄得我很不适应。那时候，我确实和一个女同学很要好，经常在一起散步聊天，但我性格怯懦，一直不敢向她表白。有一天那女孩说她要结婚了，我垂头丧气地回去，非常自卑。我把事情告诉杨小姐，杨小姐笑，说："没关系，把心磨磨就不痛了。一定会有一个善良的姑娘喜欢你。"果然，不久在熟人的介绍下，我认识了现在的妻，她非常善良，也非常豁达。有一天妻骑车带我，在林荫道上碰到我曾经心仪的那个女生，我勇敢地朝她微笑，然后挥手，擦肩而过。

　　女儿降生了，杨小姐升格做了奶奶。一开始她似乎有点失望，总说我老婆脾气这么好，应该生个男孩。不过很快她就进入了状态，一门心思疼孙女。说实话，有了女儿之后我才知道什么是真爱。女儿身体不好，烧高了就休克，医生说8岁要再不好，就会演变成癫痫。我不会抽烟，却坐在医院的走廊上抽烟，一声不吭。杨小姐来了,说了很多话,意思是说,无论发生什么,都要接受,都要面对,把心磨磨就不疼了。我抬起头对她说:"妈妈,我已经学会了坚强,坚强就是把柔软的心磨成茧。"这时候,杨小姐哭了。

我拧着眉守护孩子。孩子问我为什么难过,我说:"心疼你呀。"孩子说:"知道了,就像奶奶心疼你一样。"后来上天眷顾,孩子渐渐长大,渐渐强壮,不再犯病。老师开玩笑说她要减肥,杨小姐却说,还是胖好看。

王大学得了脑中风,半边偏瘫,不能独立行走,脾气还大。那时候我觉得天塌了一半,但杨小姐心性开朗,一直服侍他,很耐心也很上心。如今已过了十年,王大学气色红润,头脑清晰,我们都说他有福气。王大学笑,说是杨小姐照顾得好。而这十年,杨小姐没有离开过一天。用她自己的话说,把心磨磨,就不痛了。杨小姐一边给王大学熬药,一边唱歌:"你是我的小呀小苹果……"

转眼,杨小姐已经是70岁的人了,头发染过但还遮不住半截的白,腰也有些佝偻,但她还是那么干净,还是那么爱漂亮,还是那么喜欢逛街买打折衣服,还是时时背一个时尚小包,还是喜欢别人叫她杨小姐。她上网购物,玩微信,忙得不亦乐乎。心若在,梦就在。她的心是妖精的,永远不老。

杨小姐说她拥有很多,她有那么多爱好,她有那么多朋友,她有一份坚定的爱情,有一个不算完美但很幸福的家,但她最溺爱的还是我。每次回家吃饭,杨小姐总是小步跑来开门,嘴巴念叨:"儿子回来了。"然后把我拉进门,按在餐桌前坐下,摸一摸我的头

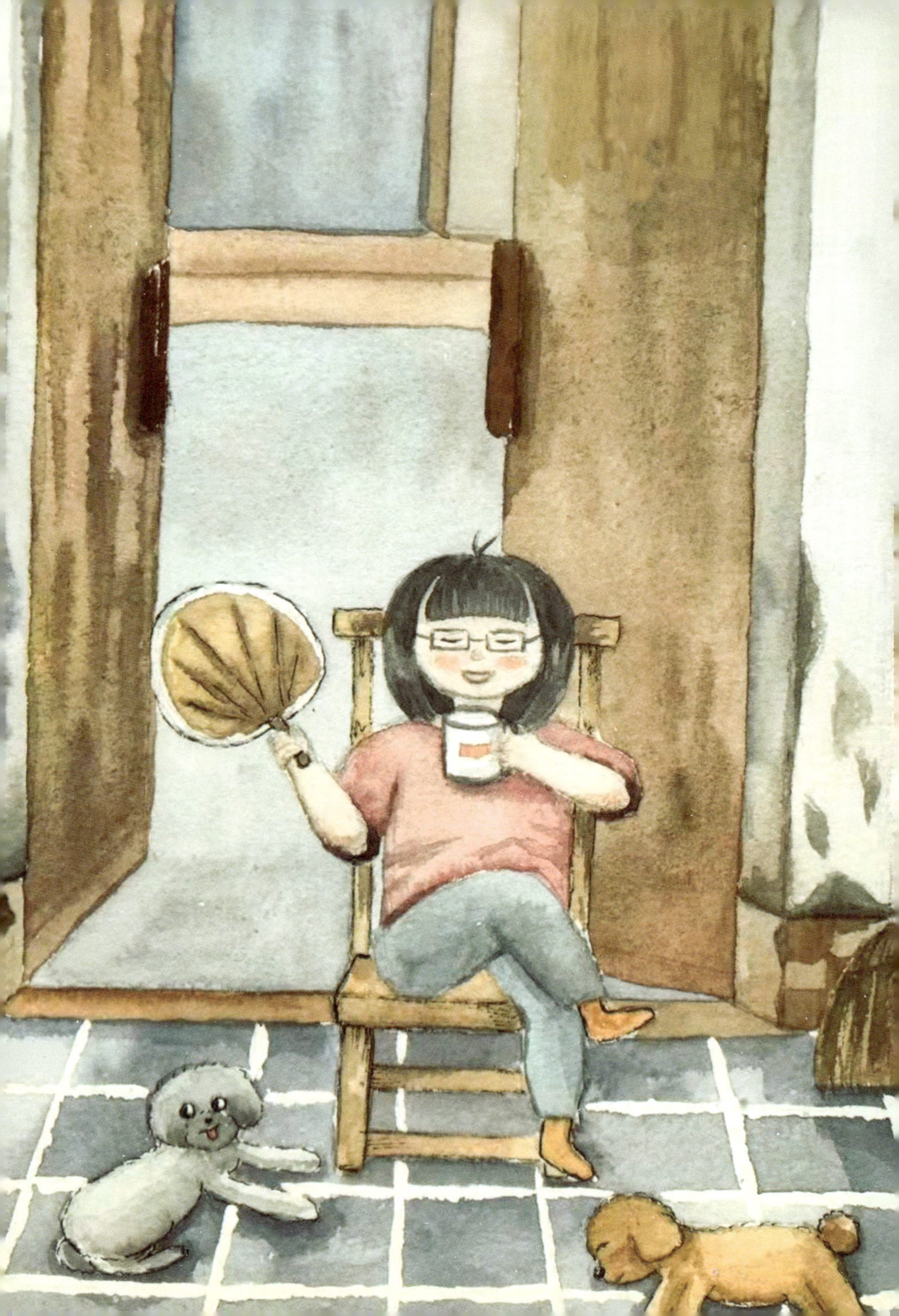

发,盛一碗饭放在我手边,坐下看我吃饭,对着我傻傻地笑。我说:"你这样会惯坏我的。"她还是傻傻地笑,似乎一切本来就应该这样。

我们全家都很爱她,感激她,也羡慕她随遇而安的生活态度。如今我已经年过 40,也明白了什么是孝敬,只是很遗憾,再也不能像小时候那样被她抱在手里亲昵,再也不能牵着她的衣角跟着她走东走西,再也不能目睹她神采飞扬、怒放如花的青春容颜。在母亲节的时候,最想对她说:"喜欢您,杨小姐。原谅我在这样的节日才会这样地想起您。"

小儿女

小学毕业的那个暑假,我从母亲的书橱里翻到一本旧书,竖版,繁体字,绿皮,皮上印着"红楼梦"。那是我一生最钟爱的书。身边的人读《西游记》的时候,我捧着《红楼梦》,身边的人读《水浒传》的时候,我也捧着《红楼梦》,如今,身边的人都读上《三国演义》了,我依然捧着《红楼梦》。书里告诉我,女人是水做的,男人是泥捏的,所以男人遇到女人就化了。

最羡慕宝玉,有这么多人喜欢。黛玉、宝钗、袭人、晴雯,统统美丽可爱,一个都舍不得丢弃。少时的我经常幻想住进大观园,吟诗作赋,风流倜傥,还有一群姐妹做伴。我很小就喜欢女生,我和班上的女同学关系一直都不错,黛玉、宝钗、袭人、晴雯统统遇到过。我一直有个疑问,她们昨天还拽着我的胳膊一起逛街,怎么转眼就嫁给了他人?

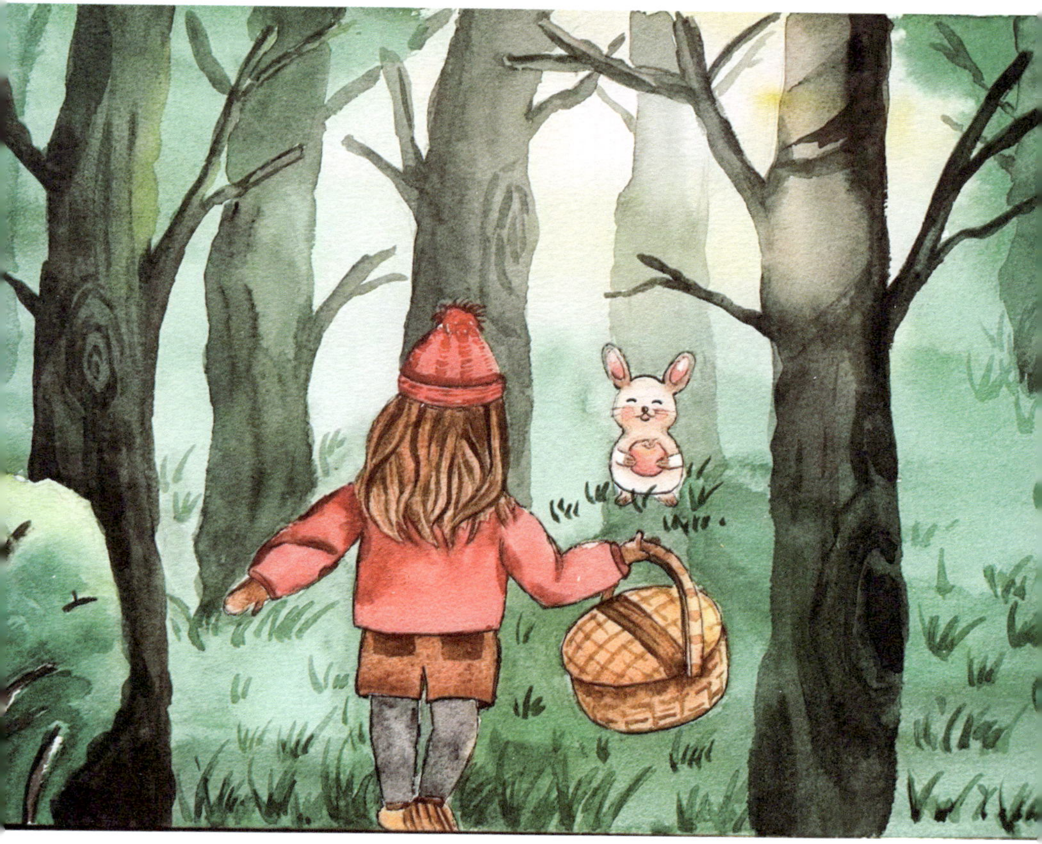

大学毕业前,一直没有正式地恋爱过,让我这个自诩浪漫的人非常羞愧。

老妈介绍了几个家乡的姑娘给我认识。

说实话,我那时候特别害怕老妈,就像孙悟空害怕唐三藏。

慢慢地,我适应了相亲生活。相亲其实挺好,目标明确,心知肚明,也不用费尽心机地想如何去表白。

相亲第四回,遇到了文。那时她才八十斤,还没有关老爷的青龙偃月刀重。她细细的四肢撑着个南瓜脑袋,纤细、单纯、知性。文学其实没什么用,但它能帮你谈上恋爱。我和文绕着学校走了一圈又一圈,谈了谈《三国演义》,谈了谈《红楼梦》,爱情来了。

一个月后的某一天,文来我家找我。我说,你来怎么不和我打个招呼?你看我这乱的。她啥也没说,把床上收的衣服折整齐,把我的书桌擦了又擦,又从冰箱里找出两个素菜炒给我吃。我明白,这就是一个女人的温柔了。我其实很感谢老天,给了我一个女人来爱,不然,我这一腔柔情全都被辜负了。我们结婚了。文从来没说过她爱我,但早上出门的时候,她会把我的衣领翻正,把我单肩包的包带子顺好,再给我拿双擦过的皮鞋换。我们过得很自在,一起读书,一起听音乐,一起看电影,一起在风雨交加的夜里跳水兵舞。

鱼出世的时候,皱皱巴巴,睁半只眼看人。及至满月,雪白干净。我嘚瑟:"原来我前世的小情人长得这么漂亮。"文说:"怎么可能?她那么像你。"说完知道自己错了,眼巴巴地望我。我心碎落满地,口中却抵抗着:"就是漂亮嘛。将来就算比不过赵飞燕,也一定赛过杨玉环。"

说实话,我就是觉得鱼漂亮。鱼一直白白胖胖,就是体质差。湿疹、过敏性鼻炎、过敏性哮喘、高热惊厥,百病缠身。但她聪颖、温柔、乐观,观察力强,让我开心不已。她喜欢看《西游记》,一遍一遍看,特别爱看女妖精,天天背一把宝剑学蜘蛛精或白骨精,妖娆万种,又要我扮唐僧或者各色小妖,总之要将唐僧吃掉才肯罢休。

渐渐地,我的角色变了,从演唐僧变成演二师兄。文总对我说,都高血压了,要减减了。我就狡辩:"我不能瘦的,要是瘦了,我就玉树临风了,肯定很多人喜欢。我这人多情,真要有个美女对我好,革命立场会动摇的。"这时候文就会张牙舞爪恐吓我:"说得也是呀,为了以防万一,我先在你的脸上挠上两道。"鱼在旁边笑:"不用,老爸就是修炼一百年也修不成贾宝玉。"我垂着头在堂屋里走来走去,心中怨恨,这两个女人太欺负人了,特别是鱼,居然向着文,白疼她了,下次要冰淇淋,不给她了。

我和文都崇尚自然。文几乎不化妆,偶尔描下眉,所以我画眉的功夫是极好的。鱼却日日照镜子,左顾右盼,小小年纪把脸抹得雪白,不像是我们亲生的。我看出些端倪,跟踪她下学,发现她和一个打手球的高大男孩打得火热,有时,在我眼皮底下,都敢眉来眼去。小样,你老爸单恋女生的时候,你还不知道在哪。我穿一件黑背心,脖子上挂大金链子,架了个墨镜,手里还拿着棍子颠。果然,那打手球的小子对我鞠个躬,喊一声叔叔好,兔子一样地跑了。

有时候，生活就是这么拧巴。鱼这么爱美，可偏偏皮肤出了问题。医生说她免疫力低，又是过敏性体质。有过女儿的，都知道当爹的心思，无论天涯海角，我一定要把鱼的病医好。鱼用了很多药，头发落了一半，眉毛也稀疏很多。我想哭，又不能在人前哭，这是我的宝贝，这是我前世的情人呀！

七夕那天，我带女儿去南京看病，住在夫子庙。那晚又是风又是雨，不过8点左右戛然而止。秦淮河人不多，非常美好。鱼给我们拍照，我嘴噘起来放在文的脸边，鱼笑得前仰后合。

夫子庙有卖化妆品的，鱼忽然对我说："老爸，我要买眉笔。"我心里酸楚，买了最贵的一支。我拿过眉笔在鱼眉上认真描，然后对她说："咱们鱼美美的，像林黛玉，眉间若蹙。"鱼对着镜子照，照了又照。文躲在卫生间无声无息地啜泣。我对鱼说："今天是七夕节，是我们的节日，也是你的节日。你许个愿吧，把它写下来，放在一个秘密的地方，一定会实现的。"

鱼吃了药睡熟，我在床头抽屉的最底下发现了那张纸条。上面写着："我要好多好多的爱，我要好多好多的温柔。"

当你老了

我和妻是朋友介绍认识的,但没有人敢说我们不浪漫。那年中秋,妻回家过节,我到车站去送别,在熙熙攘攘的人群中,执手相看泪眼,好不幸福,好不伤感。我给妻买好票,送她上车,妻从车窗里探出头来,亲我的脸颊,说:"乖乖的,我很快就回来。"妻果然很快回来了,我又快乐地去接,把她从车窗里抱了出来,搂得紧紧的。漫天的黄叶,妻的红围巾在飞舞。

第二年中秋,妻带着我一起回家,我们幸福地坐在大巴上,手牵着手,三个小时都没有松开。妻的父母接见了我,前后只有10分钟,我从他们的眼神中看出,似乎不很满意。妻送我,在天井湖畔,春草碧色,春水绿波,送君南浦,伤如之何。妻伤感而又坚定,我看到了书本里的爱情。

我们不顾一切地在一起,一直到结婚以后。我一直自诩为浪漫的人,写自己的文章,唱自己的歌,干喜欢的事,和喜欢的人在一起。我甚至选择自己的职业,从 IT 行业跳出来,进了工会。我和妻也过得非常自由快乐,愿意做饭就做一顿饭,衣服床单不想洗就不洗。妻的专业是外国文学,喜欢一首诗:"当你老了,睡思昏沉。"我们养成了送别的习惯。无论到哪,远还是近,出差还是探亲,我都到车站去送她,不仅送,而且接,那种甜蜜连自己都陶醉。

  岳父岳母属于严厉型的父母,对我们这些松散拖沓的异类分子十分看不惯,同意结婚已是天大的面子,平时也没有什么好脸色。说白了,我其实也没干什么坏事,就是不听话而已。从物质基础到上层建筑,我们都格格不入,矛盾越来越大,妻从中艰难地撮合着。最怕逢年过节,妻和我总是散作两头。

  去年中秋的时候,和妻说好一起回去过节。临到出发,岳父母来电话让妻一个人回去。妻纠结着走了。在旅馆里,吃着方便面,对着象征团圆的月亮,我老是问自己,为什么他们可以自然而然地来,而我为什么不能自然而然地去?孩子在读经典:"多情自古伤离别,更那堪,冷落清秋节。"我把她的书夺过来,扔到比墙角更远的地方。

  又到了人来人往的车站。我和孩子买完票,坐在车上等待开车。来了一对情侣,女孩从车窗把头伸出来,男孩摸了摸她的头发,女孩拍拍男孩的肩膀,然后两个人额头抵着额头,亲密地说着体己话。我突然好生羡慕,贪婪地看着,然后在后视镜里瞥见自己,眼在微笑着,却满是泪光。

妻坐后一班车回来了,我没去接她。

岳父身体不好,过年的时候破天荒让我们回去。见到他的时候,他已经很虚弱了。晚上三个女婿刚在饭店坐定,岳母来电话说岳父在家里摔倒了。我们进门的时候,发现岳父趴在地上呻吟着,用头撞着地,岳母扶不起来他,抱着他放声痛哭。我们把岳父紧急送到医院,找熟人、抢救、检查、住院,忙了大半夜。岳父清醒了过来,我准备回宾馆,他却抓着我的手祈盼地望着我说:"我们过去这么说你是不对的,你们一定要幸福呀。"我的眼泪一下子喷涌出来,因为我怎么也没有想到会以这种方式结束我和岳父母的仇怨。

我没有让妻来送我,我让她陪在岳父身边。车站的喇叭里蹿出一首歌:"当我老了,我真希望,这首歌是唱给你的……"我愣了好一会,回过神来,看路边杨柳,已缱绻风流。

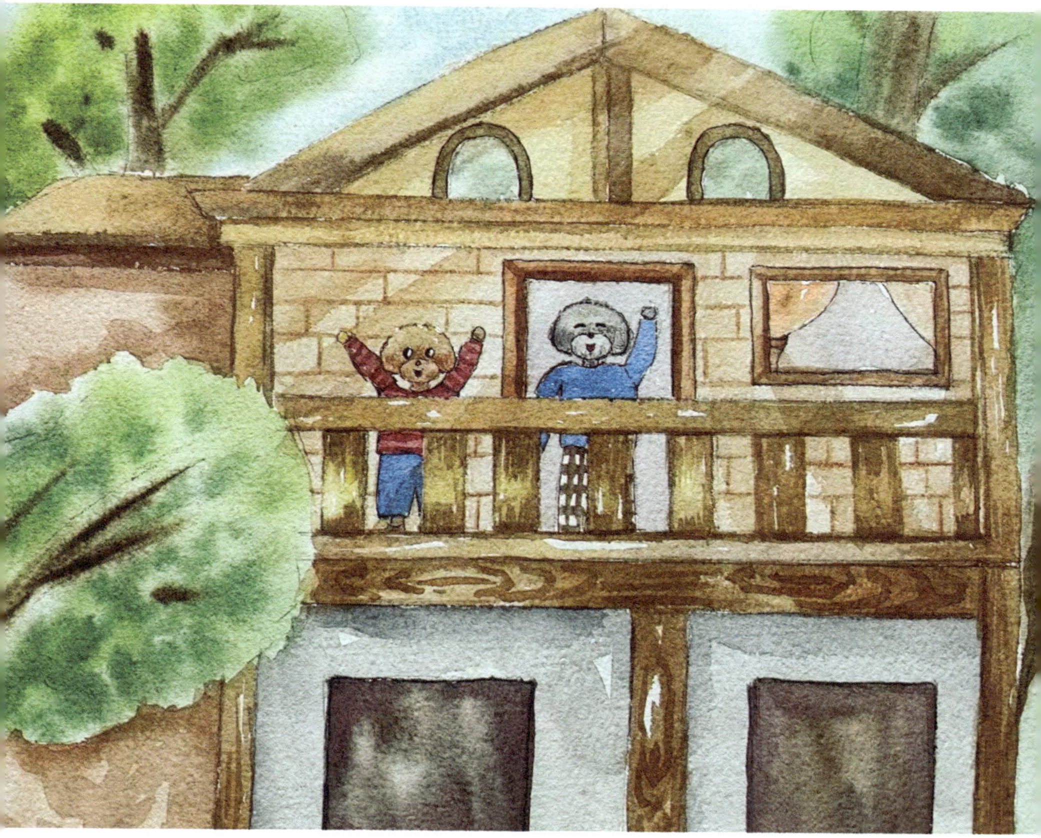

昏迷

1

父亲今天有点异样,说是早上听到了乌鸦叫。他老是叹气,反复讲,妞妞怎么才12岁?什么时候才能给她找工作?

父亲在中医院调理心衰,看起来状态不错呀,怎么总说丧气话?我叫他别胡思乱想,他伸出三个手指,说,我今年73。

人世间最大的痛苦,莫过于老去。

父亲年轻的时候生活苦,后来好了没几年,变成三高,犯过两次脑梗死,心脏也不好,楼里楼外的人都说,这老头坚持到现在,很不容易了。但我总觉得他头脑清醒,面色红润,也不像有事的样子。父亲身子虽不好,却喜欢操心,什么时间起床,中午吃什么,妞妞什么时候做作业,看多长时间电视,都是他说了算,你不能有半句忤逆。

父亲预备睡了,要我给他按脚。我说:"你还真是老太爷,吃饭前刚按了一个小时。"父亲把眼一瞪,气呼呼地吼:"那我活着还有什么意思?"我抢白他:"你再乱发火,病犯了,看谁服侍你。"父亲把牙咬了,扔个枕头砸我。母亲给他摸摸心口,说:"人一生病,脾气就会变坏,都别说了,对谁都不好。"唉,父亲的脾气就是母亲惯的,对他越好越是没有好脸色。

半盏茶的工夫,父亲胸部不再起伏。他朝我伸手,我把手给他握。他说:"拖累你们了。"我觉得眼角有东西掉下来,用手擦,却是眼泪。我抚他的头,又给他捏捏腿。临走,他笑了,异常灿烂,还挥挥手。

我晚上和朋友喝了点酒,头昏昏睡觉。12点多,电话铃响,可恶,响个没完。别是单位里出了什么事?挣扎着去接,却是母亲,电话那头哭了起来,说父亲怎么都推不醒了。

酒意全无,头发根根竖起来,灯也忘了开,摸黑穿了衣服,袜子却寻不着,又以为是幻觉,忙给母亲打电话确认一下,光脚趿了鞋就跑。

出租车不紧不慢地溜。七个路口六个红灯。晚上没人红灯还这么久,这都怎么设置的?窜到医院,电梯又不行,气喘吁吁爬到六楼,手脚已经酸软。父亲的病床边已经围了一堆白大褂,抽血的抽血,看血压的看血压,父亲张着嘴,呼噜声很大,就是醒不过来。我对着一群白大褂喊:"你们赶快抢救呀!你们都是白衣天使呀!"戴黑框眼镜的小伙子看来是值班医生的头,他一头大汗地说:"可能是脑溢血或者脑梗死,无论是什么,人一昏迷,就很严重了。但急也没用,已经发生了。"我说:"你们这些人穿白大褂都不惭愧吗?医术这样,还敢值班,主任们呢?"值班医生头低着不敢说话,黑框眼镜咕哝了一句:"你们家领导值夜班呀?"

CT 拍出来了,确定是脑梗死,面积很大,非常危险。神经内科医生来会诊,和母亲谈了 5 分钟。母亲捂着头说:"我现在头脑不清醒,你和我儿子讲。"医生又把病情说了一遍,我昏头昏脑全没记住。我让他直接说怎么救。那小子说,要么溶栓,要么保守治疗,但都要转去 ICU。

深夜 1 点,我像苍蝇一样厚着脸皮打了一圈电话,询问了所有学医的朋友,终于明白保守治疗和等死其实差不多。签字,签字溶栓,签字进 ICU,手有些抖,10 分钟才签完,签完才发现,前面写些什么都没看。夜黑,静得怕人,鸟雀都不喊一声,只有父亲病床的轮子吱吱地叫,提醒我们在不断前行。进了 ICU,还没看清屋里的摆设,医生就把我们推出来。大门冰冷干脆地关上,竖着耳朵听,什么也听不见。门口的灯亮着,照见右边挂着的一块牌子——重症监护科。这时弟弟来了,埋怨我怎么就签字进来了,这里面就是鬼门关。母亲提着塑料面盆要进去陪护,按了门铃,半天才有个大嗓门说,家属不能陪护。

时间一分一秒地数过来。母亲说冷,可怎么也不离开。

天一丝丝亮了起来,门开了一条缝。母亲急吼吼去问,神经内科的兄弟说已经做了溶栓,所幸没出血。我一想又不对,我跟他算哪门子兄弟？母亲坐在凳子上哭起来。我握着她的手，说，怎么就哭了？她说夜里太紧张，忘了哭了。我抱着她，尽量让她感到温暖。我也明白，她和父亲之间的感情，也许是我们这些做小辈的永远无法理解的。

　　过道来了一个上了年纪的女人，干净、斯文、冷漠，手上提着饭盒，对着门铃喊："5号送饭。"护士接过去，门咣当一声又关上。女人在门口站了一下，发了一会呆，复又坐下。点头打了个招呼，她说她住在滨湖，每天早上坐第一班车过来，给先生送饭，然后等到11点探视。我问她先生什么病，回说尿毒症加上心衰。我不敢说话，她倒很镇定，说病危通知书下了几次，但她相信，他一定能挺过来。母亲问她家里还有什么人，她说有一个女儿在国外，靠不上。母亲下意识地看看我和弟弟，似乎略有安慰。

　　女人话不多，捣鼓手机。长凳上的人都是忧心忡忡，夜总算过去了。

2

医生无数遍问："姓名？"又问："职业？"

我说，教师。

　　父亲大名叫有根，在大学混了这么多年，母亲却老数落他哪有一点为人师表的样子。头发剃掉了，不然比鸡窝还乱；衣服虽换了牌子的，胸前总有两滴油；家里摆设再乱，也丝毫不影响他的心情。那年他脑梗死，没有完全治好，基本不能行走，皮鞋早就不穿,落满灰却舍不得扔,说有一天能走了还能穿一下。每当坐在轮椅上出来透风,学校门口保安都不放进,只有经过的熟人,不辞辛苦地打个招呼:"嘿,老王。"

当年我结婚的时候,父亲给了两万块钱。他红着眼睛说,委屈儿子了。我也理解,那时候的教师大多家徒四壁,所以我大学毕业的时候死活不愿再当教师。我说他穷,他说他有财产,只是传不了给我。我那时以为,他要把钱留给弟弟,很久以后才知道,他说的财产是什么。

母亲的嘴一向很紧,根据她的只言片语,我知道她和父亲是在高考招生时认识的。那时候母亲在教育局,父亲在大学里,后来结了婚,但还分居两地。母亲一直遗憾,生我的时候给父亲拍了电报,等父亲来的时候,我已经落地三天了。

母亲让我回去把樟木箱子里的毛衣拿来。箱子有些年头了,打开有股樟脑丸的味道,里面有一扎信,上面都写着"明秀女士亲启"。明秀是母亲的名字,似乎有些土气,但念起来很好听。最底下一封没封口,蜡纸般滑落下来,展开去看,是一首唐诗:"芳屏画春草,仙杼织朝霞。何如山水路,对面即飞花。"我被这一缕相思打动,差点忘了悲伤,心想父亲平时待我一本正经,居然也有浪漫的时候。一会又担心母亲能否看懂。再一思量,应该是懂了,否则他们也不会结婚,更不会有我。

猝然想起,父亲生这么多年病,总会留下点什么,哪怕是只言片语,就在屋内翻翻,想想他平日里靠在窗台边晒太阳,喜欢对着镜子望自己的须发,然后回书房看书。樟木箱子里没有,是不是在书架里？也许在五斗橱里。细细翻看，还是没有。心中遗憾，父亲病得快，连后事都没来得及交代。

毛衣拿到医院的时候，已经日上三竿。ICU门口渐渐热闹起来。先来一个黑胖女人，隔着玻璃踮着脚看里面。一会来和我们主动说话，说是临泉人，父亲也是脑梗死。她话很多，和我们聊镇上的各种事情。说她父亲在镇上有7间门面，一年租金就有十几万。条件好了，不干农活，出门就是骑摩托车，一步不走。今年母猪下了十几个崽，父亲一个人喝了一斤酒，又吃了6个鸡蛋，犯了中风，她和哥哥陪着。她哥哥一看就是个老实人，秃顶，嘴老是张着合不拢，没有一句话，对人却实在，我们探视的时候，他给我们看包，认真极了。临泉女人悄悄说，她哥哥不能生育，离婚了。然后一路说开，如江水滔滔，水龙头都拧不住。我们也没心思细听，对着通道门口发呆。

一会又来了兄弟两个，是13床的家属。阿大戴着金丝眼镜，雪白衬衫，一看就是儒商；阿二卷着裤腿，耳朵边夹一根烟，似乎还有些乡下气息。两兄弟开始死活不说自己是干什么的，熟了才知道各自在深圳开了公司。他家老人更是奇怪，早起跑步，碰到一只黄皮大仙，一病不起。先只是肠胃不通畅，后又查出肺有问题，又两日就转到了ICU，让人措手不及。阿二说，老人苦了一辈子，现在刚刚生活好了，该享受一点，又莫名其妙得了病。说罢流泪，把我的眼泪也勾出来。

再一会又来个年轻女人，说是9床老太太家的保姆，按门铃问下情况就走。临泉女人又滔滔不绝了，说9床家属冰冰凉的，病成这样,儿子媳妇也不过来,天天让保姆来。保姆来干吗?就是问有没有断气。唉,养儿子有什么用?我看看阿大、阿二,阿大、阿二又看看我。临泉女人意识到说得不妥,立马说,我不是说你们,你们都很孝顺。

3

快到探视时间了,医生、护士出出进进,想问一下情况,冷冰冰说不知道。

钟敲了 11 下,探视的人蜂拥而入。母亲先进去,半天出来捂着嘴哭。我戴着口罩,换了衣服,用双氧水洗了手,走进病房。父亲在里间靠窗,我走到跟前,看到他身上插着 4 根管子。我对他喊:"爸爸,你糊涂了,迷路了,赶快回头。"老头子毫无反应,只听到呼吸机拉锯一样的声音。我掐他的人中,又给他捏了一会腿,心想父亲什么时候遭过这样的罪。

左边床的病人正在鼻饲。汁水从鼻子灌进去,看了有些害怕,不会呛住吧?我问护士父亲可喂过,答说喂过了。我过去赔个笑脸,恳求她看护得细致些,别让父亲委屈。护士很甜,笑笑,说会的。

管床的医生示意我出去说话。

我们站在 ICU 门口。医生说:"老爷子病得很重,梗死面积大,占了整个右脑。溶栓效果也不好,但融通了一道缝,血液能渗过去,命能不能保住,还不好说。"我说:"什么都不求,只求他意识清醒,能讲话。"瘸子医生说:"这个要求已经很高了,你们要有思想准备。"我说:"你们抢救呀,想想办法呀。"瘸子医生说:"现在第一关是脑水肿,怕脑疝、积水,十四天以后才能见分晓。再往后,害怕再梗死,还有并发症,老爷子心衰,肺也不好,能不能撑得住,都是问题。这就是万里长征,哪一步没走好都不好说。就算命保住了,能恢复成什么样也不敢讲。只怕是——"

"植物人。"我脱口而出。

头晕,慢慢坐下,心情一片死灰,不知如何同母亲讲。告诉她吧,怕她经不住;不告诉她,又怕她将来经不住。

外面多少度,是冷是热,感觉不到。三顿饭没吃,也不饿。忽然臆想,单位还发什么工资呀,一人发点肾上腺激素,节省粮食,干活还杠杠的。

我和母亲在医院门口找了家小旅馆歇。母亲在房子里走,抱怨为什么不让她陪护。父亲这几年一天都没离开过她,交给护士,她不放心,真不放心。他睡在床上解不出大小便,有没有人扶他起来?他后半夜胸口喜欢出汗,有没有人给他擦?家人才会尽心尽力,依靠别人怎么行呀?

我害怕听她唠叨,心都有些颤。

晚上,吃了两条黄瓜,睡意全无。想到已经48小时没睡觉了,就吞了2片安定。梦来了。梦到年轻时候的父亲,骑着带大梁的自行车送考。他告诉我,考不上大学还可以当兵,总会有口饭吃。然后父亲一下子就变老了,依然骑着车带我,像骆驼祥子。

忽然醒了。想到父亲在里面吃苦,怎么都睡不着了。又觉得危险,心揪了起来,毛孔张开,异常寒冷。再冷静一想,其实父亲在里面才是最安全的,复又躺下。一弯冷月挂在窗头,可惜没有心情去赏。又看了看星星,怕有一颗掉下来,父亲是教授,怎么也能算个文曲星吧。

瞌睡虫都飞到哪里去了?怎么再等不来?以前和文睡,总是喜欢伸手摸摸她。手放在她身上,觉得温暖,也觉得踏实。现在四周一片暗黑,也不知道文在干什么,有没有操心。文什么都好,就是性子淡,不知道主动关心人。家里发生这么大的事,也想不起来打个电话嘘寒问暖,心里有点说不出的难受。但又一想,也许她在忙孩子吧,她那么单薄,照顾好自己,照顾好孩子就不错了。我想她,非常想她,无法否认。

夜这么长,却经不住胡思乱想。

4

我捧一本书,装模作样。这是父亲传下来的习惯,坐下来就得捧起书。书写得其实都差不多,无外乎人生的大痛苦和小快乐。最喜欢张爱玲,可现在怎么也读不进去,她写的都是闲愁,不解生死。忽然想到父亲的名言:"文学没啥用,但我用它来对抗生活之猥琐。"我和他观点不同,经常争执,既然生活是猥琐的,文学创作也就离不开一地鸡毛。

一上午坐下来,毫无消息,ICU 门口稀疏几人,都面带难色。我和母亲轮换着去吃饭。

门口有一乞者,衣衫褴褛,手持一棍,鸣钵而过,口中诵道:"你证我证,心证意证,是无有证,斯可云证,无可云证,是立足境,无立足境,是方干净。"我在疑惑,哪里来的神仙?旁边保安说:"可惜了,这老教授,原来是研究红学的,后来疯了,我说他疯,他说我疯。"我心一颤,仿佛记起什么。

父亲平素最喜欢解庄周。他让我知道庄周梦蝶,让我知道鲲鹏之志,让我知道与人相忘于江湖。后来他常病,反反复复给我讲这节:

"庄子妻死,惠子吊之,庄子则方箕踞鼓盆而歌。惠子曰:'与人居,长子老身,死不哭亦足矣,又鼓盆而歌,不亦甚乎!'庄子曰:'不然。是其始死也,我独何能无概!然察其始而本无生。非徒无生也,而本无形;非徒无形也,而本无气。杂乎芒芴之间,变而有气,气变而有形,形变而有生。今又变而之死,是相与为春秋冬夏四时行也。人且偃然寝于巨室,而我嗷嗷然随而哭之,自以为不通乎命,故止也。'"

这篇叫《鼓盆而歌》。父亲还是希望能够超越生死。而我总是质疑,庄周纵是狂狷,也还是性情中人,死了老婆,断无此境界。

书还没放下,阿大、阿二来了,喜形于色,说他家老人醒了,还写了纸条:"我要出来。"阿二买了半只鸽子煮熟打碎,送给老头喝。母亲也想起要给父亲加强营养,父亲平时食量大,又有糖尿病,怕护士没打胰岛素,又怕饿很了血糖低,嘟嘟囔囔说了好长一番,又叫我和管床医生说。

探视时间又到了。

我见到了父亲。他须发花白,头歪在一边,似乎比昨天还差,我眼泪就下来了,半天哽了一句:"我来了。"父亲眼皮跳了一下,我以为看错了,又和他说,"我是老大呀。"父亲的眼皮又动了,确实不是我眼花。我忙去喊管床医生,说父亲眨眼睛了,医生笑,说:"爷爷还在昏迷呢,眨眼是听到熟悉声音的自然反应。"本被点起的希望又被一盆冷水浇灭,我挠挠头,幸好还有头发挠。

看到我失魂落魄,管床医生让我进她办公室冷静一下。她递给我一杯水,我才注意到,管床医生换了。这姑娘30岁上下的年纪,圆脸,爱笑,态度亲和。胸牌上写着名字:"王笑笑"。

王笑笑说:"看到你们一家人,就觉得可爱。说实话,我运气不好,碰到病人家属都是感情重的,你们一家,5床一家,还有13床一家。5床已经三个月了,植物人,其他人都想放弃,老太太不同意,说只要有口气就舍不得拔管子。13床和你家很像,两个儿子,也是想尽办法,天天从北京、上海请专家会诊,一次都好几万。"

我知道她说的是阿大、阿二,就问:"他家老人是不是病得轻些?"王笑笑说:"间肺,就是间质性肺炎。"我说:"好治吗?"王笑笑说:"难。只怕一次发作比一次重。"我又想起自己,心情沮丧,说:"我母亲心急,经常看看问问,你别觉得烦。"王笑笑说:"理解,老头子就是她的天。去年,我父亲也是在这走的,我亲自送的他。"然后,她拍了拍我肚子,说,"放心吧,我们会尽力的,没有哪个医生希望自己的病人不好的。"

王笑笑进去了,我也笑笑。

5

第三天,特别紧张,父亲生命体征一直在下降。门开第一次,插管,签字。门开第二次,上呼吸机,又是签字。门开第三次,做CT,还是签字。母亲签一次,哭一次。父亲被推到CT室的时候,应激反应比较大,脖子涨成红色,出了一身汗。他说不出话,甚至做不出表情,但我能感觉到他的紧张。医生说他还在昏迷,但直觉告诉我,他肯定还有意识,至少还能听见。

心里似乎有点欣慰,但转瞬又变成了忧伤,心想父亲要是没有知觉也就算了,若还有意识,那是多么的痛苦和绝望。又求了神佛,盼他睡去,醒来病就好了。

想想父亲,再想想自己,忽然感悟:"能自由地呼吸,能自由地行走,是多么幸福的事情。"以前天天加班,不外乎想讨个一官半职,现在觉得,已经不重要了。低头望脚,脚已被肚皮遮住,是该减肥了。

吃了三天黄瓜,成果还未看到,就是觉得饿。门口的面馆天天喷香,每次经过时都要捂上鼻子。想起饭,想起美食,又不由得想起了刚子。

刚子是我的发小,亲如兄弟。他做得一手好菜。结婚前,我们就窝在他的小家里彻夜打《魂斗罗》,然后吃他烧的小鸡炒毛豆。那时候,我以为我们会永远在一起。有一阵子,他不让我去他家吃饭打游戏,我生气了好一段,后来才知道,他恋爱了。

和文刚结婚的时候,刚子两口子约我们去市府广场的红棚子撸串。三更半夜,羊油烤得滋滋直叫,再弄瓶啤酒,简直是神仙日子。可我的肚子也像吹气球一样鼓起来。

三年前的一天,同学在一块吃饭,喝多了一点,我和刚子吵了起来。刚子把我面前的肉扔了,说这么胖还吃。我把刚子面前的酒泼了,说喝成这样还喝。酒醒之后,我以为会回到从前,但从那后,刚子一直不怎么和我来往,甚至连母亲病逝都没有通知我。

从那以后,我再也没有称兄道弟的朋友。友情就像是聚沙成塔,甚至经不住一片叶子。人到中年了,越发感到亲人才是最重要的,只有他们才不会抛弃自己。

想到刚子,刚子却真的来了。他拎着一箱奶,左右张望。我好迟疑,不知道他是来看我,还是纯粹偶遇。刚子朝我走过来,抹一下脸上的汗,说刚一听说就过来了。我突然想哭,声音都哽了,招呼他坐。刚子沉默了一会,拍我肩说:"这是一关,每个人都必须过,都必须面对。我们就是这样长大的。"

刚子告诉我:"那年吵架,是因为我妈查出有肝硬化。前后有半年时间,我都无法接受,天天陪她住院、吊水,维持生命,几乎和外界断了联系,只想多陪陪她,再多陪陪她。后来她走了,再也留不住了。临走之前,她告诉我,我其实不是她亲生的。"然后他抱着头,哭。

刚子离开的时候,我抱了他一下,拍拍他的背,心中都是悔恨。人生太短暂了,我却用三年时间恨一个对自己好的人。

父亲还在睡着,偶尔眨下眼睛,不知道是有意还是无意。我拿出手机,给他放最喜欢的邓丽君:"甜蜜蜜,你笑得甜蜜蜜,好像花儿开在春风里……"空气里满是回忆。恍惚间觉得父亲笑了一下,等擦眼再看,笑容又不见了。

6

王笑笑天天都笑。

父亲脑水肿,她笑。父亲肺部感染,还笑。父亲又心梗了,她才把笑容收了起来。我也明白,医生终究见惯生死,总不能要求她陪我们哭。

母亲完全沉浸在父亲的病里,一天至少要敲三遍门询问病情。有没有醒?体温多少?心率多快?血压高低?有没有褥疮?多长时间洗澡?几小时翻一次身?饭够不够?要不要加米粉?不厌其烦。王笑笑很耐心,一一回答,然后反复说:"爷爷的病很重,这样的病人我们也碰到过很多,家属要做好最坏的打算,当然我们肯定会尽全力的。"然后再笑。

我每天都去找王笑笑打听情况,她总是笑嘻嘻地说:"放心。"

母亲其实喜欢王笑笑,说她温柔,又想让我打听她芳龄几许,有无婚配,说我弟弟现在还单着呢。我说:"老二配不上她。"

回想起来,我和老二一直也没让父亲省过心。

父亲年轻时喜欢骑自行车。小时候送我们去学画,弟弟坐在前面大梁上,我在后座,拎个双卡录音机,放着父亲最喜欢的邓丽君:"甜蜜蜜,你笑得甜蜜蜜,好像花儿开在春风里……"自行车的龙头随着旋律一歪一扭,那便是我们的幸福。

我和弟弟天分不算低,本来都是父亲的骄傲。高考前,我得了一场大病。考试时父亲骑车陪考,但我发挥极差,远远低于父亲的预期。那年夏天,我天天睡在床上,望着头顶的日光灯发呆,丝毫感觉不到刺眼。父亲在床旁陪我,说话,抚摸我的头,让我入睡。就是那个夏天,父亲的头发白了。

也是那一年,弟弟因为和高中班主任闹翻了,辍学。后来他失踪了,父亲和母亲疯了一样去寻,最后在学校门口的游戏厅里寻到了。弟弟打游戏已经三天三夜,眼睛都是血丝还不愿意离开,游戏厅老板觉得过意不去,将机器断了电,撵弟弟回来。一直到现在,弟弟还沉浸在虚拟世界里,无法自拔。他对父亲说,他最大的心愿,就是开个游戏厅。父亲很爽快地掏给他2000块钱,说:"你去完成心愿吧。"弟弟租了房子,买了机器,开了游戏厅。可后来家家都买了电脑,游戏厅很快倒闭了。不过这样也好,弟弟终于找了工作,上了个正经班。

我在大学的时候,也是不务正业,天天和一帮不念书的兄弟搞乐队,学交谊舞,给姑娘写情书,也替别人写。要不是那时候没有姑娘看上我,真不知还要整出什么幺蛾子。父亲说我,我就顶嘴:"我喜欢文艺也是你教的。"

毕业的时候,父亲忙着给我找工作。我说我不想工作,我要去唱歌,要不我就写小说,写尽这世态的炎凉。父亲差点晕过去,把头往墙上撞,说:"冤孽呀,你们都是我的冤孽呀。前生欠你们的,这辈子被你们讨债了。"

终是拗不过父亲,我在一家国企上了班。我仍然喜欢音乐,每年的单位年会,我都会去唱歌,民族的、通俗的,唱翻全场。我还参加过各种演出,在大大的舞台上一度疯狂。我坚持写作,写小情感、小情绪、小桥流水。读的人越来越多,让我十分陶醉。就在前几年,我还经常在想,如果我当时坚持了梦想,现在也许会是一个知名的歌手,或是一个伟大的作家。但现在,我终于理解了我的父亲,"反者道之动",我当时要真去唱歌、写作,也许早就放弃文艺了。某天妞妞和我说,她不想上学,要搞文艺,我也急得想拿脑袋撞墙。我对她说:"先吃饭,才有力气坚持文艺。"

父亲50多岁心脑血管就出了问题。和文结婚的时候,父亲偷偷从医院跑了出来。他穿了一套皱巴巴的西装,打着一条蹩脚的红领带,被人一瘸一拐地架过来。我责怪他:"不要命了。"他说:"我来送你。你有自己的家了,我再也不能把你捧在手心里了。"我忽然过去抱着他哭,旁边人笑,说:"你家是娶媳妇,又不是嫁女儿。"从那刻起,我和父亲的心真的连在了一起。

弟弟一直不结婚,他心里却很明白,对我说:"哪个女人能受得了我?"他很自卑,却表现得非常狂傲,有一点不顺心就对父母发脾气。父亲对他迁就,天天喊他出来吃饭,想多给他一点温暖。弟弟却端着饭碗走进自己屋打游戏,过年也是如此。我埋怨父亲,把老二惯成这样。父亲说,他总有一天会懂事的。再说下去,父亲就会落泪。

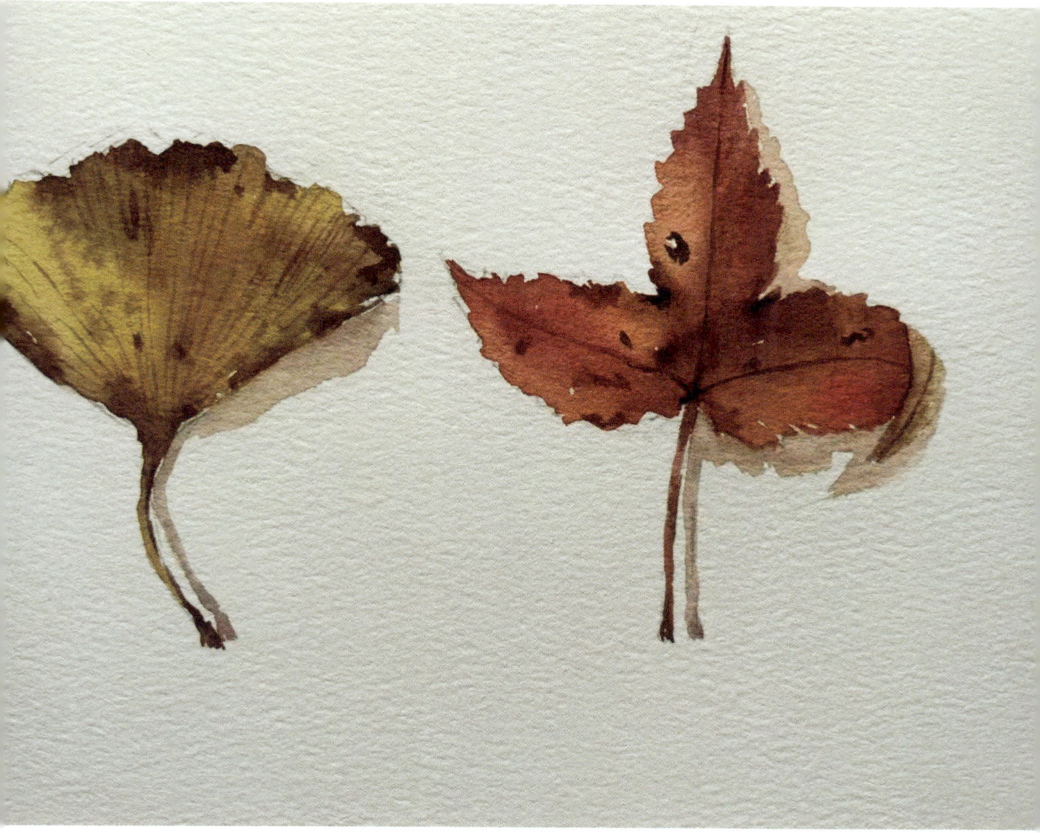

父亲病重,老二这次表现不错,像忽然变了一个人。他皱着眉头在 ICU 门口踱步,但仍然不善言辞,不会和别人沟通。抬父亲去检查的时候,弟弟非常细心,护着父亲的头颈,就像给婴儿洗澡。每逢探视,他嘀嘀咕咕说好多话。我进去的时候,好奇地问护士,老二到底和父亲说了些什么。护士说,他就说"对不起",然后不停地说,一直说,握父亲的手。

弟弟骑车带母亲回家。太阳好晒,但母亲似乎很幸福,她坐在后座上,笑。

7

文打电话,说要带妞妞过来,看看爷爷,也看看我。

接过电话,我真的哭了。

妞妞也到情窦初开的年龄了。其实有些愧疚,这么多年没有好好陪她。单位里加班已经是常态了,夜里回去只能看到她的睡相,学习基本上没问过。不过这丫头还是自觉,功课没有落下。今年大年初一,我拉开她的抽屉,发现一张纸条,上面写着:"今年我不能再喜欢韩露了。"

韩露我认识,一个不声不响的小子,留起头发就是姑娘。

我无法形容看到这张纸条的感觉。我只是在三天后,若无其事地对妞妞说:"男人,最重要的是人品,次之才华,再次才是相貌。"说完之后觉得这话以前似乎有人说过,就是想不起来。妞妞翻翻眼睛看看我,仿佛参观博物馆,然后认真地说:"爸爸,你真的不帅呀。"我的自信灰飞烟灭。平时在单位看多了美女的笑脸,还真没考虑自己帅不帅,我帅吗?我帅过吗?我曾经帅过吗?这是个问题。好半天才回过神来。

后来我陪妞妞看了部老电影,我选的,《阿甘正传》。真的希望她能嫁个品行端正的人,嫁一个能靠得住的人,嫁一个真正疼她的人。我想这是所有父亲的心愿。现在的丫头,恋爱都讲感觉,喜欢就在一起,该结婚了,却那么多的条条框框。我们那个年代正好反过来,恋爱时小心翼翼,结婚却是水到渠成。

忽然又想起文。文和我是经同学介绍认识的。初见文的时候,她戴一副眼镜,安静、瘦弱、单薄,我就担心一阵风把她吹走,但又情不自禁愿意为她担心。文和我在一起,是因为我会大篇地背《红楼梦》。结婚这十几年,我们的话题渐渐从琴棋书画变成柴米油盐。每天被生活的狗血折磨得心力交瘁,哪还有什么风雅和情趣?细想文也真不容易,我在单位一天到晚笑容满面,回家却没给她好脸色。她终日不出门,闷声不响地做家务,再有时间就捧本书看。她给我做饭,无论多晚都等到我回来才吃。孩子基本靠她管,接接送送,年复一年,也是桩不小的功劳。我一回家,文就和我有一搭没一搭地说话,聊学校里的荒唐故事,聊几个闺密的家长里短,而我压根就当她和尚念经。这么多年我没给她买过一件值钱的东西,却偷偷给母亲买了条金项链。有一阵子,我以为爱情早被时光打磨完了,但偶遇闲暇,视线里没有她的时候,心中总揣着一个东西,让人茶饭不香。会是牵挂吗?说不清楚。

去年过年的时候,文的父亲患上抑郁症,跳楼自杀了,就在文的眼前。那种惨状,文到现在都不愿意提起。岳父一直对我不怎么好,所以我也谈不上非常难过,回去三天,草草办完丧事就回来了。现在想想,心又揪了起来。我终于体会了文的感受。人生有很多事情是必须经历才能明白的。在她最需要我的时候,没能多陪她几天,多少有些悔恨,但我把悔恨悄悄藏了起来。我想对她好一点,我要对她好一点,我也必须对她好一点。

文带着妞妞来了。母亲带妞妞吃雪糕。我和文牵着手回小旅馆。

好久没和文牵手了。文老是说,旅馆条件这么差,床单脏,厕所连排气扇都没有,要不要换换,别舍不得花钱。然后帮我整理一下床铺,又把袜子洗了。我让文坐,摸摸她的耳朵,亲亲她的鼻子,舔舔她的额头,非常幸福,但心里又明白,这短暂的幸福是偷来的。

我和文说:"母亲这几天瘦得厉害。"文说:"爱了一辈子了,谁都受不了。但很多东西,不是想留就留得住的。"我张着嘴听,不知道她是说母亲还是自己。这时母亲和妞妞回来了。母亲在笑,只有和妞妞在一起的时候,她脸上才会有笑容。

我送文和妞妞走。文把我的衣领翻正,说要注意身体,一定要休息好。我说:"我有点怕。"文拉紧我,说她已经经历过一次了,会很痛,痛很长时间,但都会过去的。我在马路边抱紧文,文泪流满面,摆动双手,说:"现在你就是天,是我的天,是家里的天,天可以塌下来,而你不能,我现在所有的事业,就是等着你回来。"

文带着妞打车走了,孤独铺天盖地地来。我站在马路边望了很久,几乎忘了是要干啥。车来车往,人来人往,这就是人生。喜相聚,伤别离。

随口吃了几口饭,老觉得没味道。开了一瓶胡玉美酱,就着酱吃完了饭。母亲几乎魔怔了,用毛巾擦了嘴,又到 ICU 门口坐定,笔直、倔强,就像看一部电影,人生这部电影。阿大、阿二在门口值班,抱个毯子睡在长椅上。母亲问他们家老人怎样。阿大说:"又严重了,上了呼吸机还喘。"然后聊了开来,说他们在外地做生意的辛苦,要想比别人好一些,就要付出几倍的努力。

我靠在窗边,想点一根烟,却记起自己不会抽烟。

月光又来了,李白、杜甫都靠它吃饭,贝多芬也靠它出的名。可月光只是月光,冷冰冰的,毫无情感,我写不出诗,也谱不了曲,只是挂念父亲,盼他也能看到这无边的月色。

8

父亲昏迷的第十天,王笑笑说要做气管切开手术。母亲哭,死去活来地,说父亲遭罪了。我苦口婆心地劝,只有先顾眼下,才有父亲的将来。好不容易签了字,又陪母亲哭了一会,心情糟到极点。

母亲下去给父亲用榨汁机打饭。

静来了。她还是那么漂亮,上学时候我就喜欢她,让父亲操了很多心。现在还喜欢不喜欢,也搞不清楚。反正心中七分恋着文,三分挂着静。有那么一刹那,想抱着她哭,但又很快回到了现实。静说:"我走得急,没带钱来,我也知道,所有的安慰都是无力的,但我想陪你坐坐,只想陪你坐坐。"

静坐下来,我却不知道说什么。沉默一会,静说:"你可记得高三那年,我们一起坐公交车回家?"我说:"当然记得。那时候你扎个马尾辫,胸口挂着书包,和我一起讨论席慕蓉。不过也巧,天天能和你坐同一班车。"静笑,说:"是我故意和你同一班车,车来了,你没来,我就等。"我情不自禁地微笑了一下,自己都觉得灿烂。静突然问:"我记得你家住在稻香楼,为什么和我一样在三孝口下车?"我说:"我到马路对面,再坐两站路回家。"

好安静,又好温暖。沉浸在回忆中,都不想回来。

我又问静:"为什么突然有一天,坐车再也碰不到你?"

静沉默了好一会,咬着嘴唇说:"是因为你爸爸。你爸爸找过我,说读过你的日记,他跟我说如果我真喜欢你,就暂时离开你,等高考后,他再把我接回你的身边。"

我说:"那高考后你为什么不回来找我?是我爸不许吗?"

静说:"不是。大一的时候,你爸爸给我来了一封信,说你非常喜欢我,让我给你写封信。可我自己迟疑了。一开始是因为不好意思,想等时间冲淡了怨恨,再和你联系。后来功课忙,也没抽出时间。再后来……"

静的声音变得很小,终于说出来:"我又有了新的男朋友。"

我心中有点怨恨父亲,他让我错过了绚烂的初恋。

静又说:"有句话,我觉得你爸爸说得对,那时候,我们都不懂什么才是爱。文比我更适合你。"

静起身告辞。我送她,送到电梯口,想想还是送到医院门口。送到医院门口,想想又送到公共汽车站。我慢慢地忧伤地走,仿佛在送别自己的过往。静要上车了,我扬起手对她说:"谢谢你出现在我的青春里。"静的眼睛像含了冰块,先是握我的手,然后又搂了我一下,拍拍我的肩膀,上车走了。她没有回头看我,我想一定是怕我难过。

　　怎么回到医院的,都不记得。脑子里只有一个问题:爱是什么?想起父亲,想起母亲,想起文、妞妞,想起静,脑袋里蹦出两个字:"陪伴"。

　　母亲依然在ICU门口端坐,依然孤单,依然倔强。她怎么也不愿回家,说她其实挺喜欢这里,安静。

　　我陪她坐,忍不住问她:"爸是你的初恋吗?一生只爱一个人,你们这代人是怎么做到的?"母亲忽然花一般地笑了一下,摘下眼镜放进包里,轻声说:"我们那时候,一切都很慢,日子很慢,车子很慢,人们走路很慢,吃饭很慢,喝茶慢,看报纸也慢,写信慢,寄信慢,读信也慢,所以我的青春只够爱一个人。"

　　我细细体会母亲的话,像石上的清泉,又像一首诗,从前读过。不禁又羡慕起来,人生最幸福的事莫过于,得一人,厮守终生。

9

　　这几日来的都是父亲的得意门生——政府官员、企业老板、律师学究……父亲极其古板,学生到我家来,一切礼物均谢绝,待客也只是一杯清茶,茶是君子的象征。这几年家境稍好些,才偶尔留人吃饭。

从 ICU 出来的时候,父亲的学生们大多泪眼婆娑。我很羡慕父亲,师生关系是这么的纯洁美好,还有这么多人挂念他。然后失落,像葬花的黛玉,将来有一天,我要化灰的时候,不知道会有几人来怜惜我,又有几人为我哭泣。

电话铃响,是陌生号码,又是外地的,八成是商家卖楼的,本不愿接,想想还是接了。电话那端自称是父亲的学生,想过来探视。我来车站接他,确是旧时相识。他背着一硕大双肩包,头发比上学时稀疏许多。我还记得他的外号——"书生"。

书生和我握手,很有力量。我们坐在走廊上闲聊。我问他现在在干吗,他说在大学里教哲学,主攻六朝佛学。听闻他研究佛学,我问他哪个佛管用,能保佑父亲渡过这一难。他带着书生腔说:"佛是什么?就是善,就是缘法,就是无常,就是心无挂碍。你父亲就是佛,如果有一天真的留不住了,就让他回去吧。"我有些不快,此生罗刹。书生看了出来,说:"生老病死都是挡不住的规律,但其实我对你父亲的感情不比你少。"

书生从书包里拿出一个集币的册子,打开给我看,里面是 20 张旧版的十元钞票。他说:"这是当年我去外地读研的时候,你父亲给我的。"书生小心放回册子,娓娓道来,"我是一个农村考上来的孩子。你可能不知道农村孩子的悲哀,你们拼爹,我们拼自己。大学里学到什么,都没记住,但我始终都记得,你父亲对我们好。

我进校的时候，你父亲就说，我也是从农村上来的。农村的孩子要想在都市有一席之地，就要比别人更优秀。大学毕业那年，同学大多进了政府机关或者企事业单位，你父亲却找我谈话，说我不够圆滑，让我坚持搞学术，保我读了研。"

书生皱着眉，双手交叉在胸前，似乎有些纠结，不过很快雨过天晴，露出一脸轻松。他说："我一开始很自卑，青春年少，谁不想出人头地呢？陈胜、吴广都说过，王侯将相，宁有种乎？这种自卑持续了好长时间。后来，你父亲给我说了一个故事，也是出自《庄子》。庄子在濮水边钓鱼，楚威王派人请他做官，庄子拿着鱼竿没有回头看他们，说：'我听说楚国有一只神龟，死的时候已经三千岁了，大王用锦缎将它包好放在竹匣中，珍藏在宗庙的殿堂上。这只神龟，宁愿死去留下骨骸显示尊贵呢，还是活着拖着尾巴在泥土中爬行？'来人说：'宁愿活着拖着尾巴在泥土中爬行。'庄子说：'走吧！我也愿意像普通的乌龟在烂泥里摇尾巴，安安稳稳、自由自在地活着。'"

说完他看着我，仿佛是面对迷途的众生。他喝了一口水，水杯里茶叶很多，几乎占满杯子。复又说："人生最可怕的不是不辨是非，而是明知道是错的路，依然去行走。昨天才和一堆文人坐而论道，今天还是按照最庸俗的来，该怎样还是怎样，这就是大多数走仕途人的生活状态。我们班曾经最显赫的两个同学，后来都倒了霉，甚至失去自由。而我躲在我的小屋里，做我自己喜欢的事情，看我喜欢看的书，写我自己喜欢的文章，烂泥里的乌龟，真的很快乐。搞学术，其实不丢人。我现在教授也评上了，工资也够花了,我一直感谢你父亲给我指了最合适的路。现在我们这些学生条件都好了,如果经济上有什么困难,我们共同想办法。"

我摊开手,想说些感激的话,书生却阻止我,说:"他不仅是你的父亲,也是我们的父亲。"

我送走了书生,心中似乎有所失,又有所得。始终觉得,这是冥冥中父亲借书生的口来点拨我。

这个世界上,最贫穷的是教师,最富有的恐怕也是教师。我终于明白父亲所说的传不了我的财产是什么了。

10

13床的老人快不行了,医生出来说血氧低得怕人。两个儿子急得如陀螺。阿大要求转院,阿二却不同意,说老人家经不住折腾了。阿大坚持己见,说与其坐以待毙,不如放手一搏。我们走的时候,转院的120急救车已经停在门口。我给阿大发了微信,祝老人家早日康复。阿大却一直没有回我。

天变了,漫天风雨,不是什么好兆头。雨是老天的眼泪,气势磅礴,一泻千里,伤。人们顶着雨伞跑,像躲避灾难,但前面都是雨,又如何能逃脱?

下午再到ICU门口,没见到阿大、阿二,以为他家老人转院走了。护士长出来,才知道他家老人还没有抬上救护车就走了,两个儿子哭得晕了过去。

我的心猛地一抽。

有一种痛,叫兔死狐悲。

晚上,走廊上静得能听到心跳。没有阿大、阿二的夜晚如此难熬,再无人一起唏嘘谈笑。我尝试着和母亲聊起来,但总是有上句,没下句。心中有些恐惧,早早从医院出来,洗洗睡了。

安定似乎不怎么管用了,脑子里都是悲哀。悄悄戴起耳机,听收音机里的佛教故事。

"佛陀本是古印度迦毗罗卫国的太子,在他19岁时,在城门看到人家办丧事,呼天抢地。感叹人世间生、老、病、死等诸多苦恼,舍弃王族生活,出家修行,35岁在菩提树下悟道,开启佛教,度化众生。"

忽然悟了,这世间若没有苦难,就没有佛。但超乎想象的是,生老病死原来是这么痛苦,我的心已是血淋淋的一片。在儿时父亲教我,一份努力,一分收获。而眼下,一切都如此无助,所有的努力似乎只是徒劳,这种体验在我的人生当中还是第一次。

夜色昏沉,连月亮也不出来了。蚊子在耳边哼,仿佛在安魂,但让人烦躁。隔壁的抽水马桶不停地响,想必是租客吃坏了肚子。又想到父亲要是真过去了,如何操办后事。我和母亲都没经验,还是需要请人帮忙。心中忧郁,坐了起来,把母亲也弄醒了。母亲也在焦虑,和我说:"不知道老头子有什么样的结局,何时又是结束。"想想当下,又想想未来,似乎怎样都凶多吉少,难逃厄运,长叹一声,潸然落泪。聊到伤心处,天已微亮。母亲忽然说,她想去拜佛,多烧些香。念到佛,似乎心里能清净一些。

父亲仍然昏迷。探视期间,我们和他说了很多话。我确信他能听见,但似乎又是似懂非懂。气管切开后,放了管子,父亲发不出声音,更不知道他是什么状况。医生让我们多喊喊,给大脑多点刺激。我们就反复喊,还录了音,喊他的魂。母亲说,现在见到老头子不知道说啥,只是聊个家常,说老大好,老二也变好了,媳妇好,孙女也好,再就没话了。帮他擦擦身子,按摩一会。后来又和他说,妞妞被评上区"三好学生"了,还在学校公众号做了宣传,题目就叫《榜样的力量》。父亲眼睛动了,显然听到了。但始终感觉,父亲走糊涂了,越走越远了,越来越陌生了。

11

临泉女人也走了。

她放弃了,包车把老人送回家。住了这么长时间ICU,精神上、经济上确实都承受不了。

我们也都非常同情她,做出这样的选择,其实太不容易了。

她走的时候,母亲送了她一袋苹果。我想她们之间的感情,可能不只是同病相怜吧。

我和母亲寂寞下来。以前老觉得临泉女人话多,人又不机灵,平日只是应付搭理她。但现在她走了,通道里就鸦雀无声,让人觉得越发冷清。

雨季到了,雨下个不停,雨打梧桐,点点滴滴,想到母亲还在寻寻觅觅之间,内心怎不凄苦?母亲还是天天坐在ICU门口,从早到晚,比上班还要准时。我买了盒饭给她吃,尚未说话,泪先流下来。我说:"老妈,你可千万别累坏了身子,你要再有什么,这个家就完了。"她说:"没觉得辛苦,就是放不下。"

5号家老太太也经常过来,但不爱说话,就在长凳上歪着,歪到下午送完果汁才走。母亲说:"一个人不爱说话,是因为心里面装的东西太多了。"

王笑笑出来和5号家老太太谈话,她还是先笑一下,然后说:"作为医生,我很惭愧,5号已经救不了了,迟一天早一天的事。如果继续这么耗下去,可能也是人财两空。"老太太哭,周围亲属七嘴八舌,都在劝,到了这个地步,坚持已经没有意义了,病人自己也受罪,也只不过是在等死。

老太太似乎受了很大刺激,睁大眼睛歇斯底里地说:"都是活生生的人,又有谁不是在等死呢?我不放弃,就不放弃,舍不得。"然后颤抖着走到病床前,俯下身子,用额头贴着老伴的额头,半天不松开,无比绝望地哭泣,泪珠落在老伴的鼻子上,悄无声息。几分钟后,她又直起身子,决绝地说:"我不放弃,就不放弃。有口气在,就有念想。人不就活在念想里吗?"

嘴里应该是自己的眼泪吧,有点咸,有点酸,内心又觉得有点欣慰,有点温暖。有一种东西恐怕还是存在的,那就是传说中生死不渝的爱情。人生已多悲苦,若没有一个人想留住自己,又是多么的遗憾。

母亲绝望了。她说这重症室还真是鬼门关,进来这么多家,竟然没有一个好端端出来的。又替王笑笑担心,一个姑娘家,怎么能适应这样的工作环境?

父亲还是闭着眼睛,张着嘴似乎想说话,说两个字,却猜不出来,然后又反反复复张嘴,仿佛我还有什么没有明白。我去问王笑笑:"我爸张嘴了,是不是就醒了?"王笑笑仍然说:"还不算恢复意识,眼睛没有睁开,医生给他的指令也不能全部完成。"我又问:"究竟还能不能醒过来?"王笑笑面有难色,说:"我也希望他能够早点醒过来。"

刚子又来看我,暗示我要做好准备,问我有没有老爷子的照片。我也记不清楚,回到家中去寻。厅里居然落了一只白鸽,我打开窗伸出手去赶,镜子落在地下,碎了满地。我的心一沉,立马念叨:"碎碎(岁岁)平安,碎碎平安。"收拾碎镜的时候,我找到了父亲的遗书,在镜子背后,上面只有一句话:"我走了,汝当鼓盆而歌。"我豁然开朗,他传我《庄子》,不是为了自己看破生死,而是让我们忘记生命。

一个生死达观的人,还有什么不能面对的吗?

我以为我不会哭,因为眼泪已经流干了,但我还是张着嘴哭,无法停歇。

12

第三十日,再没有人来探视。

人病久了,终会被人遗忘。记忆很奇怪,教人忆起,也教人遗忘。

院子里的芍药开了,娇艳欲滴,正如世间所有的美好。

ICU 的门打开了。

王笑笑走了出来,穿着白色大褂,像个天使。

她一脸严肃地告诉我:"你要挺住,我要告诉你一个好消息和一个坏消息。"

我说:"我要听好消息。"

王笑笑沉吟一下,说:"老爷子眼睛睁开了。"

我一头就扎进了 ICU,居然没有一个人拦我。

父亲的眼睛真的睁开了,萌萌地转着,像初生的婴儿。

我喊他:"爸爸。"

没有反应。

我在他眼前挥挥手,问:"爸,你还认得我吗?"

他好像看不见我。

我又说:"爸,你到底怎么了?你还记得我吗?我是你儿子呀。"

父亲用眼睛扫了我一下,依然毫无光彩。

我继续叫:"爸爸,我是你前世的冤孽呀,我来讨债的,我的债还没有讨完呀。"言毕,泣不成声。

父亲忽然把眼睛睁得很大,有些空洞而又有些好奇,仿佛我是他的父亲。

王笑笑拍拍我,用细若蚊子的声音对我说:"对不起,你的父亲恐怕已经没有记忆了。"然后看着我落泪,一滴,两滴。

半晌,我伸出手,颤巍巍地抚父亲的头,对他说:"你好,有根,今天是 3 号,星期六,离你昏迷已经三十天了。重新认识一下,我是你的儿子,大伟。我想给你唱首歌。"

我忍住哽咽,好半天憋出一句,却是一首流行歌曲:"突然好想你,突然锋利的回忆……"然后再也承受不住,号啕大哭。真的好想时光倒流,回到那个骑着自行车甜蜜蜜的年代,回到父亲自行车的后座上,听着清脆的铃声,随歌摇摆。可心中的痛告诉我,再也回不去了,父亲已经太累了,再也拉不动我了。

夕阳落下去了,火烧云霞,绮丽、雄壮,转瞬又终归暗去,让人悲怆,又似乎唤人超脱。

孤独,真的好孤独。人心孤独,天地也孤独。

日光灯一闪一灭,飘忽不定。

怎么物业的人如此偷懒,也不来修一下?

通道外异常冰冷,已无他人。墙面光亮如镜,映出长凳上坐着的两个人,一个白发苍苍,另一个是自己吗?有些瘦,有些憔悴。

冰淇淋

　　今年是暖冬,商场暖气开得又足,让人忘了季节。三五个穿着单薄的女子坐在玻璃屋里优雅地吃着哈根达斯,或黄色,或蓝色,或一个球,或两个球,让人羡慕。我不知道她们在品味什么,只是觉得很甜蜜。妻以为我在看美女,用杂志捶我的头,催我元神回来,我却告诉她我在看冰淇淋。

　　我所记得的冰淇淋是蛋黄筒里的一抔白色,像初恋般纯洁。记得我像孩子这般年纪的时候,床头钉着的是小虎队的海报,留着小帅虎的头发,天天哼着:"向天空大声地呼唤,说声我爱你,向那流浪的白云,说声我想你……"情窦初开的年龄最喜欢耍酷,篮球、足球,没有天赋,就跑步吧。天天放学后我就在操场上伸开双手傻子一样自由地跑,只有风在竞争。操场的角落里有一棵叫不出名的大树,树下总是坐一个裙裾飞扬的女孩,那是能儿,全校男生都认识的美女,每从她身边经过,我就抿紧嘴唇,韩国小生一样地酷。

中考还剩一个月的那天,能儿在操场招手拦住了我,出人意料地递给我一支冰淇淋,蛋黄筒里纯洁的白色。蝉声铺天盖地,就像我的心在歌唱。我和能儿缩在树下一起吃冰淇淋。能儿问我:"为什么跑步?"我笨拙地说:"没什么,就是喜欢。"能儿笑着说:"阿甘也这么说。"我问她:"为什么坐在这里?"能儿说:"等一个人一起爬树。"我攀住树枝,一个引体向上就上了树,伸手又把能儿拉了上去。能儿坐在树上,双脚在欢快地晃荡,说她最喜欢的电影叫《阿甘正传》,然后不厌其烦地给我描绘,傻子阿甘爱上了一起爬树的珍妮,后来他出人意料地成为一个功勋卓著的军人,一个成功的商人,一个孤独而又出名的跑步者,最终娶到了爱慕已久的珍妮。珍妮幸福地死去,阿甘把她葬在小时候经常攀爬的树下,流着泪对她说:"I miss you so much."能儿说:"这世界聪明人都学会了放弃,只有傻子才有执着追寻美好的勇气,所以我喜欢傻子。"那时候清风徐来,鸟语花香,美如仙境。

一连三天,能儿都给我一支冰淇淋,我们坐在操场的大树上聊天,流连忘返。我不知道这算不算爱情,但无比幸福,像冰淇淋一样甜蜜。敏感的老爸似乎发现了我的幸福,放学的时候骑着28加重车押送我回家,我再也没去成操场。某日一个哥们下课和我聊天,说全校都在传,美女能儿站在操场树底下等一个傻子,手里拿着冰淇淋,化得满手都是。我突然觉得很心疼,也非常后悔。中考结束的时候,我买了冰淇淋在操场旁边等能儿,但我再也没有等到她。

时光流逝如水,我仍经常回母校的操场跑步,看到很多裙裾飞扬的少女,但都不是能儿,我有些遗憾,如果不是为了完成学业,也许会有一段非常美丽的爱情。22岁那年,操场边站着一个背影很像能儿的女子,我慌里慌张地递给她一支洁白的冰淇淋,后来她成了我的妻。我们有了女儿,生活得很幸福。但偶尔我也会想起那个情窦初开的年龄,想起那个给我冰淇淋吃的漂亮女孩。

终于有一天,我在操场边把这段往事告诉了妻。妻故作豁达,一边轻描淡写地说"谁没有这样的幸福呢",一边拉我去看电影《夏洛特烦恼》,旁敲侧击地叫我惜取枕边人。是呀,纵使时光倒流,又能怎样呢?现在想起来,我确实不知道那算不算爱情,甚至算不算自作多情。能儿现在是什么样,想也是人到中年,是风采依旧还是人老珠黄?是温暖豁达还是刻薄寡恩?不知道也很怕知道。

女儿身体弱,有哮喘,不能吃凉的东西,冰棒、冰淇淋都不能碰,每次她在外面偷偷拿爷爷给的钱买来吃,我们都拿板子打她的手。医生让她跑步,她伸着手,和我当年一样地跑。我问她为什么跑步,她说为了锻炼身体。我告诉她:"你应该说,我就是喜欢跑步。"女儿翻着眼睛看我,说:"我才不喜欢跑步。"不知不觉她也渐渐长大,开始追星,最喜欢TFBOYS,天天唱:"我只想给你给你宠爱,这算不算不算爱,我还还还搞不明白……"生日的时候,女儿悄悄对我说,她最大的愿望是想请一个朋友吃冰淇淋。我

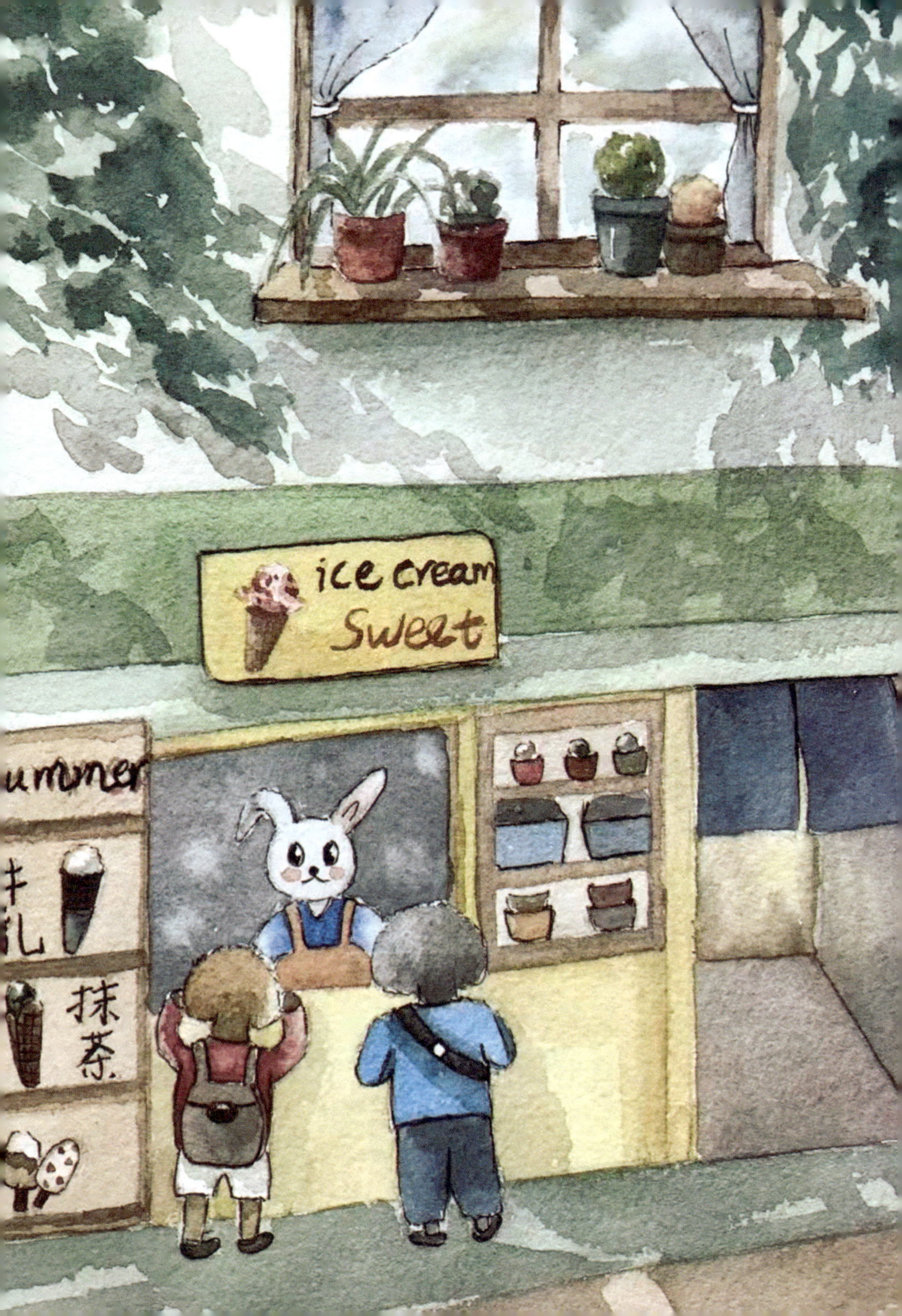
ice cream
Sweet
ummer
抹茶

很吃惊,却不知道如何去安放她的这个小小心愿。我没有问她是什么朋友,男的还是女的,但看她一脸的诚恳,终于狠下心给她零花钱,并叮嘱她不要给妈妈知道。女儿快乐地去了,回来后就发高烧,病了一周,但很幸福,很快乐,连打吊针都笑着。

我仍然会去学校,看操场边的那棵树,从一个懵懂少年变成一个大腹便便的中年人。但事与愿违,我还是没有碰到能儿。我的心慢慢安定,几经沉淀,终于明白,其实生活本就应该像冰淇淋一般甜蜜,只不过是被种种俗事遮蔽了。只有在回首往事的时候,才能稍稍体会那些风轻云淡的甜蜜,那些破茧成蝶的故事,那些擦肩而过的幸福。

这是一个别人的故事,我却把它写成我自己的。

啤酒

20世纪80年代左右,母亲去青岛出差,带回来一捆绿瓶子,瓶上写着"青岛啤酒"。我们花了半个小时才把瓶盖打开。酒微黄,泡沫细密,父亲喝了一口,看着呆呆的我们,说,像马尿。又给我一口,酸酸涩涩,是没觉着好。可当那捆啤酒喝完的时候,父亲上了瘾,他说,这酒寡淡,回味甘甜,像君子。

那时候家里条件不算好,父亲隔三岔五去打散装啤酒,用塑料袋装着一摇一晃地提回来,倒在水杯里给全家喝。每到喝酒的时候,他就有些忧伤。母亲嘲讽他:"既见君子,云胡不喜?"

父亲经常对我说:"对一个人好就可以了,但不必太好。"这句话我现在大概也能理解,人世间,有恩,才有怨,密极则生疏。父亲其实是个情感很厚重的人,他有着文人特有的敏感和细腻,再加上出身贫寒、早年丧父,后来又接连失去了几个重要的朋友,才有

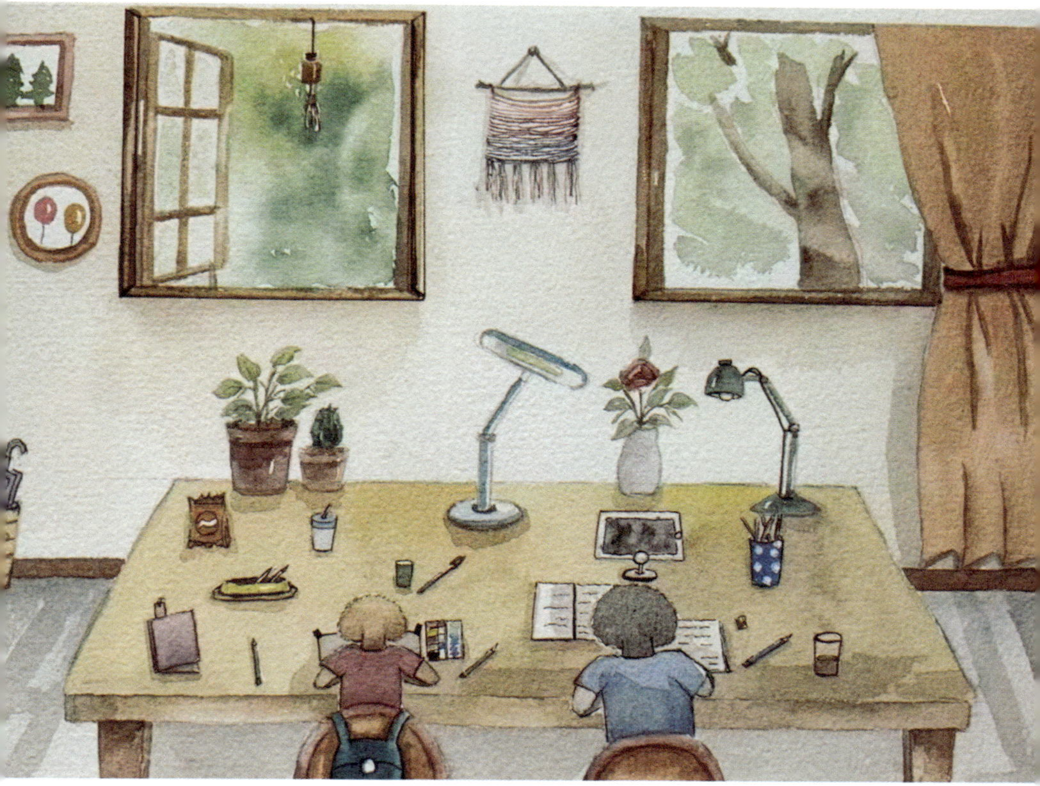

了那么多的惆怅和孤单。然而,恰就是这个缺乏安全感的人,待我极好,甚至有些溺爱,让我在童年感到无比的温暖和踏实。

和父亲不一样,我一直不大喜欢喝酒。但我喜欢唱歌,上学的时候,碰到喜欢的人,我就给她唱首歌。后来结婚了,遇到对脾气的朋友,我就给他唱首歌。仅此而已。我一直记得我和我老婆结婚前的那次约会。我们都喝了一点啤酒,我对她说:"从前我喜欢上一个姑娘,但不敢告诉她,后来室友对我说,要先喝两瓶啤酒,才有勇气表白,然后我就喝了两瓶啤酒。"她睁大眼睛问我:"再然后呢?"我告诉她:"我就睡着了。"她放声大笑,然后又啜泣起来,我慌了手脚。她说:"她哪有我对你好呀,我可以为你笑,也可以为你哭。"

又后来,我长胖了。人都说,心宽体胖。我却知道,胖人没有不敏感的,如果有,也是装的,因为,受尽嘲讽。很多人嫌弃我,善意或不善意地开着玩笑。但我的夫人没有,她除了关心我的健康,不对我提任何的要求,这也是我的福气。闲愁多了,就想把它写出来。我的触角很多,会生出许多说不清、道不明的情感,但我大都写亲人,父亲、母亲、夫人和孩子。有人问我为什么,我答,不可说。人生很多事都是弄巧成拙,有时候明明是想说,我喜欢他们,最后被理解成人身攻击。这也是我最大的遗憾。

我想起了那些朋友,那时候可以大碗喝酒、大块吃肉的朋友。年轻时候在一起可以肆意欢快,现在相聚却小心又小心,生怕触动了那颗玻璃的心。我也曾有过要好的异性朋友,现在相处却越来越淡,因为我明白她们其实不属于我,她们有着自己的生活。

人到中年,终须喝几杯啤酒,君子之交淡如水,如果达不到,就淡如啤酒吧。

喝啤酒,就想起了父亲,我终于能够理解他的那种孤独和忧伤。电视剧里看来一句话:"情深不寿,过慧易夭。"父亲在去年过世了,病得突然,没来得及交代一句话。我有半年都没走出来。葬礼那几天就像在梦游,真的梦到父亲的时候却哭了。因为我敏感地知道,真正对我好的人越来越少了。

偶然的机会去了青岛。上等的旅行刻骨铭心,中等的旅行除了吃什么都不记得,下等的旅行连吃都不记得。但我记得青岛啤酒,我尝到了久违了的甜丝丝的回味。

在啤酒博物馆喝杯原浆,在五四广场看灯,在栈桥上吹吹海风,回想过去那些快乐的旧时光,似乎也很惬意。但我发现我真的老了,团队出游的时候,我也很努力地和别人交流,但走着走着就成了孤家寡人,就像人生,就像散场的盛宴。

街口门楣上写着"劈柴院"。我在里面看各色小吃,忽然发觉一个背影,大腹便便,步履蹒跚,很像父亲。他手里提着一个塑料袋,里面满是啤酒,一摇一晃地走。我一直跟着他走,明知道不可能是父亲,还是想看清他的脸。我看他向右一转,入了一个院子,院里有个戏台子,写着"江宁会馆",一个小旦咿咿呀呀地唱,底下是宴席。那人走到桌前,从塑料袋里给他的胖儿子倒酒,那神情,舐犊情深。我的眼泪一下子就涌出来,我怕别人笑,拿下眼镜擦,却怎么都擦不干净,那种悲伤无可言语。

只愿人生淡如啤酒。

聊聊石头

我不玩石头,也算不上收藏石头,只是喜欢保存自己和亲人捡来的石头。每到一个地方,无论是山谷、海边,我都喜欢去捡石头。家里有很多石头,浴缸里、凉台上、花盆里、书架上,很多,偶尔能碰到纹理、光泽、图案还行的,但没有卖过一分钱。其实石头的价值在于文人的品鉴,用金钱来衡量就太可悲了。

是父亲让我养成保存石头的习惯的。以前他身体健康的时候经常捡石头送给我,后来他基本上不能行走,我就捡石头送给他,他甚至能从石头上听到山崩和海啸。回想起来,父亲在我和弟弟身上可谓用心良苦。上学时候的我,顽劣而又狂妄,对入选语文课本的许多名家名作大多不屑一顾,但有一篇例外——朱自清的《背影》,文中的父亲和我父亲非常相似,身材臃肿,步履蹒跚,对子女有如山般的爱。就是这篇文章教会了我怎样去爱自己的父亲。

最初我对父亲的感情就是害怕。每当我放学玩得很晚回家，父亲就怒目圆睁，取下黄胶底的鞋来当街打我屁股。我和弟弟经常被打得鸡飞狗跳，甚至跑到奶奶家。父亲其实是个文人，差不多是新中国成立后家乡出的第一个大学生，大学读的物理，在工厂、农场锻炼了一圈终于留校工作。"文革"后进了修，原本以为自己会是个理论物理学家，可后来却进了哲学系搞行政。哲学系是出人才和思想的地方，父亲在这里成长，还当了十年书记，现在想来着实不容易。父亲常说："道理是相通的，未必懂老子、庄子才能教好学生。"事实证明他是对的，他的实用主义教学方法确实令他桃李满天下。

很多人说父亲很了不起，甚至把他比作庞统。后来连他自己也说，我和弟弟就是他的落凤坡。也曾有人批评父亲是个老滑头，但我可以做证他是个谨慎而又善良的人，他的滑头只是不想伤害别人，也不想伤害自己，平日里就算走道里有个香蕉皮都会被他捡走，只要他能行走。

父亲有一个巨大的遗憾，就是没把我和弟弟教好。他提到自己的弟子总是神采飞扬，提到我和弟弟就没了劲头。懂教育的人都知道，最难教育的往往是自己的孩子。父亲的那一套说教在我这几乎没用，就好比疫苗让我有了免疫力。

谁家家长不是望子成龙？父亲也不例外，就算生活再艰苦，也要花钱培养孩子。小学时给我们报各种班，其中画画班要走6站路。父亲给我们买了画板，骑着28加重自行车一前一后带着

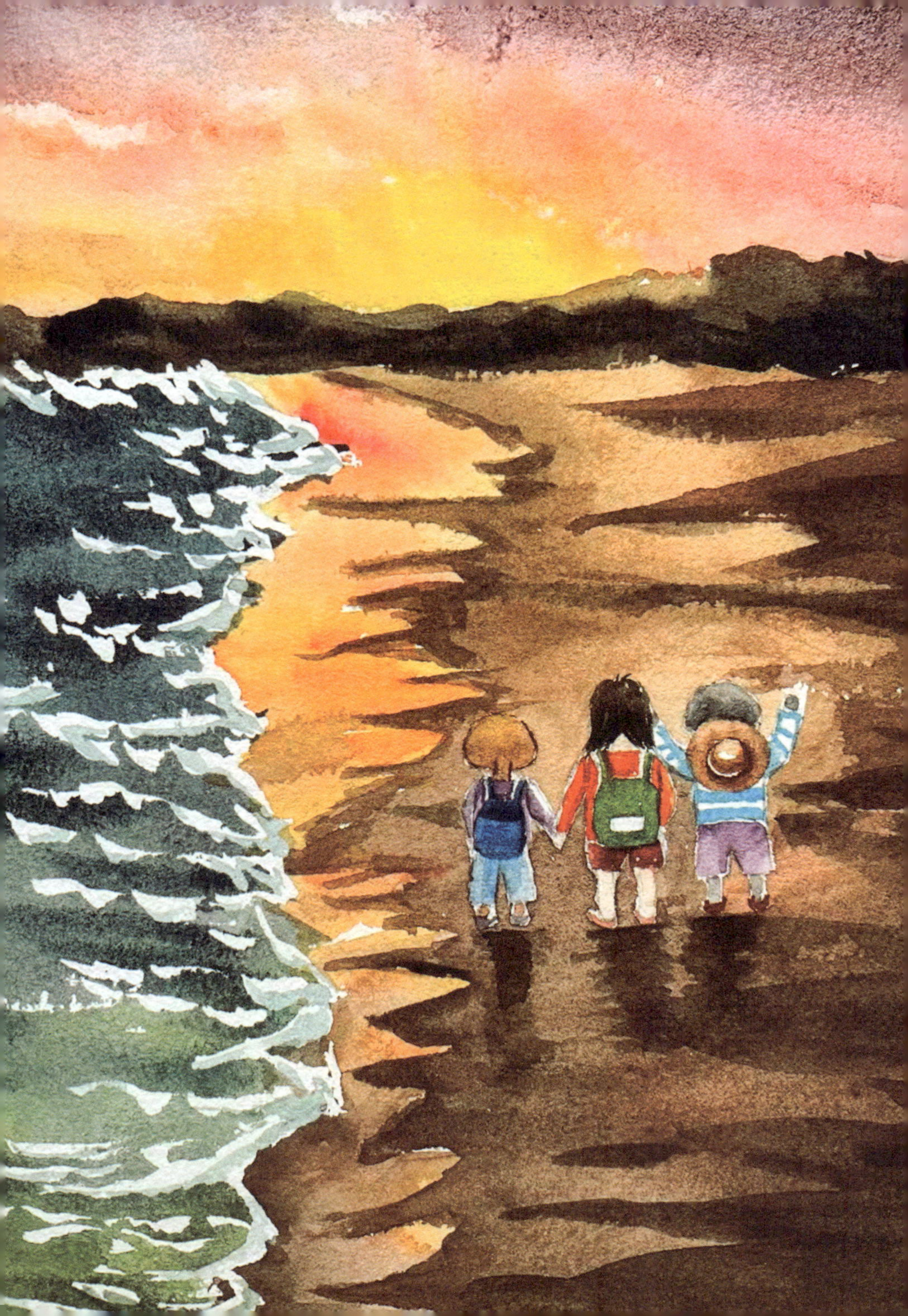

我和弟弟,坚持了几年,我和弟弟都要放弃的时候,他还在坚持,直到最终老师婉转地说出我们根本不是那块材料。

初中以前,我和父亲几乎都不交流。我想父亲那时候应该失望透了,棍棒底下也没出个孝子。那时候我最喜欢研究武侠内功,经常带着其他小孩从二楼平台往下跳,父亲看得触目惊心,说我残废也就算了,别人家小孩要有个三长两短可如何是好。后来他就不再打我了,让我读各种书。

我家的书柜藏书有千卷,但奇怪的是很多书都有同样的两份,包括《红楼梦》。后来才知道是父亲、母亲恋爱时一起买的,那时候人的爱情可能是我们这代人不能理解的,清纯、坚贞,穿着铁打的衣服,有时候真的令人羡慕。正因为有这样的教育,我对婚姻和爱情的态度非常认真,也生活得非常幸福。不过也有很多人说我脱离社会,过时落伍。谁对谁错其实也不重要,但后来从几个朋友身上知道,放纵享乐也非常危险,常常最后无法解脱。

我喜欢读《红楼梦》,父亲告诉我它的另一个名字叫《石头记》。名字不重要,只要写得好,管他什么石头泥巴。《红楼梦》我读了很多遍,也读了三四个版本。自从读了《红楼梦》,我就和班上的女生关系密切,姐姐妹妹认了一大堆。这种友谊一直保持到现在,只是后来她们和老公或男朋友撇清我们之间的关系要花费好些工夫。女儿是水做的,后来真的得了女儿,我宝贝得不得了。

第一次感受父爱是在我读初一的那个夏天。父爱不像母爱那样直接,它总是在你的视野外闪现。那年夏天特别热,家家都摆了凉床在外面睡。蚊子像波浪一样汹涌,父亲用扇子扑着,让我们安心睡,半夜醒来,发现父亲还在闭着眼扇着,脑门上被叮了几个巨大的包。父亲给我的感觉就是安全,天塌下来有父亲顶着。现在有了自己的孩子,她老是说不喜欢我,有妈妈就行了,我也不生气,继续给她赶蚊子。90年代以后,家里条件好了,经常出门就打车,父亲一再教导我不要坐在副驾驶的位子,说危险,而全家出门的时候,他自己总是坐在那里,现在我也是这样了。

父亲最大的遗憾是没上过清华北大,所以自幼给我和弟弟定的目标就是清华北大。我和弟弟的智商其实不低,甚至是有些小聪明。可就是这些小聪明害了我们。高考那年痛彻心扉,父亲拿到成绩单差点晕过去。我生了一场大病,身心疲惫的我甚至想去跳楼,父亲看护着我,头发一个月就白了。有一天晚上,我起来上厕所,看到父亲拽着自己的头发往墙上撞,被妈妈搂着哭,他是那么的软弱,又是什么让他这么软弱?后来我的病终于好了,父母担心我的身体,没让我复读,而是上了本校的大专。高考的失利让我明白人生中最重要的道理:人不能靠机巧生活,要靠努力和实力。

两年后,我升上了本科。这对我来说,是人生最重要的机遇。文凭其实是文人最好的遮羞布,从此我的生活步入了正轨,毕业后顺利进入单位从事IT工作。父亲给我书看,是想让我明白做人的道理,可也再次让我陷入迷途。书可以助人,也可以误人。我读了《庄子》,如典籍般信奉。《庄子》本身没有任何问题,但我出现了问题。干了IT不去钻研技术,成天钻研不可言说的大道,甚至想退回农耕时代。后来单位调整我去做文字,父亲急得如热锅上的蚂蚁。他每天早晚都对我说,无论是什么事都要去面对,不能逃避。

父亲教我写作,他说文章要拎起来,然后淡下去。我的文字水平提高很快,写好公文的同时,开始在报刊上陆续发些"豆腐块"。父亲当着我的面经常教育我做人要低调,背后四处拿文章与人看,说我儿子是作家了,连邻居老头都笑他痴。我道歉地说:"您一定要理解一个父亲的心,一个回头浪子的父亲的心。"

我和妻是同学介绍认识的,似乎没有一点浪漫的因素,只记得是在冬日的星空下,走了10公里路,讨论完了四大名著。我恋爱了,父亲告诉我爱与哀愁总是接踵而来,要有迎接的准备。我和妻很相爱,但妻的父母嫌我胖,不大喜欢我,经常给我些脸色看。妻还是嫁给了我,但岳父岳母似乎永远也不会把我当成自家人。也有吵架的时候,妻骂我:"就是个石头。"父亲经常劝我要对妻的父母宽容,毕竟他们把女儿给了我。父亲对妻很好,至少在外人看来要比对我好。他从来不给我们制造任何矛盾和麻烦,让妻非常感动。

结婚时,父亲托人从灵璧撬了块石头送我们,黑不溜秋,骡子不像骡子,马不像马,怎么看都只是个石头。我不以为然,妻却很喜欢。妻问我可看过三毛的《痴心石》,说石头代表的是痴心。我愕然了,也还记得《红楼梦》上有歌云"痴心父母古来多",下一句更让我惭愧,从此学会了孝顺。

我和父亲的某些弟子互相有些瞧不顺眼,小时候总是觉得能和老师、领导走得亲密的人都不是凡角,而父亲的某些弟子虽说见面给我个笑容,但心里认定我不过是个纨绔子弟。工作以后很久,我才懂得如何和领导打交道,想想还是自己错了。突然有一天,父亲得了脑中风,那时候觉得天要塌了。我的身体本就一直不太好,不能劳累,不能熬夜,无法给父亲陪床。父亲的学生自发排班日夜照顾他。我觉得很愧疚,很愧对我的父亲,也愧对他的那帮弟子。我真的错了,自此明白支持人行为的不仅是功利,更多的是人与人之间的感情。

鱼儿出生的时候,举家欢乐。鱼儿之所以叫鱼儿,是来自《庄子》的"子非鱼安知鱼之乐"。终于盼来个女孩,父亲非常喜欢。我知道父亲为什么喜欢女孩,那是因为对儿子彻底绝望了。后来鱼儿上了学,我也终于明白当老子的感觉。鱼儿在班上得到表扬,我会精神振奋几天;鱼儿被批评了,我也茶饭不香。轮椅上的父亲又找到了教育的感觉,手把手教鱼儿语文、数学,甚至是本土发音的英语,妻想说什么我却不给她说,我知道父亲是想在孙女手里把本扳回来。鱼儿也很害怕爷爷,说他手里有根棍,吓人,我们不在的时候乖巧得不得了。

鱼儿喜欢画画,还大小得了一些奖,比我小时候强多了。有一次她问我星空是什么样子。我只好说星空太美了,我和妈妈就是在星空下认识的。鱼儿画了一幅画,星光下一对男女,拖着长长的影子,说是爸爸、妈妈,就是爸爸挺着个肚子。我告诉她那时候爸爸还没有啤酒肚。妻一边笑一边在画上写了一行字:"谁画出这天地,又画下我和你。"后来我们专门带孩子去海边看了一次星空,回来后画上就变成了三个人。鱼儿有哮喘,不能吃凉的东西,老师让她画快乐的夏天,她画成一个长发女孩在树下吃冰棒。妻后来哭了,觉得没法给孩子最美好的东西。后来我们就把孩子喂得胖胖的,给她吃所有爱吃而又能吃的东西,哪怕她喜欢吃螃蟹,就算喜欢吃星星我也要摘给她。

如今我也步入中年,和父亲一样五短身材,草包肚子。正如歌中所唱,小时候怎么也没想到,长大后,真的变成了他。我给父亲讲每天发生的事情,我给他讲工作,讲生活,讲旅游,讲大海。我快乐,他也快乐;我忧伤,他也忧伤。我说,你要在那就好了。父亲说,我一直和你在一起,没离开过。父亲经常捧着书在轮椅上睡去,书上画了句子:"去的尽管去了,来的尽管来着,去来的中间,是怎样的匆匆呢?"我知道父亲老了,我想说我爱他,非常爱,但我说不出口。我很怕失去他,因为我不知道自己的肩膀能否扛起这片天,但我承诺过父亲一定要做到。

鱼儿看不懂《红楼梦》,更不解风情,但她喜欢收集各种漂亮的贝壳和石头,经常发现宝贝就兴致勃勃地送给我。后来我终于想到了爱她的原因,在她的身上我看到了我自己,也看到了我父亲、母亲、妻子和其他所有爱我的人。"情到深处人孤独",现在我终于承认,年轻的时候真的不懂爱,等到想要坦然去接受的时候却发现已经不多了。用这篇文章献给他们,也献给年轻时懵懂而又不够努力的自己。

跳舞

不知道哪位圣贤说的,这世上有两种人,快乐的猪和忧伤的哲学家。

我的父亲教哲学,我和他有些相似,喜欢空想:人从哪里来?又到哪里去?生活的意义又是什么?而母亲是家里的另类,万事不操心,没心没肺,父亲离世前,我好像从没看到她为明天的事发愁。

母亲没什么爱好,只对舞蹈感兴趣。电视里的拉丁,舞台上的芭蕾,甚至街角大妈的广场舞,她都会看得如醉如痴,忘记了生活。父亲时常劝她,你也去跳呀。母亲居然羞涩起来,说怕跳不好,丢人。我也问她学过没有,她只说,年轻时跳过忠字舞。

父亲病的那几年,我养成了写字的习惯。人生不过是午后到黄昏的距离,我拼尽力量,似乎也只为证明,一切美好的东西都是有意义的。那几年,母亲终于成为小区广场舞的一员,那个群体有个闪亮的名字——"小舞台"。跳舞对母亲来说,是温暖的、快乐的、幸福的,让人忘却忧伤。我原先以为,跳舞的人都该不苟言笑,娴静从容。母亲却告诉我,圈子里净是性情中人,哪有几个人淡如菊?她们都不简单,都有自己的故事,她们在一起,只为相互取暖罢了。

牵头"小舞台"的姓赵,热情又热心,待母亲是极好的。每次跳舞结束,她俩都要手挽手结伴归来,一路聊个不停,那个亲热劲,连父亲都要妒忌三分。

父亲走了以后,母亲终于有大把时间跳舞。一有闲暇,母亲就和我说起一起跳舞的那群姐妹,说她们一起旅游、摄影、野餐、制作相册,买各种各样的帽子和裙子,打扮成一群老妖精,肆无忌惮地在一群老头子面前显摆,说得自己都不好意思。我也鼓励母亲,多跳些舞,多和朋友交往。人是需要爱好的,人也要爱生活。

四月的周末,像往常一样,母亲给我炒了几个菜。电视里放《新闻联播》,已是晚上7点,她却没像往常一样出门。我打趣她,杨小姐怎么今天不跳舞了?她皱了眉,说跳舞有什么好,还不如去做广播体操。那天后,她再没去"小舞台",只是几次夜深人静的时候,偷偷扭开卧室的小音箱,迎着月光跳佳木斯舞。我和妻相视而笑,她好,一切就好。

周一,单位最忙的时候。有电话来,陌生号码,估计是骚扰电话,想想还是接了。电话那头一个自称医生的人说母亲身体出了问题,是乳腺,很不好。

我再无法专注做事,胡思乱想开来。曾有个医生朋友告诉我,乳腺的问题通常和心情连着。母亲一贯大大咧咧,怎会得这个病?又觉愧疚,父亲离开的这段时间,没能好好照顾母亲,我还欠她一个长长的假期,说好要陪她周游世界的。手心里是汗吗?一切让人措手不及,感觉自己还没长大,父母怎么就都老了?

　　接下来,紧张,忙碌。陪母亲住院、手术、化疗,每天回到家里,肩胛骨莫名其妙地疼。上班第一天,领导噼里啪啦一顿狠批,说我工作出了疏漏,我再也忍不住在他的办公室里放声痛哭。世界是模糊的,眼镜摘了还是看不清楚。我知道,我失态了。

　　母亲问我为什么心事重重,我犹豫了半天还是坦白了。我说我一直在坚持,想做一个好儿子、好女婿、好丈夫、好父亲、好朋友,还有好员工,但偏偏力不从心,钱没赚到,事业平平,连书都卖得不好。我不知道我究竟能干什么。

　　母亲看我,无比认真。她轻轻地说,一件事情如果真的付出努力都做不了,就放下吧。我抬起头努力听,她又说,但是放下,是为了坚持更美好的东西。做你喜欢的,只要做就行,就像跳舞吧,哪怕不好看,哪怕在黑暗里一个人独舞。

　　我有一种豁然开朗的感觉,这应该就是一个舞者的人生姿态吧。

　　我突然发现,其实我并不了解母亲。她心细如发,她只是把细腻藏在了心底。

　　母亲说,你老问我,为什么得这个病,是不是因为你爸走得急。是的,这确实是病根,但还有一样让我非常难过的事情。

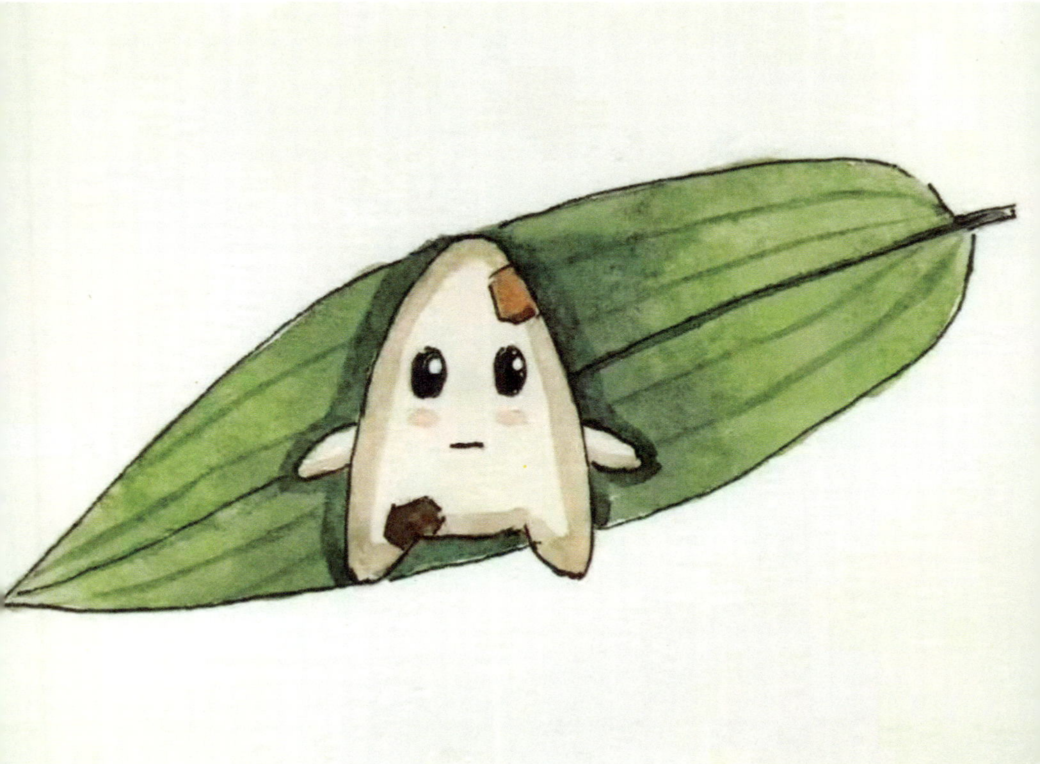

我张着大口,呆望母亲。母亲沉默了好一会,有些扭捏,有些幽怨。她问我,可记得和我一起跳舞的赵老师?你爸走的时候,她来看过很多次。那时候,我们比姐妹还要亲。

我被"那时候"三个字惊着了,现在呢?

母亲说,老赵人很善良,对我也好,就是为人有些强势,强得过了些。半年前,新来的吴老太太蹭着来学舞,她动作怎么都协调不了,还经常和人反着来,老赵就骂她笨。吴老太太生气,走到我旁边,挤眉弄眼跟我说,她自己跳得不也就那样。也许是不想得罪她,我就莫名其妙地嗯了一下。这时候,老赵在我身后咳嗽,我知道,她听到了。

我只装作是寻常和她讲,老吴跳得不好也没有什么,咱不就图个乐吗?

老赵怎么就满眼泪光了,好像是说,你居然还向着她。然后又激动起来,说跳舞本就是自觉自愿,对我有意见可以不来"小舞台"。一句话没说完,自己收拾东西走了。

母亲抿了一下嘴唇,接着说了下去,那之后的半年,我们都各跳各的,再也没有亲热起来。没想到,这老赵这么较真,不就那么点事吗?我也没觉得究竟做错什么,不理我算了,哼,我也不惯着她。

我摇着头,心说这人年纪大了,怎么和小孩一样一样的。

母亲摘下老花镜,继续又说,七月半那晚,我给你爸烧纸。街那边也火影憧憧,光亮里,我看到好像是老赵,就是老赵。

我问小区巡逻的保安,老赵给谁烧纸?

173

保安说，给她女儿。

他又反问我，你不知道老赵的事？

我说什么事，不知道呀。

他瞥见四周没人，小声告诉我，八年前，她和爱人吵架离婚，女儿接受不了，从商场四楼跳下来，死了。

我记得当时心像是抽了一下，我这才想明白，老赵为什么这么怕别人"闲话"。说实话，我好想去挎她的胳膊，可我们已经走远了。我也好想和她聊聊天，却再也找不到合适的话题。我们再也回不到当初了。

母亲已是泪眼婆娑。

这就是母亲不可见人的忧伤。人生的悲苦不过如此，两个极善良的女人，却又无端地互相伤害，我在叹息，造化弄人呀。

我劝母亲，有时候一句话恼了，可能真的是因为把彼此看得太重，就像贾宝玉和林黛玉。所以，放下吧，老杨同志。

母亲说，已经放下了。说得如此黯然和无奈。

我突然很心疼，心疼母亲，也心疼这解脱不了的芸芸众生。我又何尝不是？天天与人谈经论道，内里既贪又痴，亲人、朋友、事业、家庭、肉体、物质、灵魂、感情，一个都舍不得，一个也都放不下。那夜我失眠了，我不知道该拿什么去抵挡这人生的虚无。世事短如春梦，我却连梦都没有。

钟楼的钟响了，沉重、悠远、促人清醒。我想死死抓住这片刻安宁，一切都不要想了，管他呢，来处来，去处去，此心安处，便是吾乡。

这是个悠长悠长的假期,人却足不出户。

案头手机响了,是母亲。

她说,想儿子了。

我说,没事在家多跳跳舞。

明日需备些好酒,再买束花送给母亲。

我还有爱的人,还有想做的事。

思南路的冬天

春暖花开的时候,我曾陪母亲去上海看病。

还未等到西风萧瑟,又来了上海,这回是母亲陪我看病。

检查前后拖了一周。两个落魄的灵魂,在上海滩的大街小巷中游荡。

南京路上有个网红许愿洞,洞内挂满各种书写愿望的卡片,仔细看去,求福,求禄,求姻缘,不过都是些"贪""嗔""痴"罢了。这就是红尘,上海滩的滚滚红尘。一个戴着礼帽、围着白围巾的汉子在门口打诨,音箱里放出"浪奔,浪涌"的主题歌,似乎吞没了所有的过客,以及人生中的所有过往。不知不觉,眼泪落了下来。母亲问许个什么愿,我说还能许什么愿,就拜了拜,恭恭敬敬地拜了一拜。拜神,如神在。

平日里,母亲也是个讲究人。她其实非常喜欢上海,但她也有心结。她以前看过一部剧,一个上海大妈把腰一叉,对准女婿说,一杯咖啡都请不起的穷小子,还想娶我女儿?从此得出结论,上海的物价很贵,尤其是咖啡。

上海的美在于瘦,在于品位,在于精致,越窄的马路越有老上海的味道。我想我真的是老了。年轻时就怕生活没变化,中年以后,反倒害怕这变化的生活,所以现在的我更喜欢一些老物件,比如说老房子,旧木的香味,尘封的砖瓦玻璃,雨迹斑驳的墙头,当然,还有那些记忆里模糊不清的朋友。

旅馆门口那条路叫思南路。

思南,思南?

我在思量,这路为什么叫思南,是思念南方的家乡,还是思念一个人?百度一搜,是租界时期为了纪念在1912年8月13日去世的法国著名音乐家马思南。算是猜对了,总之还是怀念一个人。

我忽然开始怀念很多人。望着这三丈宽蜿蜒的小路,情不自禁地想,这路通向哪里?是那些思念吗?

思念多的时候,天就下雨。淅淅沥沥,就是一夜,像是约好的。

才一夜雨,上海的冬就来了。风吹在脸上,已经没有了温度。行人的脚步快了,把自己裹得紧紧的。路两边皆是梧桐树,应该说是梧桐树把路的空隙都填满了。梧桐已老得斑驳,树皮已脱落大半。西面的风过来,枯透的叶子脱离了托盘似的枝丫,人生般起起伏伏,不情愿地落在地上,又扑腾几下,终被车辆和行人碾为尘土。

　　背着手走在思南路上,不好看也不必好看,顾不得肚大腰圆,自在就好。平日里憋屈,装成大尾巴狼,现在有了病,总得为自己活着。母亲在后面打我的手,说,放下,像个乡下老头。我说,母亲大人,你儿子已经是个小老头了。

　　一路向西,过了瑞金医院后门,沉郁的天忽然明朗起来。路两边都是法式小洋楼,高矮各异,尖顶,红墙或黑墙,红色的木质百叶窗,厚重,美观,在梧桐叶的掩映下,越发夺人眼目。楼外有庭院,院墙高大,却关不住满园秀色。四周渐渐热闹起来,也不知有多少像我这样的人,在思南路上驱行。人们举着各式各样的手机和相机,捕捉风来的那一刻。没有人能拍到风,但每个人心里都有风的形状,就像没有人能够感觉生命,却知道生机勃勃。

　　路将尽头,却寻到了周公馆和思南公馆。周公馆是一进院子,三层小楼,有君子气。上得楼去,地板咚咚作响。桌椅家具皆是木制,简朴又透品位,符合恩来先生的境界。院内仅是几棵花木,一地蓬草,但游人川流不息。思南公馆倒是遍地烂漫,老树、旧楼,爬山虎挂满墙头,仅把圆顶的窗露出。窗台上有木栅栏,栅栏外是鲜花,应该说,整个楼都在花草里。此间幽静,可惜听不到鸟鸣,整个上海都听不到鸟鸣。听那个脸上长满斑的老门房说,梅兰芳也曾在此住过。想起恩来先生,想起梅兰芳,似乎意义又有所不同。思南路的美,不单单是古朴曼妙,更在乎居者的气节。

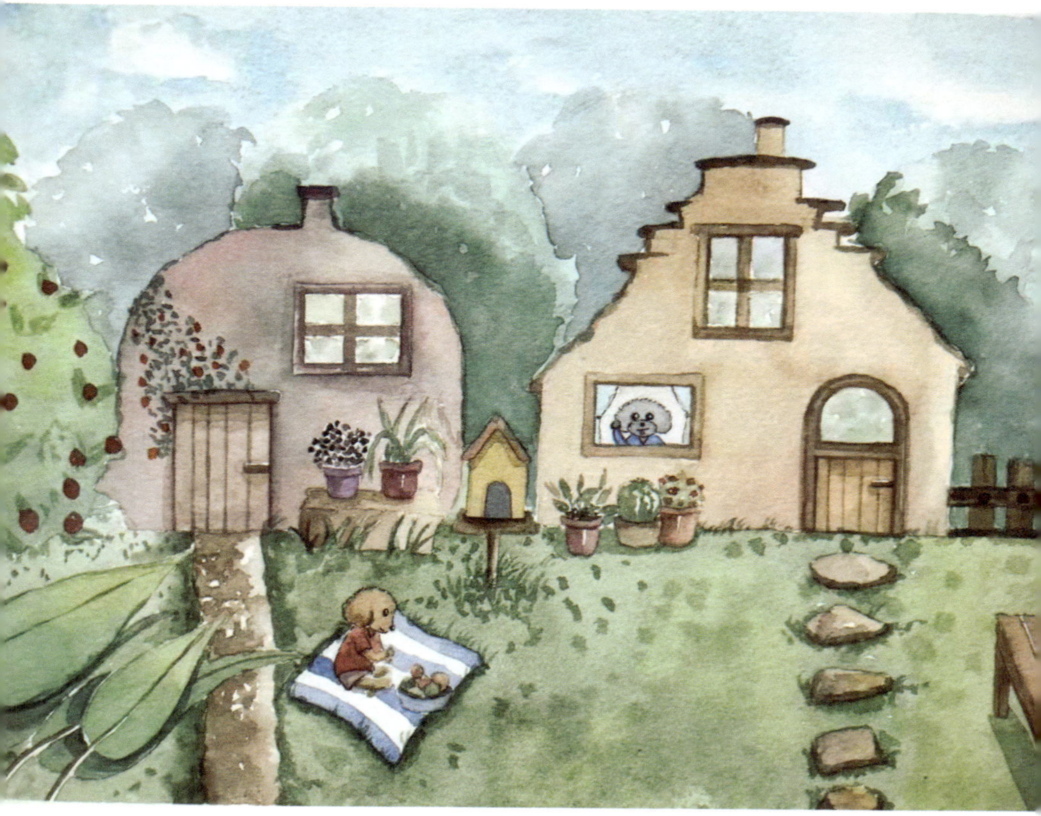

来来去去,走走停停,总是满怀向往而又心生留恋。母亲问我,你是不是在等什么?是呀,我在等什么?是一段情,还是一个人?是秋去冬来,还是一树花开?

我却对母亲说,我在等我自己。

我忽然有个念头,把这条路给记下来,就反反复复走了好些遍。我写文字,从来不是为了得到什么,也不是仅仅热爱文学,我是想给自己找些慰藉,人生孤苦中的慰藉。文学,是人类心灵最后的慰藉。

母亲给我买了条羊毛花围巾,又搭了个时髦的棒球帽。一边围,一边说,打扮一下就像上海人了,这样就不怕上海的冬天了,什么都不怕了。

我把我的脸绷紧。我好想说,妈妈,其实我真的很害怕,害怕老去,害怕生命的逼迫,害怕失去这世上所有美好的东西。只有我知道我的柔弱,这世上的坚强都是做给别人看的。

离开上海前,再逛思南路。遍地焦黄中,我找到了一个极雅致的咖啡屋。母亲打死不愿进去,直到我给她看咖啡的价格。这亦是个三层小楼,二层有一个充满阳光的露台,坐满了悠闲的客人,我们却爬到顶层,依着长椅,推开厚重的百叶窗,看着窗台上锦绣般的鲜花和楼下街道上漫步的人群,静的静,动的动,就像卓别林的老电影。

我在回想,吹过的风,行过的路,爱过的人,任由心事飘摇。一瞬间,恍惚还是当初的那个少年。

我发了朋友圈,有思南路的美丽,也有我的忐忑。

一下子来了几十个微信,有相识已久的朋友,有真心牵挂我的同事,有素昧平生的文友,有同病相怜的知己,一时间手忙脚乱,都回不过来。他们的消息里,都有两个共同的文字——平安。

我再也绷不住了,努力想微笑。什么东西吹在眼里,眼里就流下泪来。

我终于遇到了一所春暖花开的房子。

听我说，我们

1

遇到半月的那天正好是月半弯。

我的一个同学同时约了我俩，说好三个人看电影，最后只买到两张票。同学走了，及时而又知趣。

我问她为什么叫半月，她说，月满则亏，半月正好。她又问，你怎么称呼？我说我大名叫王客舟。她说，好雅的名字，"中年听雨客舟上"，你出生那天一定下雨。我笑笑，表示肯定，又对她说，这名字和洒家的相貌不配，还是叫我王胖子吧。

她问我相过几次亲。我说，带这次三次。他们看我胖，前两次都介绍了胖姑娘，其实我还是喜欢偏瘦一点的。

半月在月下笑得咯咯的。

我忽然发现月光下半月出奇地瘦弱,格外让人垂怜。

我问她体重多少,她说81斤。我说我181。然后我们笑。我还在思考我们的体形是否落差大了点,她就开始问读些什么书了。嘿嘿,这下我就不怕了。

我想和她聊点《红楼梦》,她却和我聊起《三国演义》。

她忽然又呵呵笑起来,说找到了我们的共同点,就是脑门大。

书读多了,就是脑门大。

第二次约会还是看电影。回去的路上秋意阑珊,我见她单薄,就给了她一件衣服。第三次约会在路边摊吃炸小黄鱼,我大着胆子搂了她一下,从此就有了我们。

爱情其实没有我想象的复杂。

2

遇到半月以前,我没有正儿八经谈过恋爱,但也不是完全没有情愫。高中时和一个姑娘传过小纸条,放学后也一起在天桥上看车来车往。那个女孩安静、单纯、善良,不加修饰地美。高考后就再没见过她,后来我就再也碰不到那样的女孩。

爱情和我想象的并不一样。很多人因为不了解而相爱,因为了解又不爱,还有少数了解又喜欢的,很美,但不一定属于你。

人生许多东西都是妄念。

大学里,我没有女朋友。不是因为灵魂无趣,只因一个现实问题——胖。就像一个书生有才,但是穷。我是个胖子,我的网名也是胖子,大概是觉得别人接受我的胖,便能接受我的人。世人只看皮相,不看骨相,更有人看了脸就惹了万种相思,我亦如此,所以坦然接受了没有女朋友的现实。

母亲告诉我,有时候,爱情是需要等待的,就像你安静了,蝴蝶才会落到你肩膀上,就像佛所说的等风来。

25岁这年,我终于等到了属于我的爱情。半月说,每个人心里都有一首歌。我让她唱出来,她就一句歌词没有"啦"个没完。她问,我是不是你的唯一?我说,这你得感谢我的母亲,她把我喂成一个胖子,要不然早就被女妖精拖入洞府了。她说,好吧。我问,什么好吧?她说,看在你甜言蜜语的面子上,我就当你只爱我一个。

3

半月请我到宿舍吃饭。第一道菜就是炒猪腰。那时候,我天底下唯一不吃的就是猪腰子。半月给我夹菜,箭在弦上,也只好硬着头皮咽下去。后来,每次吃饭都有猪腰子,时间长了,我挑食的毛病就改了。

我问半月是不是特别喜欢吃猪腰子。半月说,特意给你炒的。我到菜市场和卖肉的说,我想做菜给男朋友吃,他就给我推荐了猪腰子。

这个挨千刀的卖肉的。

半月是那种会过日子的小女人。强势的女人太可怕,小女人正好。半月是我遇到的唯一讲道理的女生。是她让我知道,青春除了疼痛,还有甜蜜和甜蜜的回忆。

我王胖子的爱情,就算不能惊天动地,至少也得诗意盎然。

我骑着电动车,带着半月逛遍了所有的夜市。我们一起去大蜀山看星星,再看日出。我们讨论莎士比亚和四大名著,我们在宿舍白墙上用投影仪放韩国电影,我们在夜色如水的露台上看满天释放的烟花。

我们有很多共同点,比如爱读书,比如我们的父母都是教师。

爱情如果有条条框框,就不是爱情。但爱过了,总试着总结些条条框框。爱情是感性的事,但爱情也需要理性。爱情不仅仅是精神的契合。

有人说爱就要打破门第之见。但多年以后,我觉得门当户对是有一定道理,就像半月和我,不是说财富相当,而是相同背景下,三观才合。所以教师家庭爱找教师家庭,医生家庭认上医生家庭。

这也许就是爱的潜规则。

4

我们就这样爱着,直到半月在窗边托着腮问我,我们是不是该结个婚。

我愣了一下,说,可是我有很多缺点你都不知道。

半月问我,哪些?你说说看。

我说,馋。半月说,领教了。

我说,懒。半月说,我也懒。

我说,我睡觉打呼噜。半月好像面有难色,半天才说,时间长了都会适应的。

我说,好吧,半月同志,我答应你的求婚了。

半月把眼睁圆,趁着她的黯然销魂掌没使出来,我早已逃到三丈开外。

母亲拉着半月的手不放,说,谢谢你收了这个混世魔王,他要再在家里待下去,我和他爸就疯了。我说,老娘你还真给儿子长脸,我还以为你会夸我迷倒万千少女。

第一次见半月爸妈,我带了八样礼盒。半月她爸问了我一个问题,小伙子身体怎样?我没有反应过来,只回说,挺好的,就是有点脂肪肝。

晚上睡觉前反思了一下,岳父大人大概是不满意。不过不要紧,结婚的是半月,又不是她父母。

继续打呼睡去。

5

有些东西思前想后,总也过不了关。

但有些事头脑一昏,糊里糊涂也就闯过了。我说的是婚姻。

新婚那一晚,我抱着半月睡。也不知道什么时候,她把我推开。清晨,半月告诉我,你的呼噜太大,一夜没睡着。

第二夜来的时候,我们都有些害怕。我故意将头离半月远些。醒来的时候急急去看,半月耳朵塞着两团棉花打盹。

第三夜,我对半月说,今夜一定能睡个好觉,事不过三,你应该适应了。半月打着哈欠说,是吗?然后真的沉沉睡去。她是实在太困了。

后来的每天,我们都抱着睡,先是我抱着她,后来她抱我,还把一只脚跷在我肚子上,应该比席梦思舒服。再后来,我不打呼噜,她反而睡不熟了。

结了婚以后,我们都像是变了一个人。其实我最大的缺点不是胖,是怕做家务。周末的早晨醒来,我伸出腿踹半月一脚,说,做早饭去。半月又踹我一脚,说,先刷碗,碗没了。我说看谁先饿。然后我们的身体书卷般地翻开。就这样错过了周末的早饭。

哎呀,早晨是什么样子,听说很美,可惜没见过。

家里没外人的时候,半月就像个乡下女孩,穿着碎花的睡裤,盘着脚坐在椅子上看书,或者端着蓝边的碗吃一大碗饭。瞌睡虫来了,半月就娇滴滴地说,本宫要就寝了,然后颤巍巍地伸出兰花指。我正想参她一下,考虑要不要"嘛",她忽然赤着脚猴子一样跳到我背上,绕几个圈都甩不下来。

6

半月的黑暗料理让人痛苦不堪。

我们就约好,平时上班就半月做饭,谓之糊口。周末我就做饭,叫打牙祭。后来条件好了,没事也下个馆子。但我们最怀念的,还是路边摊上的炸小黄鱼。

我们从来都没觉得穷,因为从来也没富过。

不会爱的人,如何享受爱?浪漫于我们,像是与生俱来,我们会用同一只手为对方抹去发间杂物,会用同一只脚迈过门槛。烟雨满城,纸伞并肩,梨花垂檐,闲坐庭前。我们肆意风雅,只为把那风花雪月全部补齐。

我们确是志趣相投。我喜欢写散文,半月喜欢写现代诗。现代诗我真不懂,某天在半月的电脑上瞟一眼,"门口跳来了一只癞蛤蟆,我却没嫌它丑"。脑门上流下汗来,啥意思,气得和朋友喝了半瓶啤酒。

文人脆弱起来,像个孩子。所以我们都是孩子。我每天不是去哄老婆,就是被老婆哄。

周日上午固定去看电影。散场后,半月挎着我在天桥上看车来车往。

恰好遇到高中传纸条的那姑娘。她依然笑颜如花,就是涂了脸,画了眉,怎么都没以前好看。她说,胖子,终于有女朋友了?我无话可说。半月却说,我不是他女朋友,我是他老婆。纸条姑娘说,胖子过去可笨了,又粗心,老是丢三落四,找我借东西,我们都以为他找不到女朋友。半月把腰一叉,说,没有,分人吧,我觉得他很细心,很体贴。

不远处,车灯闪了又闪。纸条姑娘和我们快速告别,钻进男人的车里。

半月问,这就是你的初恋吧?我回,算是吧,我只是觉得她可能不幸福,那个男人对她这么不耐烦。半月问,是不是感觉被辜负了?没事,还有我呢,每个人心里都有两个人,一个用来怀念,另一个用来陪伴。

7

30岁的时候,学会了谦卑,但骨子里还是傲的。

年轻时候的朋友,很多都是白眼狼,过去称兄道弟,一旦发达了,就把我们当老家穷亲戚。

所以要让人瞧得起,就要做强自己。

那一年,我在单位竞聘失败,承受了事业上第一次打击。

我隐约觉得是因为自己的形象问题。

有三个月都闷闷不乐,也没有心思和半月在家里调笑。

半月问我,怎么了?我沉默了很久,和她说了实话。

半月叹口气,说,我还以为你喜欢上别人了。想开一点,不还有我吗?

我说,哪个男儿不胸怀天下?我自认为还有那么点才华,为什么就没有那么一个机会,就那么一点机会?

半月把我搂在怀里,说,你心里不需要有天下,你心里有个小小的我,就够了。

我哭了。

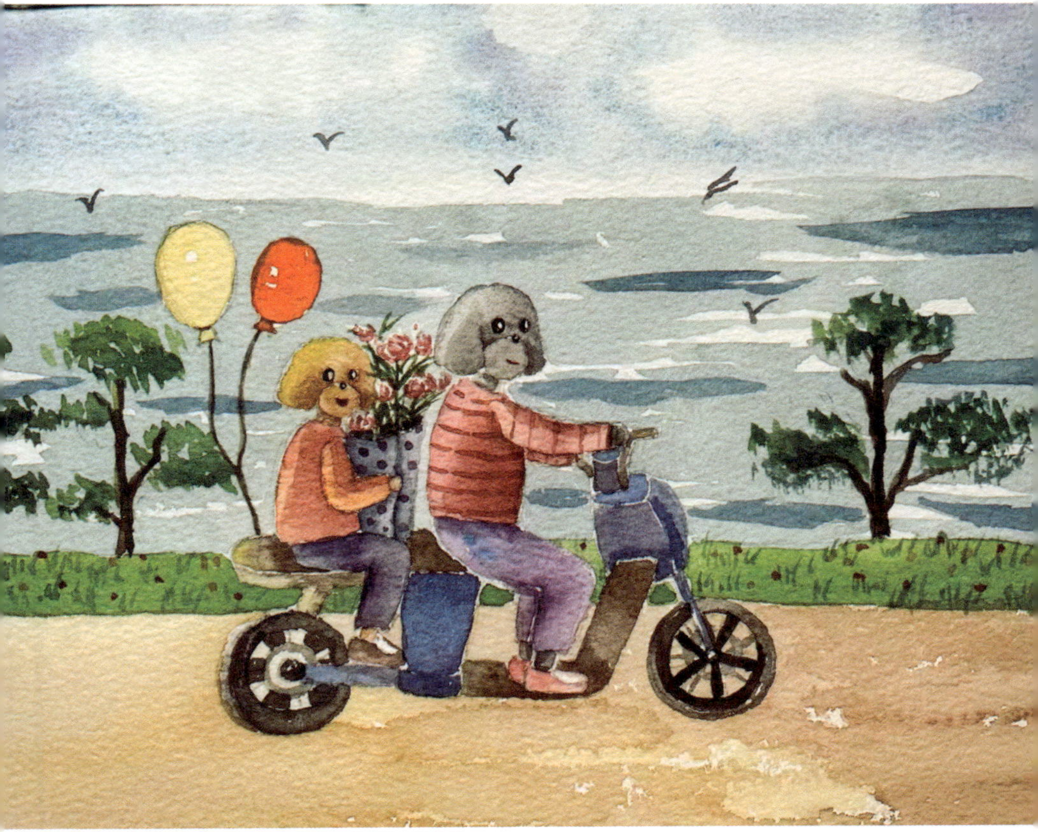

半月安慰我,你是有才,但比苏东坡如何?小舟从此逝,江海寄余生。是吧,小舟。一个人老是感叹红颜薄命、天妒英才,那么很遗憾,你就无法享受逍遥的快乐。胖不可耻,贫贱也不可耻,自卑的人才可耻。

我幸福得魂魄都没了。

这世上有很多人,但心里的话只能和一个叫老婆的人说。有些东西可有可无,有些人却是无可替代的。陪一个人苦尽甘来,这就是我们的浪漫。

8

年还没过完,鱼就出生了。

没有闺女之前,我讨厌所有的小孩。

女儿多像爸爸,鱼胖乎乎的。院里人老说,你这女儿一看就是亲生的。我不知啥滋味,高兴又担心。

月子过后,睡觉就再听不到鱼的哭声。她哭她的,我睡我的,近在咫尺。半月只好自己起来喂奶,从那以后,她的睡眠就一直不好。

小时候鱼一步离不开她妈。

后来她一天天长大,却和我越来越亲。我经常串通鱼欺负半月。

半月有些羡慕,嫉妒,恨。常问,孩子是我生下来的,是我带大的,怎么天天向着你?

我嘚瑟地背着手来回走,就是不告诉她。我给闺女一张 100 元人民币,买她所有想吃的零食,哪怕没有营养,哪怕有点垃圾。

半月气说,孩子迟早离开你,将来伺候你的还不是我。似乎真心酸了。

三个人的生活,真的很美,就像三只脚的凳子,稳。

二胎放开的时候,母亲劝我们再要个孩子。我和半月都把头摇成拨浪鼓。半月是怕把老命要了,我是心疼鱼。

小的时候,母亲把所有好的东西都给我,可弟弟出生后,没了。

9

人是需要藏拙的。花草生长得过分了,就会被修理。

所以,我用厚厚的衣服把情感包裹起来,然后在一个雨打梧桐的夜晚用文字去释放。

再平和的人,心里也有长草的时候。有一段时间,我也觉得别人家的老婆温柔,也幻想遇到另一个女人的无限可能。但时间让我看清了真相,爱也很伤人,并不是越多越好。好多事情,老天早就帮你做了选择,错的情感根本就经不住时间的消磨。

我和半月保留着看电影的习惯。几乎所有上映的电影我都看过。

我喜欢看爱情电影,但接受不了偶像剧。爱就爱了,还要帅;帅就帅了,还要富;富就富了,还要多角关系。一波三折,仿佛天大好事。我家鱼就做着这样的梦,且不论能否实现,就算实现也断然不会幸福。

我经常批评年轻人,只知道颜值和财富。他们反问我,还不够吗?他们如何能理解我们那个年代的爱情。我无法标榜我们是灵魂伴侣,但至少是相濡以沫。

也有很多作品让我们着迷。

记得那晚看的是《后来的我们》。女主角的台词撕心裂肺:"后来,什么都有了,就是没有了我们。"

半月哭得稀里哗啦。

我搂紧她,告诉她:"但至少还有我们。"

生活让我知道,人生中的得失其实是对等的,比如说生死,比如说聚散,比如说爱和不爱。

10

40岁以后,学会了圆滑。看透一件事却不去说破,恨透一个人却不翻脸。

很多事情需要有人来分享。天地如此漠漠,碰到一个理解你的真不容易,老婆的作用真正显示出来。

人生再没有了奢望。

我也曾痛恨过去不如自己的人有了更好的前程,可后来不恨了,因为世俗的好和坏都是人间幻象,不过是从一个极端走入另一个极端。

凡事只求半称心。半称心,已经很不错了。

这个年龄,很多人、很多事都反转过来。周围的几个朋友,大富大贵的,郎才女貌的,相继都出了问题。

我和半月却像合欢树一样长在了一起。

半月说,恰恰是因为我们的平凡,缺乏诱惑的平凡。

我不服气,说,让夫人考验我吧,让那些诱惑拼命地招呼,金钱、美女,放马过来。

半月调笑,别人给你一个亿,让你离婚,离不离?我说,离呀,等拿了钱再复婚,我们从此就过上幸福生活了。

半月扇我,又问,那三五美女投怀入抱呢?

我说,女人是老虎呀,年轻时读《红楼梦》,恨不得全天下女子都喜欢我一个。可多年与女人打交道的经验告诉我,女人是老虎呀。一个和尚挑水喝,三个女人一台戏。只有你不一样,遇见你才是我的福气。

半月扑哧笑了,问,那咱闺女呢?

我说,咱闺女,那绝对是只小老虎呀,吊睛白额。

11

"王客舟,你也不管管你女儿。"半月在客厅喊,仿佛女儿不是她的。

高兴的时候,半月会喊我胖子,亲昵起来就叫我小舟,一旦喊我大名,就表示事态很严重了。

半月说,咱闺女才多大,就和男孩传纸条,该不会是你遗传的吧?这事你知道吧?我不管,你去搞定。

我把大腿一拍,谁吃了熊心豹子胆,也不看她老爹是谁。

半月告诉我,那个男孩据说是学校里踢足球的。

我换了黑背心,戴着大金链子,嘴角点颗痣去学校门口堵那个男生。男生见到我,鞠了一个躬,喊叔叔好,撒腿就跑。

鱼头也不回往家走,仿佛受了天大委屈。

我对鱼说,找个什么男朋友不好,找个踢球的,有本事找个学霸,或者找个像我这样的,一辈子对你妈好的也行。

鱼把房门一关,说,我才不要找个胖子,我宁愿终身不嫁。

我跳着脚对屋里喊,你知道个屁爱情。

然后跑到阳台上站着,眼泪居然落下来。这丫头反了,她难道不知道,我真正担心的是爱而不得和伤害?

半月说,和她怄什么气,她怎么会懂一个胖子的爱情?然后拿手戳我的腰,说,我还不了解你,你好像对什么都不在意,其实你什么都在意。

我忽然把头靠在半月瘦弱的肩膀上。半月轻轻骂,死胖子。

我问,半月,你当初怎么会看上一个胖子?半月说,这么多年,我看到过太多美丽背面的丑恶,更何况,你只是胖,又不丑,挺好看的,安全、实惠,不多不少,是我喜欢的胖子。

那一刻,生活明朗,万事可爱。

197

12

父亲的突然离世,对我的打击犹如被一颗子弹射中。

我真正明白,生死之外无大事。以前那些愁,都是屁。

我想抱着每个人哭,也幻想抱着每一个人哭。但我只能抱着半月一个人哭,只有她能无时无刻地陪着我。

葬礼来了很多人,但我不记得,整个人都是麻木的。家里全靠半月打理。

丧事办完,曲终人散,疼痛才真正到来。

我有小半年都没缓过来。

年轻时候,心里只装着那些狐朋狗党,现在才知道亲人的重要。我尝试着关心母亲,牵挂妻儿。这些年,单位太忙,我对她们的付出实在是少得可怜。

也许人生就是这样,牵挂多少个人,就要伤心几回。无论是他们走,还是我自己走。佛家说要放下,我也努力想放下,但始终做不到。

放不下就不放了吧,执着放下也是一种执着。

难得晚上有闲,半月陪我看星空。城市的星空,星星寥寥无几,就像年轻时候的理想和愿望。

我说我想变成天空,让世间变得无比渺小,小到没有喜乐哀怒,没有生老病死。半月说,我想变成风,随心所欲,想到哪到哪。我说,那也好,跑来跑去都在我怀里。

13

自打阳台上的仙人掌死后,我和半月没有养过任何动植物。

哎,把孩子喂大就不容易了。

今年半月生日,忽然带回来一盆米兰。我问她为何不养牡丹,她说,米兰像我,小小的花,小小的人,小小的幸福。我说,这花开得真好,比牡丹还要有意境。

半月红了眼睛,说,甜言蜜语如约而至,你从来没让我失望过。

我想给半月买个包。半月说,买那干吗,不如大吃一顿,或者买10个榴梿。我坚持付了钱,她又说,老夫老妻,还来这一套。然后把包拿了,翻来倒去看,说,品牌包背在身上就是上档次,连牙疼都忘了。我捂着嘴笑,包治百病呀。

好长时间没去逍遥津了。

行舟,听雨,曼妙至极。

我在船舱调笑,这位娘子,我们可曾在哪见过?

半月笑,说,当然见过,在观音菩萨的莲花池里,我是一只小金鱼,你是个胖头鲢子。

回眸间,半月的鬓间已染微白。

我们恍惚还是当初的我们,但又不是当初的我们。

昨日的我们早已坐着昨日的车子离去,今天的我们,仍然相偎相依,管他明日,是西是东。

只希望生活简单再简单，只剩下爱，灵魂，还有一个，戒不掉的美食。

我知道总有一天，没有人会记得我们的事，包括我们自己，所以我把它记录下来。

一窗的月，一楼的风，我自有红袖添香。足矣。

倚红楼,留旧影

印象安大

我是安大（安徽大学）的子弟。每有人提到安大，我就非常自豪。它没有清华、北大那般宏伟高大，但身姿绰约，仿佛明眸皓齿的江南女子，矜持秀气，暗藏风韵。最主要的，这里有我的家，有我的童年，有我抹不去的知识分子的烙印。

小时候父母总教育我，要有文化，有思想，有境界，有一个文人的高尚气节。而我却顽劣不堪，总是左耳进、右耳出。我听到的是树上的蝉声，惊天动地，可为什么大人们却听不见？我看到的是天空飞翔的麻雀，想飞多高就飞多高，倦了，就停在枝上自由啄食。窗前，泡桐树开出喇叭一样的花，风雨一经，落了满地。小伙伴们扎堆去捡，放在嘴巴里吹，仿佛真的能吹出声音。又过几天，飘起絮来，像漫天飞雪，比飞雪还要好看。勤快的人把絮扫了，堆在一起，用火柴一点，火苗爆开，差点烧到眉毛。

我们住的楼都有些年头了。条件稍好的楼是青砖砌的,而我家差些,住的是红楼,狭小、潮湿、闷热。一栋楼住着几十户,家家门口堆着煤球和煤炉。做饭的时候,香味四溢,谁家烧肉,谁家做鱼,一闻便知。楼下看大门的老孙最会享受,在五花肉里撒五香粉,馋得我们饥肠辘辘。夏天的晚上最是热闹,大人们搬出凉床,悠着芭蕉扇纳凉。萤火虫挤满了天空,蚊子专向脑门叮,但我们还是从这家凉床爬到那家凉床,玩得不亦乐乎。大人们说的故事早已听厌,只有收音机里传出的评书,能让我们安定片刻。楼前的草丛里都是蛙声虫鸣,我们喜欢拿铲子去挖蝉蛹,或者打着电筒在石缝里捉蛐蛐。还有一种虫叫油葫芦,身材比蛐蛐大一号,但老实巴交,没什么攻击性。

　　上学放学,都要经过树林和池塘。后来通往学校的水泥路修好了,但我们都不爱走,上学还走老路,随处可以看到蚯蚓、蛤蟆、蜈蚣,还有野鸭子。胆大的男孩去捉水蛇,看得我们心惊肉跳。早先挖的泳池已经荒废,钓鱼的人到处都是,水面漂着菱角,撑只木盆便可采摘。不知哪一年,池里养了不会飞的天鹅,更名"鹅池"。那时我们没觉得天鹅多美,总在心中盘算,鹅肉是红烧好吃,还是清炖鲜美。池边有个林子,经常被恋爱的学生占领,所以起名"相思"。林子北边是另一个池塘,水面是接天的莲叶,翠鸟和喜鹊经常光顾,蜻蜓像微型的轰炸机,成群地俯冲。这里本是野地,后来修了个亭子,名曰"春晖",一瞬间雅致起来。再后来,亭边又多了枫树和石桥,吸引了无数文人骚客和爱好摄影的人,拍出的图片那个漂亮,不亚于 AAAAA 级景区。

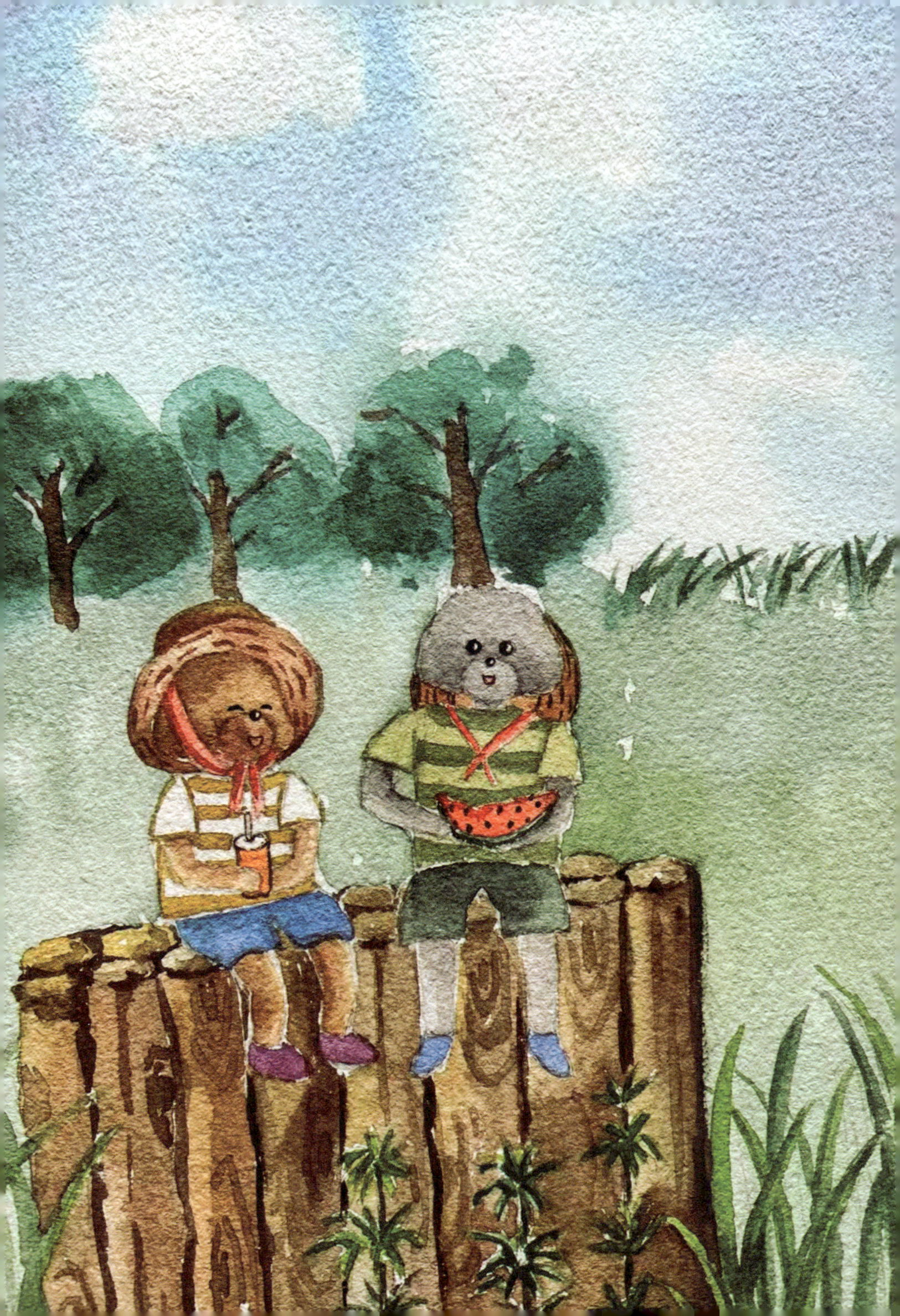

我就在这里慢慢长大。由于是子弟学校,从小学到中学,老师换了一拨,同学还是那群。我们就是兄弟姐妹,熟悉而又相互关爱。我们一起上课,也一起逃课,到鹅池边的山头生一堆火,抹上盐烤鸡或者麻雀,再扔一个山芋入火堆,烧得黑焦,分外香甜。我的成绩一般,老师就安排优秀的女生来帮助我,做我的同桌,让我非常开心。由于上课讲话,我的成绩没什么起色,同桌的女生成绩却快速下滑。老师却没有放弃,又派另外一个优秀女生来帮助我。我一直感谢老师,感谢他的用心良苦。

每到冬天,学校就安排我们去把树干涂白。牛油加上石灰,涂在树上就可以让树过冬,还可以防止虫蛀。我们把树刷得一码齐,拍起照片来,整齐好看。再过几日,就飘雪了,拿起雪搓成雪球,扔向自己记恨的男生或者暗恋的女孩。一会累了,就堆雪人,拍个胖胖的身子,滚个圆圆的脑袋,用两个扣子当眼睛,再插个胡萝卜鼻子,憨厚可爱,就像我的人品。

高中以后,我们这群子弟渐渐走散。优秀的人走了,失落的人也走了。我在本校读的大学。安大是个综合性的大学,文、理、工兼收,所以优势很多。学校里有很多思想的碰撞、学术的交流。我读的是工科,但我喜欢文学和哲学。这个世界很奇怪,你会发现"他山之石,可以攻玉""远来的和尚好念经""墙里开花墙外香"。学数学的人喜欢作诗,学中文的反而出不了几个作家,学管理的爱好倒腾计算机,而哲学学得好的大多是半路出家。知识要先广后精,融会贯通才能出大师。安大出了很多人才,我有个发小是学外贸的,后来写小说,她的笔名叫"六六"。

大学毕业的时候,最是伤感纠结。一脚踏入社会,没了老师,才知道什么是难。我经常怀念学校,怀念过去,一有空就回来探视父母。我爱在校园里溜达,看看风景和美女。后来我结婚了,开始严格要求自己,只看风景,女生不能再正眼看了,自此明白,美女为什么叫"惊鸿一瞥"。校园里的树一轮一轮长大,再也没有人给它们刷上白灰。也不记得什么时候起,教学转到了新区,漂亮的女生越来越少,白发的先生随处可见。相思林里也被先生们占领,男的,女的,都在树下锻炼聊天。四岔路口的公告栏不再登光荣榜,而是隔三岔五的讣告,一声叹息中,又一个熟识的人去了。

我的小伙伴们都很优秀。他们散在各地,纽约、巴黎、北京、上海。微信实在是个好东西,它把我们的灵魂聚在一起。我们有一个群,名字就叫"安大小孩"。喜欢文字的人大多痴绝,这几年不断有儿时的伙伴回来,无论白天黑夜,刮风下雨,我都会奔去请他们吃饭喝茶,长聊一番。他们告诉我非常留恋故乡和校园,可他们最终都选择了离去而不是厮守。电视里天天都播"陪伴才是最长情的告白",我在心里暗笑,他们思念的也许不是家园,而是过去的那段时光。40岁以后,同学聚会再度频繁,人们聚在一起,拼命回忆过往,寻求温暖。而我却渐渐淡出,某些人就算重逢,不过是一次应酬;某些人就算不见,每天在心里也都能看见。看了这么多年的风景,我终于知道该怎样生活,就像秋叶,因风而起,随缘而落。

秋意阑珊的时候,我又回到安大。这次不是探视父母,而是真来赏秋。阳光照射下,枫叶红得剔透烂漫,金黄的银杏落了一地,让人心都碎了。红楼、灰楼都在,仿佛岁月凝固了,只是窗前的泡桐布满虫洞,满目疮痍。鹅池还是死水微澜,鹅却换了几代。垂钓的人依然在树荫下执竿,总是让人疑惑,一年365天地钓,居然还有漏网之鱼。水边的熊孩子闹着,尚不知道,这就是长大以后拼命怀念的世界。只有多情的人在感叹,逝者如斯!

别了,附属学校

朋友告诉我:"附属学校要撤并了。"

说这话的时候,他喜笑颜开,因为附属学校即将并入市里的一所名校集团,红墙内的大学老校区也成了抢手的学区,房价要涨,房租也会涨,孩子也不再需要花高价办择校了。

我却高兴不起来,内心五味杂陈。是愤怒,是遗憾,是叹惋,还是痛惜,说不清楚。那是我的母校,母校没了,那个让我魂萦梦萦的母校,湮灭了。那里曾经有我最初的眷恋、成长的烦恼,还有人生中最重要的朋友。一刹那,昔日的各种美好涌上心头。

我匆匆打车去校园,看看粉刷多次仍旧斑斑点点的教学楼,看看操场上的破篮架,看看花坛里的旧花草,看看松柏上刻的歪歪扭扭的名字,生怕它们也一咕噜跑了。我们上学的时候,附属学校让我们骄傲,不少外校的学生慕名前来借读,逢人问我:"哪

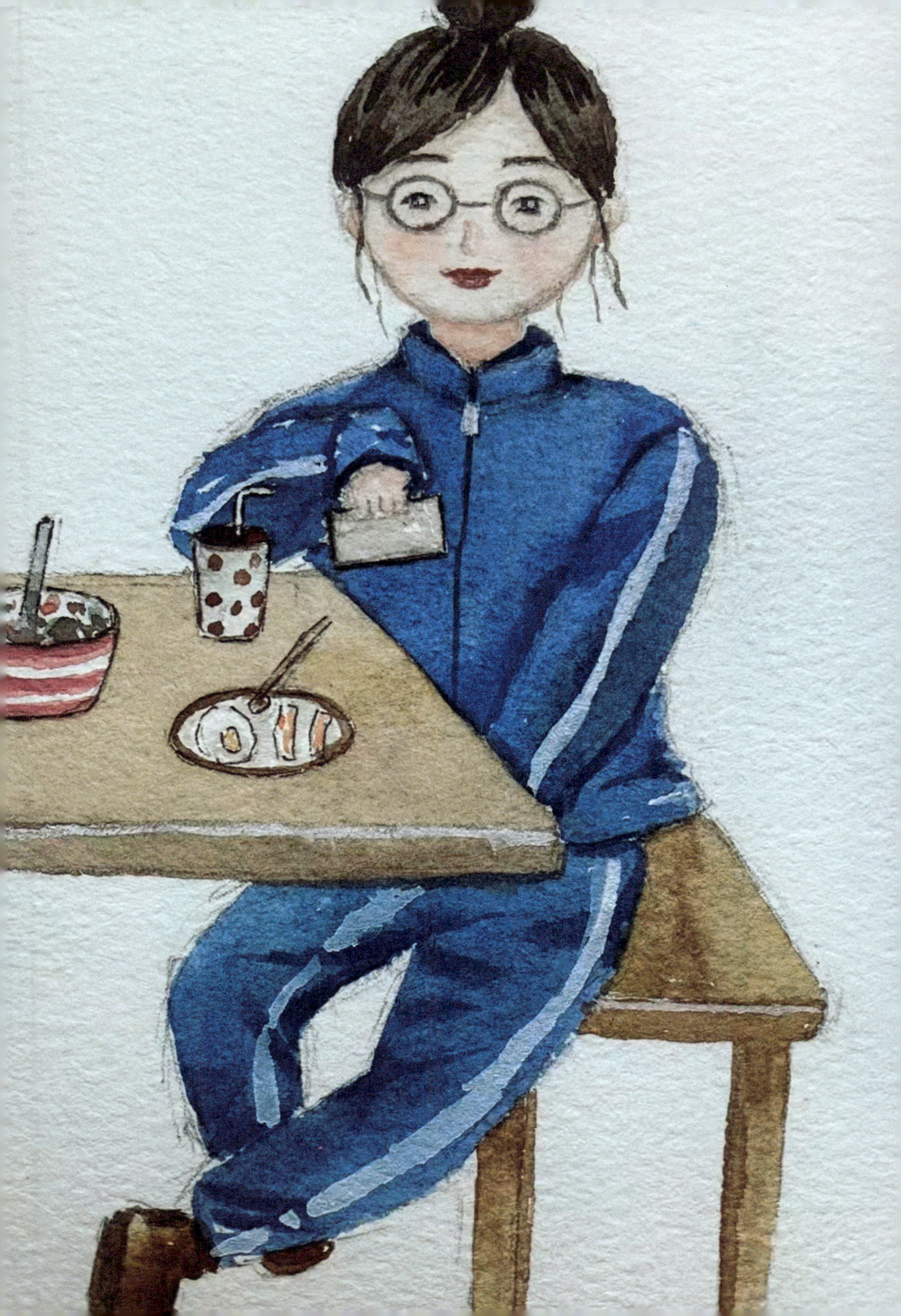

个学校的?"我们会毫不犹豫地说:"某大附校。"这几年不知道什么原因,学校逐渐败落,声誉每况愈下,连我们这些昔日学子都觉得脸上无光。

花砖路上,迎面颤巍巍走来的莫非是胡老师？这是我们当年的语文老师,如今白发苍苍,衰老得让人心痛。是呀,算起来也应该有80多岁了。他认出我,高兴地和我聊,总把右耳侧过来对着我,说话声很大,是怕我听不见。他说:"没了,没了,什么都没了。"从前念书时,他待我极好,给我看《红楼梦》,夸我是个写作的苗子。他告诉我:"写作的人都是林黛玉,大都多愁善感,使小性子,发小脾气,恃才傲物,自叹自怜,做不了世人眼中的'贤妻良母'。但他们会以真性情待人,不算计,不矫饰,不功利,一切只随心而去。"我一直记得这话,闲暇时也经常写些文字。我不优秀,缺点很多,但我也不装,所以后来失去了很多仕途机遇,也失去了很多吹嘘能两肋插刀的朋友,但我从不敢丢弃真实和真心。可是现在,我最敬爱的胡老师眼睛里只有伤感,说他去年失去了两个最亲的人,一个是他老伴,一个是过去的自己。是呀,时光扫荡了一切。我扶他走了很长一段,他嘴里还是那句话:"没了,全都没了。"

水泥路旁边的林子是从前我们最喜欢嬉戏的地方,那里有鸟,有野鸡,也有毛辣子、花蚊子和蜈蚣。抬脚进去,一对中学生在拥抱接吻,见到我兔子一样地逃窜。我像他们老爸一样操心,唉,都成这样了,成绩怎么能好？但我又情不自禁忆起当年,有一个让我惦念的花一样的女生。我们曾经一起朗诵《四月的季节》,

一起唱《青苹果乐园》，一起做没完没了的海淀区试卷。那时迟到，我会从教室后门溜进座位，她小声骂我懒猪，我就在标签纸上画一个猪头粘在她背上，然后笑呵呵地看她背着猪头在校园里乱走。她说，将来会带着一头小猪行走江湖。填报志愿那天，我们在学校门口的小馆子里喝了一顿酒，我问她何时再见，她说也许一年，也许十年、二十年，那时候应该是子孙满堂了。我站在教室旁的露台上想她，她究竟嫁入谁家？现在应该是过着时尚的小资生活，住着金玉的房子吧？她还记得当初的那头小猪，还有那首《四月的季节》吗？想想，我就笑了。

  第三个遇到的竟是多年未见的老同学，让我有些欣慰，又有些惊诧。他带孩子来学校操场跑步。我们曾经同学十二载，我以为会一辈子和他在一起，但后来不知怎么就走散了。我好像有很多话要和他说，却不知从何说起。他递给我一支烟，说他家孩子和我家孩子在一个班，都曾在附属学校读过书，和我们过去一样。我问，当年他一直想当运动员，去踢世界杯，现在球还在踢吗。他说早不踢了，现在有空只钓钓鱼。然后狠抽了一口烟，说他这辈子没什么了，只想孩子能优秀，能实现他自己的理想，能活得比他强。我再一次回想起我们的青葱年华，感叹岁月已老，人似乎是当初那个人，又好像早就不是当初那个人了。一路走来，我们把梦想、纯真和善良统统遗失了。

  一支烟的工夫，同学也走了，也许人生本就是这么匆匆。再逛逛就到阶梯教室了，这是以前学校开大会做讲座的地方。记得三年前，在这里，我们搞了毕业二十周年聚会，也是唯一一次在母校举办的毕业聚会。我们用投影仪回放了许多在学校时候的老照片，互相揭露当初的丑事和情史，说珍重的话，唱过去的歌，然后喝得酩酊大醉。那时候明明应该快乐无比，我们却放声大哭。面对生活，每个人都是如此无奈。

如今，连母校都要没了，内心生出许多悲凉，虽然早已清楚，世间一切都会沧海桑田般幻灭。再过几年，恐怕没有人知道曾经让我们引以为傲的附属学校了。我在学校门口流连，瞅瞅灰不溜秋的半截门楼，瞅瞅附属学校的牌子，下趟来，估计连牌子都没有了。门口老保安缺着门牙朝我笑，说他认识我，只是比先前胖了。他说他在学校门口看了二十年大门，卖了二十年烤山芋。我和他感慨，学胡老头叹息："没了，什么都没了。"老保安却说："心里有就行。"我忽然悟了，一切其实都是有意义的，所有的美好都在心里，夺不走也拿不去。我举起手机自拍，我看到他们都在，老师、同学、花一样的女生，他们都在，在我心里，在微笑。

我按下了快门。

当年的月光

听到要搞二十周年同学聚会,心情像湖水泛起涟漪。人到40,似乎值得激动的事越来越少了,忽然起了念想,连自己都很吃惊。分别二十年,真的很想他们,但又有些惶恐,想到自身的变化,仿佛丑媳妇要去见公婆,自信像一缕青烟,走了。

这二十年,平淡如水,但也还算享受。有一份稳定的工作,妻很疼我,女儿很乖巧,就是我的体重飙升了50斤,胖得失去了形状,连鞋带都是老婆帮我系。一直优哉游哉,没有减肥的紧迫感,直到听到聚会的消息,临阵磨枪,吃了三四顿苦瓜,弹簧秤上一磅,只轻了2两,算算日子,怎么也达不了标,只好作罢。

月光还不错,黄澄澄的,洒泻在池塘里,照得人心里痒痒的。忽然想起了妞。二十年前的毕业聚餐,杯盘狼藉的时候,妞说让我陪她去看月亮。那时候的妞怒放如花,和我坐在池边望月光下

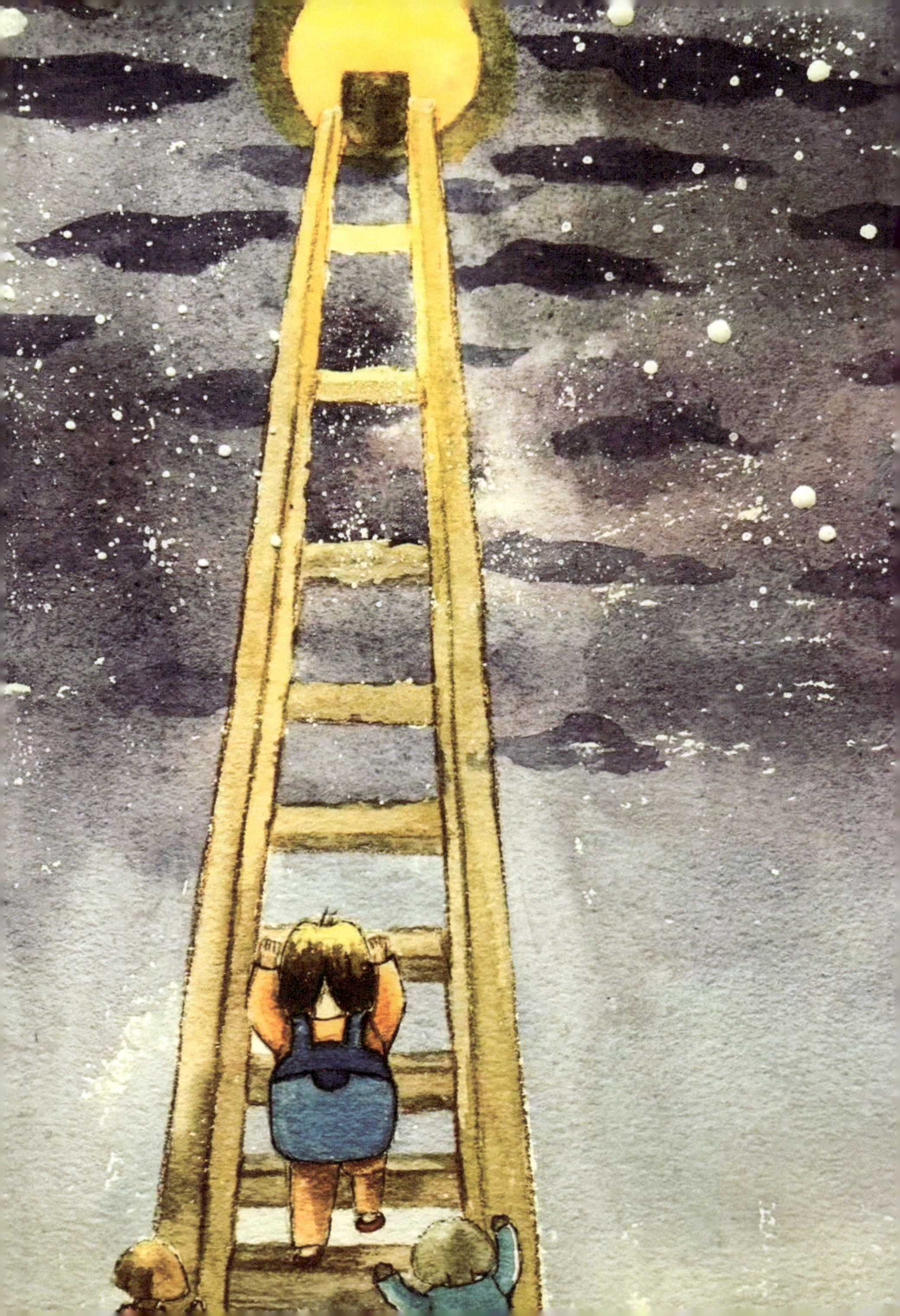

的睡莲。她和我说,留恋校园、留恋同学,更留恋青春,说要生如夏花,死如秋叶,说要去遥远的地方,一直说到天亮。我很想伸出胳膊把她留下来,可是我不敢。后来我再也没见过妞。

一直在犹豫去不去聚会,是妞让我对同学的思念发了芽。去就去吧,相聚的时光本就不多。进了饭店,出入包厢两次都以为搞错了,二十余人几乎都不认识,直到一个男生怯生生叫我名字,一瞬间才迸发出来满屋的惊奇和欢笑。这帮哥们和我一样,要不大腹便便,要不头发寥寥,身材齐整的没剩几个了。大家熟悉起来,他们的名字也在我大脑深处迸发出来,自信回到了躯壳,觥筹交错,好不快活。一会女生也来落座,大家都在翻名单,不知能否一一对应。我在人群中看到了妞,似乎过得不错,优雅地拿着杯子和人说话。我很想过去攀谈,但习惯性地矜持着。

酒精燃烧了我们,聚会终于进入高潮,笑的、哭的、走不直道的、说不出话的,我们都渐渐忘了自己。男生和男生拥抱,女生和女生拥抱,昔日的恋人拥抱,昔日未恋上的也拥抱,活动乱了秩序,不知明日酒醒后又天各一方。妞终于看到了我,走到我身边跟我说我胖了。我们说了很多话,我甚至想趁着酒劲去抱她,但是我仍然矜持着。我忽然问妞是否还记得毕业那天和她一起看月亮。妞皱着眉思索片刻,摇摇头说不记得了。我失望得如被遗弃的宠物,张着嘴说不出话来,只好安慰自己,在这个不大的空间,谁都不过是别人生活中的路人甲。我赶紧找个借口逃走,和其他人激烈地聊着,挤出一脸敷衍的笑。

宴席散的时候,妞走了过来,忽然和我说:"好像想起来了,那天说了很多话,只是记得没有月亮呀。"我苦笑着负责任地告诉她:"那天有月亮,而且非常美,皎洁无瑕。"

徒步回家,不自觉地走到过去的学校,熟悉的红楼下面,月色苍茫,莲花盛开,美如初恋。后来突然悟了,初恋只是一种感觉,与人无关。我的心豁然开朗,灿烂地笑着,然后在月光下自由自在地回忆,那时花开,月华如水。

逍遥津

对一个老合肥来说,"逍遥津"是抹不去的、发黄的、带有桂花香味的记忆。

我们小的时候,没有万达乐园,没有湿地公园,没有天鹅湖,也没有岸上草原,周末玩耍只有两处——包公祠和逍遥津。包公祠过于肃穆,几把铡刀看得人脖颈发凉,还是逍遥津自在,草地里一滚,乐在逍遥。

功课不紧的时候,父亲带我们去逍遥津。那时公园收费,五分、一角,钱不多,人也不少。进门是桥,桥墩已被抹得光滑圆润,三五人倚在桥边观鱼,鱼臃肿肥大,连面包屑都懒得吃。桥后一条大道,大道左边便是游乐场,叮叮咚咚的是旋转木马,每去必坐。初时抱着杆子不敢放手,后来胆子大了,不安生起来,站在马背上学孙猴子瞭望。木马后边是两座滑梯,小的是个石象,顽童从尾巴爬上去,从鼻子滑下来,很有意境,但不刺激。我们喜欢攀爬大的,像个塔楼,轻便的孩子顺着铁杆就蹭上去,笨重点的要老老实实登楼梯。玩耍的孩子多,滑梯要排队,经常是后面的鞋子撞上前面的屁股,但也没人在意,立起身拍拍裤子继续滑。大道右边是"航天飞机",两个人一前一后在空中转圈,还可以打航炮,看似无趣,却不知承载了多少男孩的梦想。

游乐场再往里,就是飞骑桥,传说中孙权兵败策马飞跃的地方。英雄就是英雄,连逃跑都是这么飘逸。此桥是个屏障,才一过桥,人文气扑面而来。面朝大门是一片草地,绿油油的惹人去,也没有挂牌"禁止践踏"。此处浪漫,打拳的、练剑的、舞扇的、游戏的,随处可见。春秋时节,头顶上满是纸鸢,虽只一根线系着,多少有了牵挂。孩童都忙着翻筋斗,或者练鲤鱼打挺。录音机里放的是迪斯科,让人有群魔乱舞的冲动。最喜欢偷看背靠背的情侣,那时懵懂,却也向往,不知何时才能有自己的依靠。

草地往东是石廊,短,没有颐和园的画廊漂亮,却是观湖的好地方。廊下有茶铺,卖大碗茶。饮一杯便宜的花茶,看湖对面杨柳依依,波光粼粼,一两只木舟漂流而过,只余一丝波纹,有十分的空灵。石廊尽头是码头,父亲喜欢带我们划船。划船可是个辛苦活,光卖力不行,还要技巧。若无父亲吆喝指导,我和弟弟是万万划不回来的。累了,就把桨往舱里一扔,跷着腿随船漂,歇在美妙处。一尾红鲤划水而出,恰好落入舟内。弟弟欢腾去捉,脱下衣物包裹回家。那晚吃的是糖醋鲤鱼。

草地往西是一条石径,穿花而过。再往后走就越发幽静了,

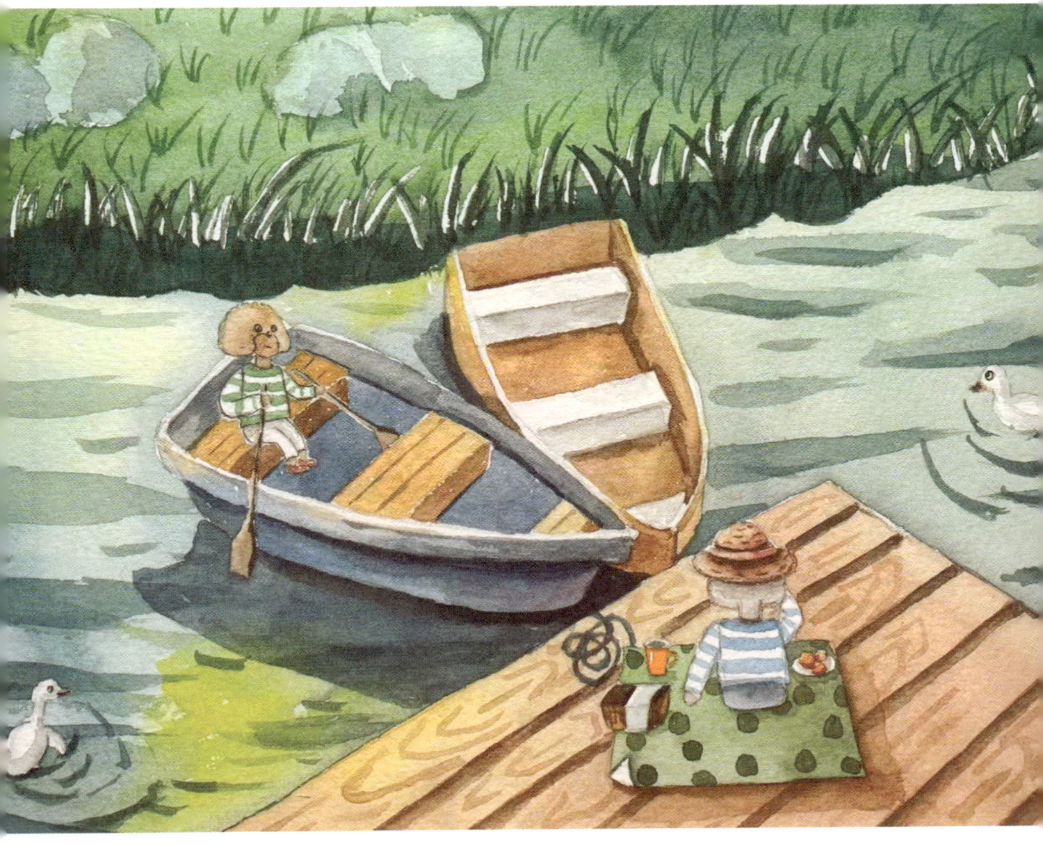

绿树参天,郁郁葱葱,不知几百年。这里多是老人和情侣,也有偷着垂钓的。坡后是张辽的铜像,面前几只神兽,似乎有些年头,被小孩骑在头上欺负惯了,已看不出威严。每到此处,父亲爱讲张辽,合肥与东吴一战,威震逍遥津。那时的我中了评书的毒,心中嘀咕:"事二主的臣子还如此神勇?"再溜达就至后门,秋时桂香四溢,沁人心脾。后门不远有屋藏盆景,吸引不少玩家驻足。

这就是我对逍遥津的记忆。每逢节假日,我和弟弟都要把所有项目玩个通关,连动物园也不肯放过。母亲抱怨我们乱花钱,父亲说:"票可以买到,但快乐是买不到的。"所以我和弟弟都和父亲亲。

父亲说他少时曾经一个人来省城玩,混进了逍遥津却身无分文,蹲在地下捡山芋皮吃。一个城里的姑娘给了他一个山芋,一个暖暖的山芋。那个女孩缠着一个红围巾,真的好美。每逢这时,母亲就打趣他:"幻觉,一定是幻觉。"我和弟弟在一旁笑,歪着脑袋。弟弟问:"你是想报答她吗?"父亲说:"我只想再遇见她,和她说一声谢谢。"公园里的花烂漫满枝,如此美丽,让人忘了爱情。

每在逍遥湖划船,父亲总是拧着眉发呆。我问父亲:"为什么忧愁?"父亲说:"人生里这么多美好,可惜就像流水,什么也抓不住。"然后眺望,说,"总有一天,我也会被一艘小船接走。"我又问:"然后呢?"父亲说:"然后我就变成一颗星星,在天上看着你。"

我和弟弟渐渐长大。成长的代价就是烦恼,天天烦恼。我们很少再光顾逍遥津,整天里忙碌一些叮叮当当的事,看似重要,但回想起来,意义全无。

和文认识的第二天,我约她去逍遥津。我怂恿她去坐海盗船。下船以后,文脸色煞白,拉着我的手不敢松开。于是乎,我顺利娶到了媳妇。后来鱼出世了,闲暇时我也带她去逍遥津疯玩一下。可这几年她不愿意去了,总说是小小孩的去处。我很惆怅,孩子出溜就长大了,不知道还能陪她几年。臆想她出嫁时节,肝肠寸断。

父亲老了,身体不好,几乎不能行走。他一辈子没有几次旅游,我想带他去看看大海,他却对我说:"带我去看看逍遥津吧。"非常认真,非常严肃。我不会开车,约了朋友的车打算送他过去。临到要去,父亲又进了医院,然后他突然昏迷,从夏到秋。这个夏天特别漫长,而我用它思考了整个人生。

外出公干的时候,路过逍遥津。公园已经不收门票。信步进去,满园的桂花香味。儿时的旋转木马和滑梯居然还在,就是上了年头,有些斑驳。卖大碗茶的消失了踪影,换成了铁皮框的小卖部。石桥旁边多一处塔,添了几分宏伟。湖面上依然有人泛舟,但都换成电动的,脚踩着就能飞跑。夕阳西斜,一切都变成昏黄,却又如此美妙。

我对着这秋湖落泪,人生真的能够逍遥吗?

草地里有年轻人求爱。广告牌设计得浪漫,上面写着:"也许有一天我们会含着泪分手,但总有一天我们会在老地方相遇。"

与友人,喝咖啡

老爸这群人

我 40 岁了。

和大多数同龄人有点不同——我还有理想。

我的理想就是,拥一片竹林,盖一栋木屋,买一车酒肉,邀一圈朋友,或坐而论道,或引吭狂歌,或泼墨山水,或肆意快活。很多人告诉我,人世间哪有绝对的自由?但我还是不甘心,希望能够像归隐的古人,洒脱安逸地过活,不伤害别人,不沾染污浊,活出个真性情来。

幸运的是,我有一群有趣的朋友。

赵电梯、唐副官、袁教头、丁教授和我这五个爸爸,是因为孩子而聚到一起的。

我们的孩子在同一个幼儿园,因为幼儿园开家长会而相识相知。见面的时候,我们彼此拱手相问"这位壮士高姓大名",被幼儿园老师听到,封为"红门五壮士",主要是强调幼儿园的门是红的。我很喜欢"壮士"这个称呼,这是对胖子最美的称谓。

这群人中,我年龄最长,又老领着他们几家吃喝旅游,后来被"黄袍加身",推为团长。他们几个在工作和生活中遇到什么事,都要报告我这个团长一声,让我体验到,当官真好!我也没啥爱好,不会泡吧,没有夜生活,每天就是工作,或者看孩子做作业,再有空余,就想想自己的心事,看看别家梅花,然后把遇到的一切颠三倒四地记录下来。我12岁就熟读《红楼梦》,可谁承想后来长了个肥胖的身子。老婆开玩笑,说要是我脖子上多条大金项链,鼻子旁再点颗痣,走在街上绝对没人敢惹。女儿处在叛逆期,在家里就是混世魔王,做个作业还让我给她捶腿。小朋友进门了装作温柔,细细嗓子伸个兰花指,要不是亲生的,我早就一脚把她踹出门去。

我和赵电梯结识最早,感情基础较深。赵电梯是某电梯企业的中层,因为太高大上,怕他骄傲,所以老喊他卖电梯的。他身材高挑,腰长脸也白,还架副眼镜,喜欢别人喊他"小白龙"。我们两家孩子在幼儿园是好朋友,他家女儿是班长,很有组织能力,我家女儿喜欢放学后和她厮混,我俩也就此熟悉。初见他时,绷着个脸,及至夸他英俊,嘴角露出笑意,我们才成为朋友。后来他请我吃饭,尝了他烧的红烧排骨,我们又成了真正的朋友。我一直喜欢在人前奚落他,但其实他对我最好,隔三岔五带些美食给我。赵电梯脾气比较温和,谁挖苦他都不生气,总说过去生活苦,"大冬天没暖气,一个人睡觉有点冷",让我明白他为什么要讨老婆。

他一直叫嚣换一所大房子,后来用买房的钱投资,又用投资的钱买车,最后存款变成了双门的奔驰,也是一种成功。

唐副官其实是个企业家,在这群人当中因为尊重我而沦为副官。他是天长人,聪明也有见识,说话办事都还靠谱。研究一个人就要研究他的朋友圈,令我惊奇的是他的朋友圈除了吃喝玩乐,还有风花雪月,还有我的文章,一感动和他成了知己。他家的是个宝贝儿子,叫新玉,从小混迹于女生当中,经常被几个女生五花大绑,然后表演被就地处决,往后一躺,四仰八叉,颇有功底,我们都说他将来可以当个特技演员。唐太太也非常贤惠,鱼羹汤做得好,经常半开玩笑叫我管管她老公,让他少在外面混,回家吃饭。这时候我就故意说昨晚在酒吧街上碰到她老公,旁边有一丰腴女子好像薛宝钗。这边唐副官脸色铁青,说跳进黄河也洗不清了。

袁教头是个田径教练,黝黑、高挑、帅气,像《水浒传》里的豹子头林冲。不过他一回家就没了英雄气,喜欢洗衣服、做饭和伺候老婆大人。他还帮老婆放洗澡水,负责试一下水温,然后添加玫瑰花瓣和牛奶,据说这样可以使女人养颜。女人们夸他是楷模,拎着丈夫的耳朵要丈夫和他学。男人们也夸他是楷模,就是不愿意真的跟他学。他做得一手好菜,每回在外面吃到什么新鲜菜,就一定要回家试做。他请客的时候,我们都撑得像吞了牛的蟒蛇,歪在椅子上不愿动弹。他做的牛肉酱绝对超过"老干妈",他经常拿到办公室和其他老师换,让他们挨老婆的骂。袁教头的日子悠闲、安逸、舒适、有品位,让人羡慕嫉妒恨。他家女儿和我女儿一直是同班,也是闺密。我家女儿考试总是考不过他家女儿,让我很没面子。我买了鸡毛掸子挂在门后,对女儿说,要是下次再考不过小袁,就拿鸡毛掸揍。可这招一直不怎么管用。后来我去袁教头家做客,发现了原因所在,他家门后面挂的不是鸡毛掸子,是根手臂粗的擀面杖。

至于丁教授嘛,真的是个教授,搞水利设计研究。他最喜欢开车,喜欢把握方向盘,经常把我们带入错误的方向。不过我喜欢坐他的车,可以多烧点汽油,可以多兜点风,可以多看一会路边的风景。丁教授非常疼爱他的老婆,所有的钱、卡统统上交。有一回去郊外放风筝,我看他腕上新添了个苹果智能手表,一时兴起问他多少钱买的,丁教授一口报,两千一。我正寻思是贵是便宜,丁夫人在旁边横眉立目了,追着丁教授掐打,说:"你不是告诉我别人借你戴的吗?"丁教授的女儿很乖巧,跳皮筋、扔沙包,什么都会,还会调解父母矛盾,聚会的时候就是孩子王。我家女儿特别服她,游戏时都扮演宫女服侍娘娘,口念台词:"奴婢告退了。"

我们几家的孩子是好朋友。那时候他们年纪小,单独聚会我们又不放心,只好在旁边陪着。我们几个老爸可谓一拍即合,好吃,又喜欢天南地北地聊。我们谁家里要是有事忙不开,就把孩子放在其他人家,和在自己家一样放心。渐渐地,孩子们聚会成了由头,大人相聚才是真主题。孩子们现在上了不同的小学,正是由于家长之间的牢固友谊,这个圈子才保留下来。我们经常在一起聚餐,早先我还能整二两(啤酒),后来身体不好就不喝了,但照样醉得厉害,讲到什么事情都拍胸脯,没有问题,完全没有问

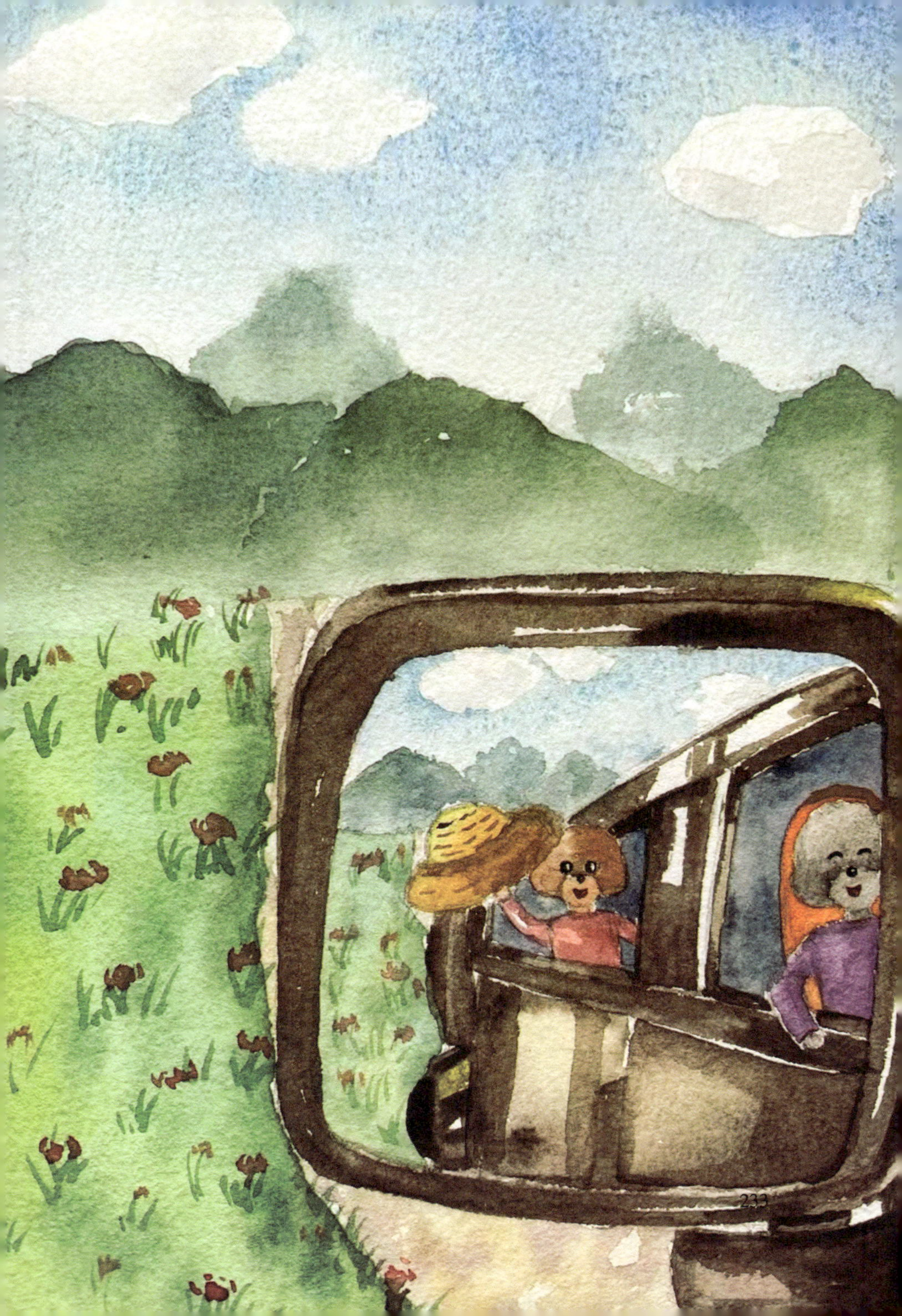

题。拍过之后又后悔,只好逼迫自己想办法完成。最怕别人说"送我一篇文章",命题作文不好写,得搜肠刮肚。袁教头酒量也不好,但酒品好,喝醉也不乱说,在沙发上歪着看电视,一会起了呼噜,电视也听不见了。丁教授水利是专长,英语更是出色,每逢半斤酒后,英语单词如泉涌,然后去卫生间抱着马桶吐,还挥手让我们走,谁都不许和他抢。唐副官平时低调,喝了酒就滔滔不绝,老是说商场的黑暗,还有人性的弱点,这时我就把孩子们支走,怕污染了少年的耳朵。赵电梯人前一本正经,喝了酒暴露了内心,提到美女就笑了,因为怕老婆打,用手盖着手机给我发美女照片。聚会到最终,就只听到老婆们的骂声。我一直感叹,本来老婆们很爱我们,酒一喝就不爱了。

赵电梯干部做久了,学会了摆谱,有一次发一张考察小岗村的照片,扎着手走路,像极了大干部,我们都赞他威武。有几次聚会,他曾有意挑战我老大的权威,在人前喊我小王,被我无情地呵斥了一番。赵电梯最大的心愿就是再添个儿子,为了巴结老婆,老是给老婆煮红枣银耳汤,放在朋友圈里嘚瑟,害得我起一身鸡皮疙瘩。他现在被调到另一个城市去做企业领导,忙碌,但不影响发微信联系,周末回来带孩子,老是和我说两地分居的痛苦和快乐,都这把年纪还为了事业这么拼,让人感动。祝他永远进步吧。

唐副官家养了两只虎皮猫,一只叫唐果,一只叫唐豆。这两只猫富贵,生在富贵人家,且不论身价,每天吃的鱼肉都得20块朝上,让我都好生羡慕。唐夫人爱猫如子,呼为老二、老三。唐副官说,自从家中养了猫,每天都有早饭吃了,从猫嘴里抢一块,非常幸福。新玉非常喜欢和猫玩,现在都会爬树了,添了许多男子气概。唐副官让我也弄只养养,我说我养不了,我这人多情,万一有一天猫丢了,绝对受不了。

丁教授和唐副官碰到一起,肯定会喝高。他俩志趣相投,都会搞工程,一天到晚为了招标的事嘀嘀咕咕。丁教授毕竟是知识分子出身,对社会阴暗面认识不足。每回唐副官喝点小酒,就在丁教授旁边耳语,听得丁教授面红耳赤,情何以堪,总是惊呼:"原来还可以这么干。"

袁教头很敬业,发挥专业优势,给几个孩子开班锻炼身体。他不收钱,还求我们,求我们早起陪孩子一起锻炼。我们又多了一次相聚的机会。但事实证明没有酒肉就是不行。我家老是迟到,但不怎么缺席。赵电梯睡眠不好,5点多就起来,只是后来读了MBA(工商管理硕士),起早贪黑去帮女同学写作业。赵夫人大冷天骑自行车送孩子过来,抱怨他平时不着家,周末也不管孩子。我就在旁边煽风点火,要她去查岗查哨,现在想起来非常后怕,万一真的揪出个狐狸精,爆发了家庭矛盾,那可如何是好?丁教授老是玩失踪,打电话去寻,波涛汹涌地说昨天晚上搞多了,隔着电话都能闻到酒糟的味道。唐副官还算积极,穿着睡衣、开着暖气充足的车把孩子送过来,招呼都懒得打,急急忙忙回去再睡个回笼觉。袁教头一声叹息,大梦谁先觉,窗外日迟迟,何苦来哉?我老婆本来还想开个英语班,又叫我开国学课,我摇摇头还是算了,弄不好会和袁教头一样的命运。

我们几家追寻小学语文课本结伴玩了不少地方。小学语文课本收录的都是经典,只除一篇文章让我们很有意见,那篇名叫《拉萨的天空》。其实我们旅游也不是正经旅游,景点扫上两眼,然后就支锅造饭,如果自己造不上,就去馆子让别人造。有一回去镇江看法海,桌上碰到一个真正的江湖人。他和我们吹了几亿的生意,吹了去拜全球最大的财神庙,吹了法海其实是个蛤蟆精变的,最后吹到怎样娶老婆。他说娶老婆不能娶色娶爱,要娶贤娶钱。我听得不对脾胃,就开玩笑说:"哎呀,我庸俗呀,当初是看到我老婆就喜欢,拎着8个盒子就去提亲了。"赵电梯也凑热闹说:"我也是庸俗,拎了12个盒子提的亲。"然后丁教授说拎了16个,唐总豪爽,说20个。江湖人拂袖而去。后来回忆这一段,觉得怪对不住他的,毕竟人家说得也没有什么大错。

今年初,袁教头的夫人和孩子远赴美国访学。袁教头很寂寞,每回参加我们拖家带口的聚会,更寂寞。酒不再多喝,因为回家也没有媳妇服侍。有一回傍晚,他慌里慌张跑到我家,说一个网名叫"容易受伤的女人"要加他为好友,反复问我能不能加。我就调侃他,反正闲着也是闲着,加又何妨。他眼睛发亮地问我,该不会是你派来考验我的吧?我哈哈大笑,说难保不是你老婆派来考验你的。袁教头正经起来,说,你分析得对,然后当着我的面按了一下"拒绝",真是一条汉子。在一起吃饭的时候,如果袁教头不在,我们就给他发各种美食的照片撩他,直到他咬牙切齿,直到他泪流满面。上周聚会他终于来了,喝高了,一头扎进我家浴缸,动情地说:"很久没放洗澡水了。"潸然落泪。从那以后,我们再也不敢调侃袁教头。

我们这群酒肉朋友就这样瞎混,混到有一天将我父亲藏的老酒都喝干了。老婆正告我,说,你们这群狐朋狗党就不能干一些高雅的事情?我确实感觉到了自己的低俗,光想着酒肉了,忘记了心中的佛祖。我们叫嚣着去看电影,去看芭蕾,临到门口,几个老爸不愿意买票,讨论决定让我去陪夫人孩子们进去熏陶,其他四个在灿烂阳光下蹲在地上打牌。我还想商榷一下,他们却振振有词地对我说:"就你文化高,你不去谁去?"我家老爷子是个老学究,一天到晚《论语》《孟子》。他只主张结交两种人——有识之士、有用之人。他也问我为什么会有这些三教九流的朋友,我告诉父亲,因为他们活得很真实,比那些装模作样的文化人要可爱得多。

我们是狐朋狗友,但我们在一起是因为志趣相投。没有任何功利色彩,我们在一起就非常快乐,虽比不上竹林七贤,但也都是性情中人。我们聊人生百态,我们唱百态人生。我们吟诗:"秋风乍起,依花自喜,江山萧瑟,心中有你。"哎哟,这好像出自丁教授的手笔。我给那几家送的书里面有一本《世说新语》。他们问我有没有白话的,看懂后都说,这还要学吗?我们就这样放肆桀骜地活着,我们努力营造快乐,努力相互温暖,努力享受生活,努力把日子过成段子。

生日那天,等了一上午,也没有等到别人的祝福。是呀,年过40了,还有几个人能记得这个日子?就在我绝望的时候,微信嗡地一响,是简单的几句话,签着四个人的名字——赵电梯、唐副官、袁教头和丁教授。我一直记得那几句话："明明高傲,扮作平庸。既已平庸,何须高傲?生日快乐,高傲的团长。"

我觉得自己老了,因为眼角已经无声无息地潮了。

窗外,一棵树孤独地红着。

人生的每一阶段都会有喜悦和悲伤,每一阶段都有每一阶段的朋友,或许我们这群人终有散去的一天,但我想我会怀念他们,怀念这段岁月,怀念我自己。我们的友谊就好比屋子里的暖气,改变不了外面的天寒地冻,但至少内里是温暖的。

唐副官约我们去他老家玩。一路上伺候得好,我一高兴给他升了"参谋长",他跨擦立正,说谢团长栽培。他希望我写一篇文章叫《印象天长》,我一下子紧张起来,这一路光记得高邮湖的鱼宴、秦栏的老鹅、老街上的鱼羹汤,还路过一个什么地方,上面写着"唐副官的店",其他也没在意,如何是好?思虑再三,决定写这篇文章,看能否搪塞过去。

朋友

年轻的时候,以为只要有了朋友就有了一切,甚至有了朋友就可以抛弃一切。那时候特别讲义气,也特别快乐。父亲老说我天真,我也希望能够一路天真下去。

中学的时候,我和刀子、猴子、铃铛被班主任戏称为"别动队"。我们经常翘外语课,结伴去图书馆门口的水泥地滑旱冰,滑累了就坐在台阶上唱许巍的歌,天高云淡,无忧无虑。铃铛是个女生,眉清目秀,喜欢穿宽宽大大的衣服,平日里的举止态度,总像个哥们。我常开玩笑地说:"将来要实在找不到老婆,我就娶铃铛。"这时铃铛就翻了眼睛用脚踹我的膝盖。刀子其实特别喜欢铃铛,而铃铛老是跟着我后面问作业。为此刀子总找个借口和我开战,口诛笔伐,还不如干一架来得痛快。猴子瞧出了端倪,说:"你们都是癞蛤蟆,铃铛喜欢的是我。"

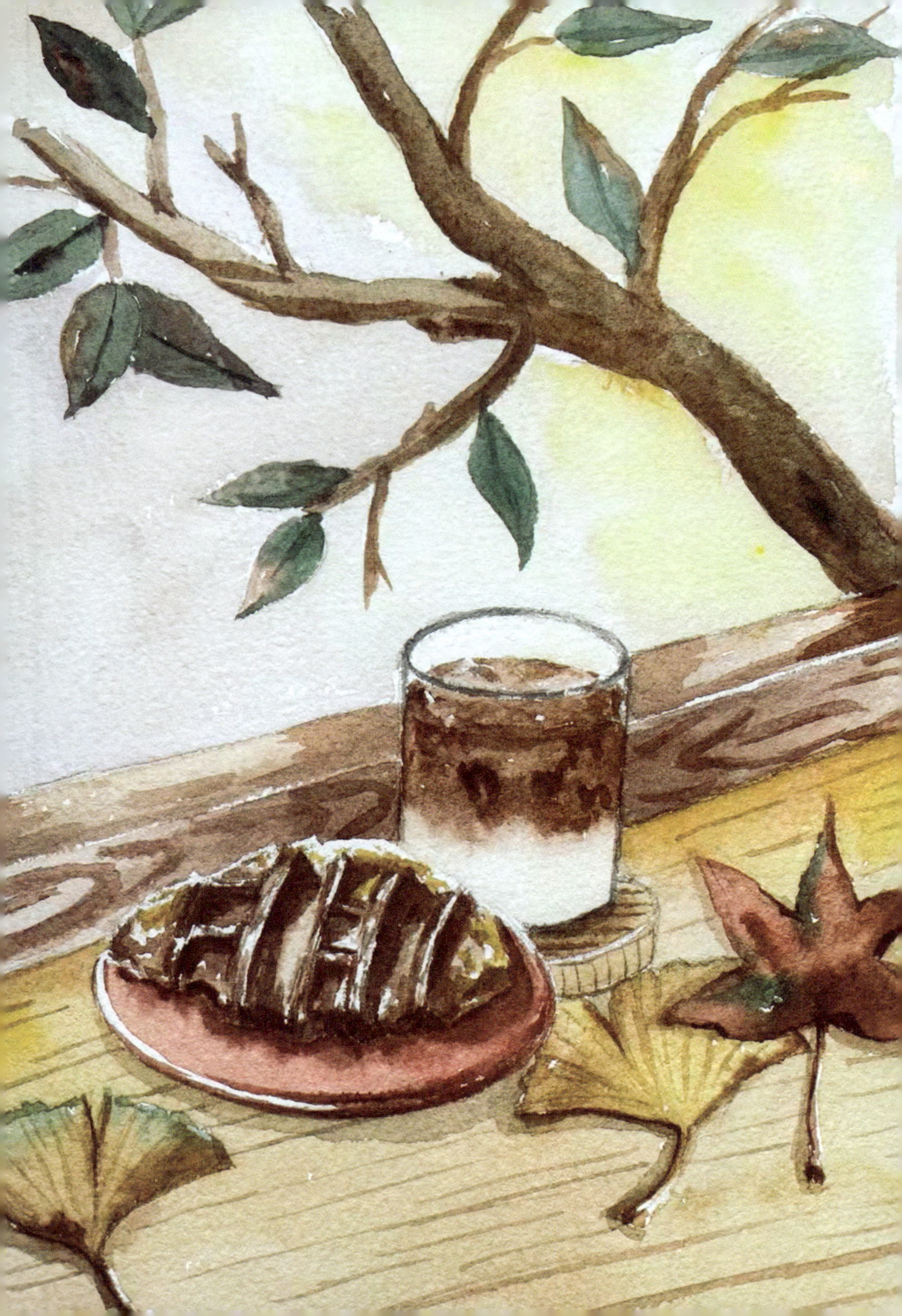

后来有一天真的打架了。刀子报告我："邻校的一个男生摸了铃铛的脸。"我想都没想就和刀子、猴子追着对方六七个人打,此役大获全胜。很长时间我都没弄明白,打这一架是为了铃铛还是为了刀子。反正从此以后就再没人敢惹我们"别动队"。

转眼上了高中,铃铛忽然变了,身段逐渐显露出来,皮肤也白了,衣服也紧身了,和一群姑娘在一起,似乎把我们全忘了。刀子贼心不死,把她自行车轮胎的气放了,又装成好人帮她修,修了365天也没修成个正果。后来我们一起上了大学,又各自上了班,我们三个男的都是光棍,经常痞子一样在铃铛家楼下吹口哨,喊她下来一起看电影,直到有一天她告诉我们,她要结婚了。

铃铛第一个离开了我们,和她老公先去了上海又去了巴黎,回来极少。我们都很心酸,异性之间的友谊比起婚姻来说是这么不靠谱。没几天猴子也去了上海,居然做了生意发达了。我和刀子都很自豪。朋友发达了,那就是自己发达了,我们甚至幻想三兄弟就像"新东方",某日会在纳斯达克上市。我们去上海找猴子,猴子的态度却一次比一次冷漠,仿佛在提醒我们,朋友的钱再多也是朋友的,和我们没有一分钱的关系。我们喝完酒把猴子一顿臭骂,骂他忘了本,忘了祖宗。后来猴子就在我们的世界中渐渐消失了。

刀子一直是我最好的朋友,我们先后结了婚又有了孩子,经常一起坐在图书馆门口的台阶上,哼许巍的歌,看孩子们成长。忽然有一天刀子下了岗,老婆又离开了他。刀子一蹶不振,满足于喝酒和钓鱼,经常黑不溜秋地蹲在鱼塘边喝一口红星二锅头。

我担心他丧失斗志,他担心我英年早逝。我劝他戒酒,他劝我减肥。我和刀子说:"一个人可以什么都没有,但不能没有梦想。"刀子和我说:"一个人可以没有梦想,但不能没有健康,活着比什么都强。"我们吵得很厉害,吵得泪流满面,这是我们人生态度的分歧,说不清楚谁对谁错。后来,我向刀子道歉,也请他吃饭,可我们的关系就好比摔碎的碗用胶粘上,大不如从前。我们都变得小心翼翼、伤痕累累。我清楚地知道,呼朋唤友的年代过去了。

　　我和妻说:"我很孤独。"妻告诉我:"其实人人都在迈向孤独,你唯一能做的就是适应它。"后来我想明白了,朋友只是每段人生的见证,最终各有归宿,怎么可能和故事中的一样,肝胆相照,常伴一生。我写了一本书,记录了我的朋友和青春。猴子忽然打了电话过来,说要买500本,可惜书已经卖完了。

　　那是一个阳光温暖的春天,我再次见到了铃铛。咖啡馆的名字叫"研磨时光",铃铛一手夹着一个孩子来赴约,时不时地撩一下鬓边的长发。铃铛问我:"当初那帮人呢?"我说:"都散了,我把他们都弄丢了。"铃铛惊诧地看着我,仿佛被什么夺走了她的宝贝。我和她说了一切,我说:"我很想你们,但是没有勇气去看你们。我就不明白了,过去一起逃课、一起打架的生死兄弟这么轻易就分开了。前途能把我们分开,距离能把我们分开,贫富能把我们分开,就连观念也能把我们分开,人世间还有没有真情?"铃铛搅着咖啡,泪珠滚了下来,突然对我说:"傻瓜,把我们分开的,是这改变一切的时光。"

　　一连很多天,我的心情都不好。妻和我说:"难过的时候就去看看天,看看风云的变化。"我发现这个办法特别有用,我经常对着天空发半天呆,那是在努力参悟人生。我很佩服妻的豁达,是一种参透人生的豁达。每当失望的时候,我就枕在妻的腿上小憩一会,回想细水长流的日子,默默地接受一切,然后起身,继续去面对近似惨淡的人生。

蒙特利尔的爱情

我和 A 君有十五年没见了。

我们是发小。

记得那年,我和妻去上海度蜜月。他穿条蓝色条纹的大裤衩,开着破烂不堪的昌河面包,带着他貌不惊人的前妻一起来车站接我们。我很快乐,享受着兄弟的情谊,车上放歌,我在他耳边放肆地轰鸣:"驾驶员同志,一路向南。"

随后的日子,他大发了,赚了很多钱,又移民温哥华,成了标准的土豪。微信上看到他零散的生活,他有把心爱的来复枪,闲暇时打猎。但最令我惊诧的是他居然出了一本书,十几万字,叫《打猎笔记》。估摸是钱挣够了,开始追求精神生活。

A 君此次回来,是探望母亲。傍晚时分,他打电话给我,要出来聊天。及至见面,他标准的华侨打扮,深色小西装,花衬衫从领口炸开,鼻梁上还架了副黑框眼镜。他掏张名片出来,上面印着"某某公司董事长",底下还有一行"某某足球队替补守门员"。我们寒暄,我说:"这么长时间不来看我。"他说:"这么长时间不来加拿大。"然后我们笑,一路乱行,遛到灯红酒绿的地方,见门楣上四个字"中隐于市"。

这里曲径通幽,装饰得极为文艺。我们坐进一个安静的酒吧,却点了两杯绿茶。A君说:"没想到合肥也有这么好的地方,这真不错,适合约会。"我笑骂他:"快50岁人了,死相不改。"说完心中忐忑,慌忙打电话给老婆,汇报行踪,承诺9点前回来。A君也一脸坏笑,说:"你也是死相不改,都老夫老妻了,还这么怕老婆。"

久别重逢,自然欢快。我说:"还记得当年我们给女孩写情书经常引用的那首诗吗?"我念:"四季可以安排得极为暗淡,如果太阳愿意。"A君摊开双手,闭着眼睛和我一起背诵:"人生可以安排得极为寂寞,如果爱情愿意。我可以永不再出现,如果你愿意。除了对你的思念,亲爱的朋友,我一无长物。然而如果你愿意,我将立刻使思念枯萎、断落。如果你愿意,我将把每一粒种子都掘起,把每一条河流都切断,让荒芜干涸都延伸到无穷远,今生今世永不再将你想起。除了,除了在有些个因落泪而湿润的夜里,如果,如果你愿意。"

我们念得慷慨激昂,念得柔情万种,念得肝肠寸断,念得自己都觉得牛叉。

邻桌几个少男少女扭头顾盼,就像两只眼的人看三只眼的人,或是三只眼的人看两只眼的人,有些惊诧,有些嘲讽,反馈出莫名其妙的笑。

茶来了,香气翻腾。他吹开浮叶,抿了一口,说加拿大的茶就是没有家乡的绵厚。我问他这些年过得如何,他说:"我离婚了,又结婚了,多添了一个孩子。"三句话,每一句都让我瞠目结舌。我想冲淡一些气氛,玩笑说:"你还是没变,还是这么真实。"他说:"我变了,早变了,心变了。"

他又问我:"老婆还是原先那位,换没有?"我说:"没有。"为了展现自己的崇高,我补充道,"我们相依为命。"他却说:"是的,穷人不要离婚,折腾不起。"我心中别扭,说:"我们小地方的人也有小地方的好处,安逸。"他嘲笑我:"兄弟你文笔一直不错,可为什么这么多年不红?因为没有生活,没有生活呀。没事到我温哥华的书房聊天,哥那有灿烂无比、波澜壮阔的生活。有时间给我写个传,我来安排出版,费用全包,包括稿费。"

我恼怒于他的张扬,把身子往后仰仰,想要和他拉开一点距离。先前相聚的快乐丧失殆尽,要不是念在同学这么多年,真想上去抽他一顿。

A君也意识到了自己的猖狂,收敛住嘴脸,端壶倒水,忽然问我:"我高中那个女同桌后来去哪了?"我说:"嫁了一个老板,和你差不多。"他似乎在追忆,说真想见她一面。当年牵了她的手,又错过了。我说:"那是她的幸运。"A君也不生气,继续回述,说:"当初那个小妞说,她之所以喜欢我,是因为我宠她。她告诉我,她妹妹有先天性心脏病,所以家里没人关注她。"我说:"你要真喜欢她,就应该宠她一辈子。"A君搓了搓手,说:"不瞒你,我做不到,真做不到,没有人敢说能爱一辈子。谁的爱情不是九死一生?"

安静了好一会。

我在思考,思考他话中的合理性。

我问他为什么离婚。他说一言难尽。手指绕着圈,有些踌躇。

我忽然注意到,墙上"画"了个怪物,头上有角,手中有烟,一个孤独的怪物。

这时酒吧里热闹起来,有人唱歌,像风在吟唱,旖旎,回环,让人怀念。

循声看去,驻唱的女子出乎我们意料,齐耳短发,一袭白衣,就是一个清水出芙蓉。A君看得出神,说这女子好看,像他现在的老婆。

我鄙视他:"又来这一套,一看漂亮女人就说像自己老婆。"

A君说:"爱信不信。我现在还清楚地记得我第一次看到她的场景。那天我的一个朋友结婚,我去摄影。我谁呀,北美摄影协会会员,哪个有身份的人不认识我?"我笑了,生意人就是生意人,碰到熟人都要打广告。他继续说:"在教堂门口,我见到她,也是白色衣裙,捧着书在树下一动不动。我举起相机拍她,鸽子从她身边路过,她始终不抬头,那份安静让我着迷。"

他动动眉毛,不忘调侃:"你也知道,当初书念得不怎么好,所以我看到美女读书就喜欢。"我说:"好像是这么回事,你对才女天生没有抵抗力。你前妻好像也是哪个市的高考状元吧?"

A君耸耸肩,貌似无所谓地说:"不要扫兴,老提我前妻。"他像喝酒一样把杯中茶一饮而尽,喉结快速翻动,咕咚咕咚。他抹下嘴巴,继续说下去:"我就这么一直看她。她从地上捡起一片火红的枫叶,用笔写上名字,放到溪水里,顺水流走。一刹那,我就有了追求她的冲动。我经常遇见她,和她搭讪,问她家里有什么人。她说她在温哥华单身,我说我在上海单身。那年我们一起回上海,喝醉了,就在一起了。"

我说:"那是,论谈恋爱,在同学当中你要说第二,没人敢称第一。"

他笑了。他说:"我是认真的,都是因为爱情。"这时候,我听到了自己的笑声。

A君问:"你知道蒙特利尔吗?"我摇摇头。他说:"那里有山,有旧城,有港湾,到处都是咖啡、报纸和枫叶,是全世界最适合结婚的地方。"然后从手机里翻照片给我看。我正纳闷这个陌生的城市与我什么瓜葛,他已经迫不及待地开讲了:"我人生最快乐的时光,就是在蒙特利尔的那一年,就是我和我现在老婆相恋的那一年。天是那么冷,我陪在她身边,陪她读书,陪她看雪,陪她钓鱼,陪她晒太阳,陪她吃饭睡觉,陪她生孩子。"

他说得很美,我差点就相信了。

A君从窗口看出去,院子里树上绑着灯,一闪一灭。青年男女在树下拥吻。A君说,那就是棵枫树,不过叶子还没有红。

我说:"你在怀念蒙特利尔?"

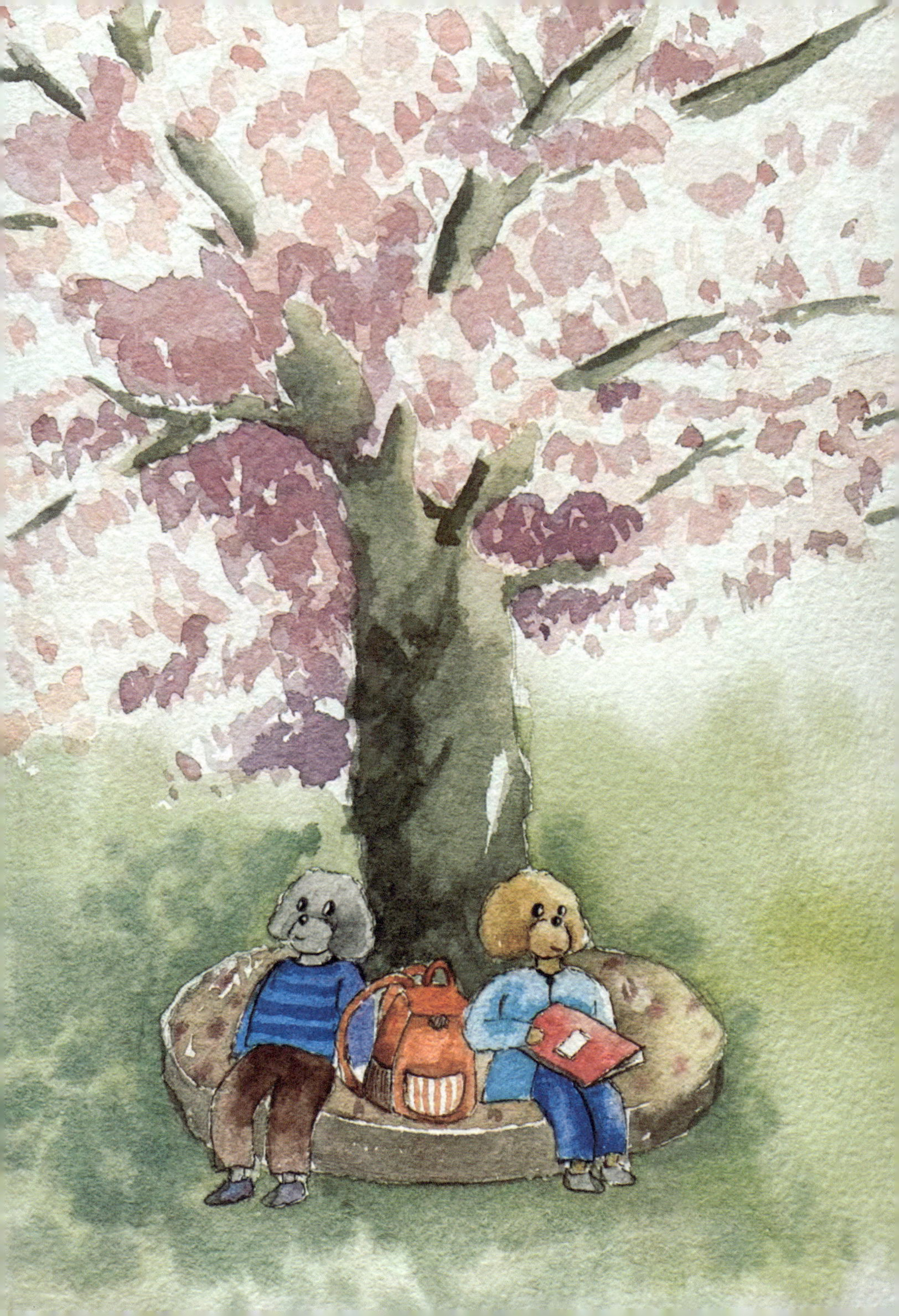

他说:"你知道这段爱情的代价吗?"

我嘲讽他:"咱不怕,咱有钱。"

A君严肃起来,说:"我和前任老婆离婚用了五年。她总觉得我会回去,她可以拯救我。那五年我都过得精疲力竭。"我说:"你当初不也对她海誓山盟吗,她可是在你最落魄的时候跟的你。"A君有些心虚,牵强解释:"现在回想起来,当初和前妻结婚应该只是感恩,不是爱情。"他的这个"应该"让我莫名诧异。

"我和前妻在一起,就是一地鸡毛,就是柴米油盐,就是折磨争吵。她不漂亮,也不打扮,更不温柔,只会蜷在我旁边打呼噜,我无法忍受这样的生活,无法忍受。"

我想说什么,但我忍住了。

"我央求我前妻,放过我吧。但离婚这件事,对孩子伤害太大了,我的大女儿经常问我,你不爱我们了吗?你不回家了吗?我简直无言以对。五年后,我净身出户,除了公司,全都给了前妻。终于离了婚,我却没有胜利感。现在再回想起来,如果重新抉择,我不知道是否还有这样的勇气。我亏欠了我的女儿。在一起的时候,我给她看弟弟的照片,告诉她:这是你的亲人,如果有一天父母都不在了,你要照顾他。女儿嘴巴上说是不管,但总盯着照片好奇地看。

"后来一切都宁静了。不知道从什么时候起,生活又变回来了,我和现在的老婆也开始柴米油盐,一地鸡毛,争吵,猜疑,扭曲,乏味。而我再也折腾不起。"

A君失去了先前的自信,嘟嘟囔囔地说:"我出来之前,老娘在看那个老电视剧《北京人在纽约》,她拿手戳我,戳我的头,说这不就是你干的事,你干的好事。"

我问:"你是否有些愧疚?"他点点头说:"好吧,好吧,我承认,我辜负了我的前妻,但我希望你不要把我当成一个坏人,至少我有人性,我有内心的挣扎。"

说到这,他似乎有些不服气,反问我:"我就不信了,这么多年,你心里只住着你老婆?"

我笑了,让 A 君很惶恐。

9 点了,我起身买单,他跟了出来,抢着用卡付了。我怪他客气,他却推推黑框眼镜,说:"钱就是个数字,很开心有个朋友能陪我来叙旧。"

A 君似乎很留恋这个花红柳绿的世界,对我说:"老了,这大概就是我们 40 岁男人的生活——晚上 9 点走在回家路上。"我笑笑,继续回家。

风有些凉,刮在脸上湿润舒爽,这是合肥最好的季节。他絮絮叨叨地说了一路,说温哥华好,又说合肥好,不知如何选择,只能游走其间。

我出其不意地问他:"你幸福吗?"

他呆住了,说:"我不知道。别人都知道我赚了钱,娶了年轻貌美的老婆。颜如玉、黄金屋,该得到的都得到了,但我又觉得一切都没什么意思,没了追求,除非,另一个黄金屋,另一个颜如玉。但我老了,人生太寂寞了,没几个能说心里话的。年轻时曾经好得穿一条裤子的朋友,现在都不怎么来往了。去年我和现在的老婆结婚,来了很多人,但很遗憾,就如歌里唱的,没有一个是当初的朋友。我才发现,人生的拥有和失去其实都是对等的。"

我情不自禁地说:"人生若只如初见。"

他问什么意思。

我没接话,只是认真告诉他:"我很幸福。虽然住小房子,吃家常饭,而且一个老婆。"

他看着我,若有所思。我仰起头,仿佛赢了人生。

我说:"祝你一直幸福下去,就像你的蒙特利尔。"

他挠了挠头,原本的骄傲已无踪迹。然后小心地和我握了握手,说珍重,转身打车去了。

灯把他的影子渐渐拉长,就像小时候的哈哈镜,搞笑但不真实。我真想对他说:"幸福有时只在坚持,对美好的坚持,仅此而已。"

但我沉默,又沉默。

我知道,每个人都有他的轨迹,我改变不了他,就像他改变不了我一样。

我起身上楼,摁亮走廊的灯,找出钥匙,开自家门,复又关上门,和半醒半梦的妻说:"我回来了。"

然后,生活。

40岁的女人

拖拖是个女人，一个女人得不能再女人的女人，漂亮，温婉，细腻，爱说话，凡是能够用来形容女人的词语都可以形容她。作为她的首席男闺密，我和她一起读书，一起玩耍，一起度过了青春。

我是个胖子，一个容易让人相信却难以爱慕的胖子。很多人很羡慕我，天天和美女打交道。只有我自己才知道自己的悲哀，男闺密，不过是为他人作嫁衣。她们和我似乎很亲密，把自己的忧伤告诉我，接受我的心灵抚慰，然后奔向下一段爱情，接受下一段打击，然后再把忧伤告诉我，仿佛我就是疗伤的机器。

拖拖就是这些女人中的典型。她可以和我一起上自习，一起看《红楼梦》，一起逛街，一起看电影或 K 歌。她明明把手架在我的肩头，却口无遮拦地告诉我她喜欢同级的一个帅哥，喜欢得一塌糊涂,喜欢得可以为他死,恨不得遇到什么状况可以美女救英雄。我告诉她,男人不会因为帅就善良,就像女人不会因为美丽就幸福一样。

拖拖很早就恋爱了,我至今还记得她第一次失恋。那天我陪她在池塘边的槐树底下坐了一个晚上,拖拖说她眼泪都要哭干了。我说,没事,这世上最痛的是想哭但哭不出来。

大学的时候,拖拖有一个高大英俊的男朋友,所以她很少来找我。我则迷上了篮球,天天运球投篮满天飞。其实我一直希望就这样平静地过下去,没有目标,没有功利,没有负担,也没有相恋和失恋。快毕业的时候,父母逼我去相亲,说胖男要积极,就像笨鸟要先飞。在相亲会上,我才发现婚恋其实是个市场,可以讨价还价,可以待价而沽。我打电话给拖拖,拖拖说要给我介绍一个纯洁善良的好姑娘。我信以为真,一直等着。

毕业那天,拖拖来了。我还在憧憬着爱情,拖拖却心不在焉,说和男友分了,说她想哭哭不出来,说爱情是世上最大的骗局,然后像个麻雀般低着头呜咽,搞不清楚是哭是笑。我拿纸巾给她,对她说:"好男人多的是,只是你视而不见。"

拖拖带我去喝咖啡。我们坐在朦胧的灯光下,听着音乐,喝着拿铁,默不作声。我一直都搞不明白,人为什么要喝咖啡,拖拖迷迷糊糊地说:"咖啡是什么味道,人生就是什么味道。"

半年后,拖拖就结了婚,随她的夫君去了 B 国。

仅仅一年,拖拖又离了婚。她每年都回来看父母,我们也见面,但连我这个男闺密都不敢再提她的婚姻。拖拖还是那么漂亮,有女人味,从 25 到 35,妖精一样青春永驻。我原本替她操心,但又觉得她身边应该有不少优秀男人围着,到嘴边的话咽了回去。

我的工作挺忙,但午休时喜欢去咖啡馆发呆。咖啡馆里经常放一首英文老歌——《当我年轻的时候》。我就一个人喝咖啡,听音乐,拼命思考着人生的意义,思考着我们注定要失去的一切——爱情、友情、青春,甚至是生命,思考着我该用怎样的态度去面对这些失去,然后再思考人生的意义,仿佛是一个解不开的循环。

在 28 岁这一年,我遇到了拉拉。拉拉是我同学的同事,在我同学的撮合下,猝不及防地出现在我的生命里。她很普通,但很温暖,很随和,我还想挑剔什么,但那同学说,配你绰绰有余。我羞愧地反省自己,和拉拉认真相处。拉拉是个好姑娘,她打动我是因为她足够单纯,她不会问我一个月挣多少钱,也不会留下一手防备我,更不会强迫我喜欢她喜欢的一切。结婚后,拉拉就是我的亲人,就是我生活中的小女人,不过分追求物质,但也喜欢柴米油盐酱醋茶。时间就这样流淌,太安静了,看不到拉拉的衰老。

每个人的生命中,不如意的事都占到八九分。我也有很多烦恼,最大的烦恼是职场的不如人意。也许是我不够优秀吧,就觉得无论怎么努力,我所期盼的职位就像驴子前面的胡萝卜,永远够不着。到了不惑之年,眼看能力、人脉都有了,结果直接被后辈拍死在沙滩上。那时候我非常绝望,拉拉抱着我睡,说:"无论怎样,我是不会轻看你的。"眼泪再控制不住地滚落,我却不敢回头,怕拉拉看见。

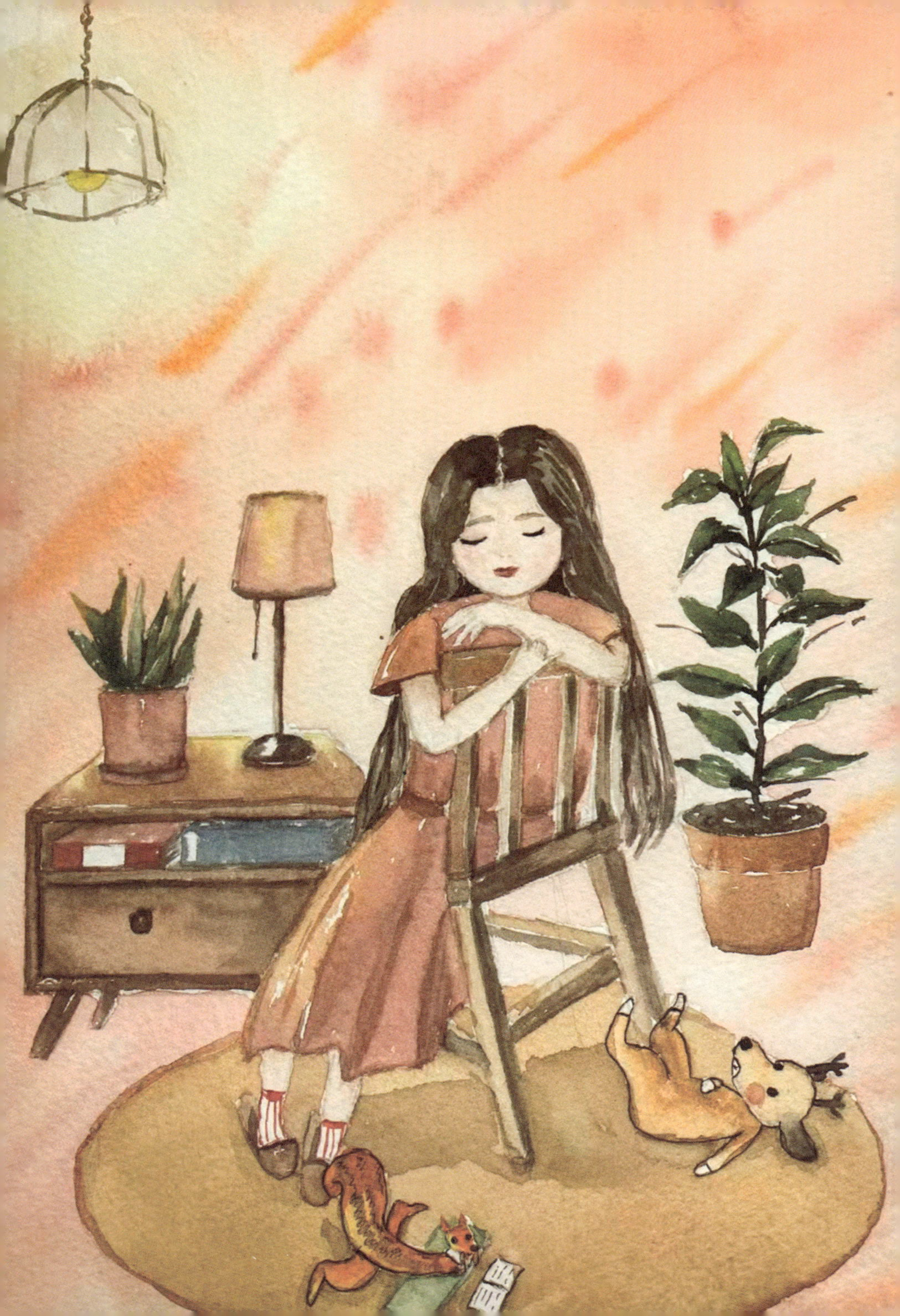

职场上压抑久了,催生了我的文章。我写作并不是因为爱好,而是需要抒怀。我读《红楼梦》,黛玉说:"人有聚就有散,聚时欢喜,到散时岂不冷清?既清冷则伤感,所以不如倒是不聚的好。"这时拖拖突然来电话,说从国外回来,约我去喝咖啡叙叙旧。我有些期待又有些害怕,还是去了。我又见到了拖拖,40岁的拖拖终于没有逃脱岁月的追杀,脸画得很白也掩不住眼角的疲惫。拖拖说了很多往事,还说读了我的文章,然后在百度上搜我的名字却没有搜到。我苦笑着说,我还没有那么出名。

拖拖说:"那时候我们是多么单纯,可以为一个人笑,也可以为一个人哭。青春再也回不去了。"我说:"还是珍惜现在吧,往后的每一天都是我们最年轻的一天。"这时拉拉来了电话,说:"今天你40岁生日,为什么不早点回来吃饭?有鳜鱼吃哟。"

告别的时候拖拖低着头,眼光逐渐丰盈起来,她似乎鼓了很大的勇气,低头告诉我:"我其实非常羡慕你,有人喊你,有人喊你回家吃饭。"这一霎我惊住了,好半天缓过神来,对她说:"谢谢你告诉我,原来还有这么人羡慕我。"

我飞快回家,回到拉拉的身旁,把她从厨房里推出来,然后煎两个鸡蛋放在她面前,说:"我不会做菜,但今天我一定让你吃我做的饭。"拉拉莫名其妙地看我,说:"鸡蛋有点焦,少煎一分钟就更好了。"我不知道她究竟说什么,是说鸡蛋还是她自己。就这样,在我40岁生日的时候,拉拉成了我身边最美丽的女人。

我们那个年代的女子其实都很可爱,拖拖和拉拉性格相迥、观念不一,但她们苦苦寻觅的都是人间的真感情。我跟很多男人说,40岁的女人最美丽。可好些好色的男人嘲笑我,净说些脸蛋身材之类的言语。可我心中清楚地知道:40岁的女人最知道疼人,40岁的女人最懂得珍惜,40岁的女人最有风韵,40岁的女人比20岁的女人更单纯。

小荷

遇到小荷,是在鼓楼对面的咖啡馆。小荷在咖啡馆里推销茶叶。她算不上漂亮,但清秀小巧,仅脸颊边依稀的雀斑残留一丝乡野气息。初次见她,就觉得有些奇怪,但又不知道哪里奇怪。仔细思量,明白是她的表情特别淡,连向顾客推销茶叶的笑容都极浅,一闪而过。经验告诉我,这些面无表情的人内心大多是汹涌澎湃。

我本点了一杯卡布,小荷又奉上一杯绿茶,说是本店新到的毛峰。我吹开浮茶,啜饮一口,问:"这不是毛峰吧?"她眼光一闪,有些尴尬,又有些胆怯,但依旧没有表情。我接着说:"但是很香,口感很好,回味也不错,不输于毛峰。"小荷释然了。我买了她半斤茶叶,打算回去让朋友尝个鲜。小荷低头,将纸币一张张细细理好,掠一下鬓边,下意识说:"谢谢你,大哥。"我反说:"谢谢你呀。"她有些惊讶,我解释说,"谢谢你没有把我叫成大叔。"她终于露出一丝笑容,非常明媚。

又一次去咖啡馆,店里无人,小荷坐在窗边发呆,看到我时招呼我坐。我问小荷:"为什么同样的茶叶,在这喝比回家喝要好喝得多?"小荷看看柜台上忙碌的老板,压低声音告诉我:"那是因为水好,我们这沏茶用的都是家乡运来的矿泉水。"我顿时觉得她烂漫起来。小荷给我讲她的家乡,灰瓦白墙的后面是山坡,山坡上满是茶树,山溪奔流而下,在屋前树下汇成河流,人们在里面淘米洗衣,夏天小孩就光屁股泡在河水里纳凉。小荷说她原本就叫小河,初中以后才被班主任改成小荷。她说她在读书,平时没事就在茶馆里打工,给客人沏茶,也卖茶叶,不过生意不太好,喝茶的人越来越少,懂茶的人就更少了。然后她指着对面坐满情侣的酒吧说:"人都去了那里。"

我离开的时候,小荷忽然追上来,把上次我买茶叶的钱塞还给我。我不收,她急问我:"我们是朋友吗?"我说:"当然是。"她说:"那就好,我从来不和朋友做生意,那半斤茶叶是我送你的,你要是喜欢,要多少,送多少。"小荷转身而去,我问:"你这茶叶究竟是什么牌子?"小荷说:"幸福牌,妈妈炒的。"

第三次见到小荷,她已然把我当成父兄。她告诉我很多秘密。她说她到这里打工,是想遇到几个人,不,一个人,能说说话,说说心里话。她指着鼓楼下面感慨:"这里有这么多人,彼此不说一句话,连招呼也不曾打一个。在我们家乡,熟人、陌生人碰面都会打招呼,然后聊上几句,我老妈连村头书记家的狗下了几个崽

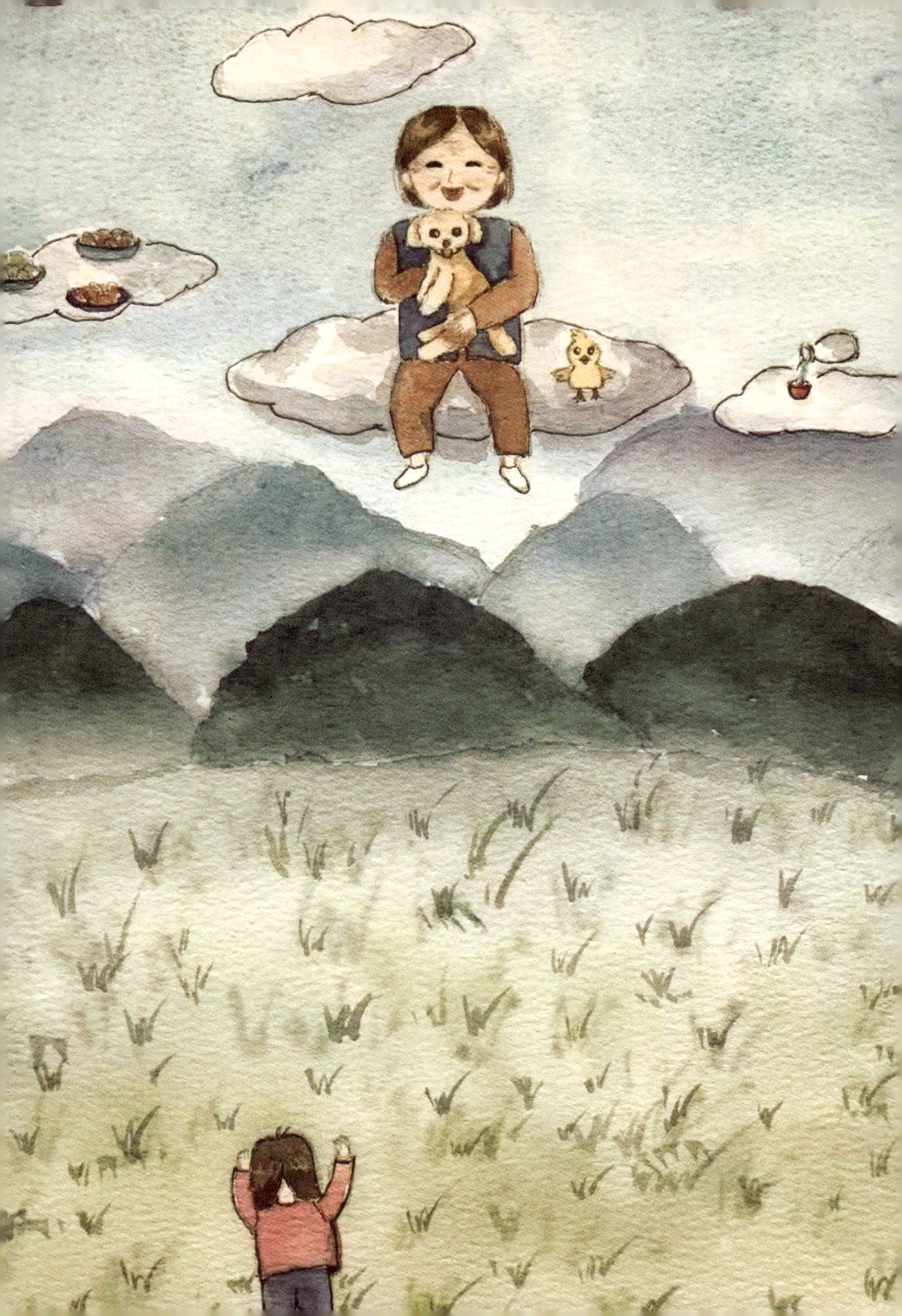

都知道。"我问她父母是不是都在种茶,小荷却沉默了一会,轻轻说:"我的爸爸妈妈在我很小的时候就分开了。"我很意外,但又觉得在意料之中,她的气质告诉我,她必然经历过大的苦痛。她说她自小和母亲一起生活,很幸福,但又觉得缺了些什么,总是希望那个曾经叫爸爸的男人能够回来。我觉得嘴边的味有些苦,她请我吃一个哈根达斯球,说冰淇淋是她对父亲最后的回忆。

出差了很长时间,回来后又去小荷打工的咖啡馆喝茶。小荷塞着耳机拖地,跟着手机唱:"我是个沉默不语的靠着车窗想念你的乘客,当107路再次经过,时间是带走青春的电车……"我拍她,把她吓了一跳,然后笑。我说:"你应该学画,画个帅小伙陪着你,再画个花边的被窝。"小荷说:"现在的帅小伙如何靠得住?"她告诉我她的初恋,那是一个染着黄发的时尚男孩,一年后他离开了,找了另外一个女孩,仅仅因为长得比她漂亮。后来又认识了一个会弹吉他、没有正当职业的小伙,刻骨铭心,但他最终和别人结婚了,因为那个女人有钱。她还想再说下去,我却不忍心再听,起身告辞。小荷的表情有那么一丝依恋,我能感觉到她的孤独。屋里屋外,人潮涌动,可我觉得,每个人都这么孤单。

小荷忽然辞了咖啡厅里的活。老板说她去了云南,临走说,反正是孤单,不如去外面走走。我对着窗户笑笑,盼望着这个妮子能够快乐起来,最好再能碰到个好人。两个月之后,小荷又回来了,拧着眉不睬人,似乎全世界的男人都不是好东西。有一天她终于和我说了话,她说她好想妈妈,好想家。她说她无数次考虑一个问题,如果当初没有离开家乡,可惜这个假设是不存在的。

她沉默了,又很疲惫,拽着头发很烦恼。我反问她:"烦恼有用吗?"她随口说:"没用。"我说:"那还烦恼什么?"她终于开怀大笑,笑出眼泪。我说:"跟着心走吧,想回去就回去。"小荷说:"是呀,回家种茶,在妈妈身边,再找个老实人嫁了。"我打趣她:"你以为老实男人很好找吗? 那可是稀缺资源。"她看着我,目光又不自信起来。

那天后,小荷真的回去了。她在电话里说:"谢谢你,让我有了回家的勇气。在妈妈身边,好幸福,你再也不用为我操心了。"她后来嫁了一个高中同学,那个同学真的是个老实人,老实得只会疼她。她经营茶园,又做起了电商,财发大了,讲话的声音都爽朗起来。我还是经常去鼓楼的咖啡馆喝茶,然后靠在沙发上小憩。日子如河流般流淌,往事渐渐淡漠,我又结识了很多朋友,有分有合,有快乐也有悲伤。

清明,新茶上市。窗户外是淅淅沥沥的雨,人们撑着伞过往,那是我生活的地方——红尘。随手在案头翻书,却是一本《庄子》,开篇写道:"泉涸,鱼相与处于陆,相呴以湿,相濡以沫,不如相忘于江湖。"

我忽然忆起那个面无表情而又内心澎湃的小荷,想象着她现在的幸福生活,咧着嘴傻笑。店主人和我打招呼,捧了纸箱过来,说是小荷寄给我的。我非常意外,打开箱看,满满的茶叶,分几个袋子装着,上面都印着两个字:"幸福"。

恬妞

忽然起了念头去看电影。海报前徘徊了半天,选了一场稍文艺的,叫《七月与安生》,说的是一对闺密的相爱相杀。由于帅哥的戏份不多,女儿看得索然无味,又由于两个女主角特别出彩,逼迫我这个大男人在电影院里抹着久违了的眼泪。

我记起了少年时的伙伴。

男人之间的情谊,古书里描写很多,《水浒传》《三国演义》,比比皆是,一腔热血,两肋插刀。近些年也有,但大多沦为同性恋小说。其实男人之间也有很多情感,比如意气相投,比如心心相印,再比如无话不说的好朋友。

记得小学开家长会的时候,父亲发言总说同学间要团结友爱,要关心关爱那些后进的学生。转眼散去,父亲悄悄给我说孟母三迁,要我别和那几个留级生在一起混,要主动向好学生靠拢。

那时候的我还没到叛逆期,就听了父亲的话。从那时起,我和恬妞形影不离。

恬妞不是个妞,是我们班的班长,因为说的吴侬软语,所以被我们喊成"恬妞"。他年少时是个细白胖子,正派斯文,就像唐僧,女孩都喜欢他。而那时的我,瘦弱如孙行者,乖张搞怪,是个女孩就烦我。我一直都想成为恬妞那样的男人,优秀、温润,有那么多人捧在手心,有那么多女生喜欢。恬妞家条件好,他又是独生子,家里经常有许多我见过没尝过的东西,比如牛奶和鱼肝油。我天天泡在恬妞家,一起做作业、下棋、听评书。恬妞的母亲经常提醒我:"到时间吃饭了,是回家吃还是在这吃?"我回答说:"在这吃。"恬妞母亲眉眼有些变化,但嘴里仍夸赞我做人实在。恬妞很高兴,他可以把不想吃的牛奶和鱼肝油悄悄喂我,后来我发胖,营养过剩,全赖恬妞给我底子打得好。

我在恬妞家的时候,父亲就很放心。但我干了许多坏事,印象最深的是我用碎碗片在他家大衣橱上划了一道印子。恬妞爸爸是上海人,最追求美观漂亮,那天他发了很大的火,我两天没敢去他家玩。恬妞母亲对我很和气,教我们手工和化学。一到"六一",我和恬妞就搭档表演化学小魔术,加点稀硫酸,晃动试管就能让水变颜色。表演后我俩嘚瑟,同学却说,这段相声好好听。

春日是我们最忙的季节,削竹子做风筝,忙得昏天黑地。我的风筝总是飞不起来,我气得跳足,恬妞帮我贴了两个尾巴,真就上去了。恬妞妈妈手巧,做了一个十节的蜈蚣风筝,上书大字:"好凭借力,送我上青云。"蜈蚣果然青云直上,飞得断了线,

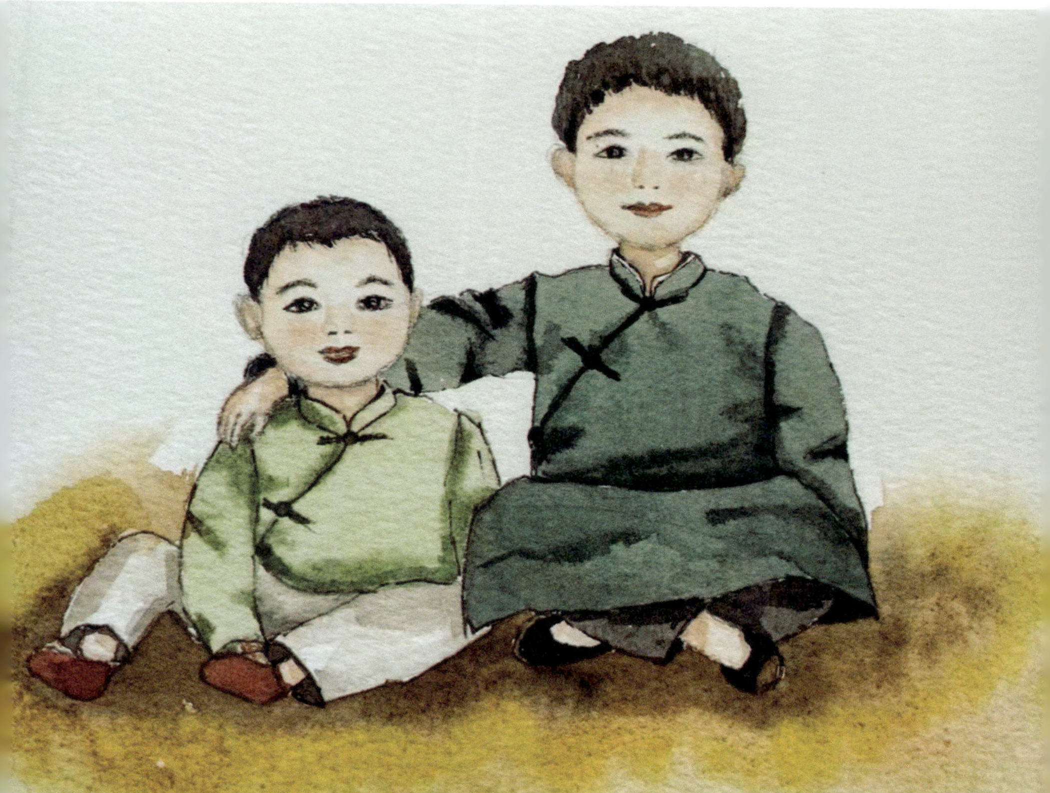

风我和恬妞去捡,翻过围墙,绕过水塘,沐浴杨柳之风,树下儿童晃着脑袋读《论语》:"暮春者,春服既成——"那时我感觉,生活就是一段神话。

恬妞家的阳台摆的都是花花草草。有一种草叫含羞草,一碰就缩。我老是爱去碰它,恬妞就会大声制止,叫我不要老是拈花惹草,花草碰多了会死的。在恬妞的教导下,后来我喜欢的女子都是羞答答的,我讨了羞答答的老婆,怜香惜玉。印象中有一日我们坐在阳台上帮恬妞妈妈剥毛豆,不知怎么就唱歌了。恬妞唱了《牡丹之歌》,邻里都伸头来看,掌声雷动,像中世纪的贵族在包厢里听歌剧。复又起了高调唱起《映山红》,那是我第一次听到男生唱的《映山红》,丝滑、婉转、轻灵。口中也想和,却发不出声音,心里满都是羡慕嫉妒恨。

在恬妞家,我们悄悄读完了从摊上租的金庸和琼瑶。虽有些懵懂,但终于知道有一种东西叫爱情。书本让我明白,事业江山一文不值,关键要找个漂亮妞。我发育比恬妞早,初一腿上便有汗毛,恬妞还是细皮嫩肉,初三才长喉结,在学校里除了老师,就靠我罩着他。我读书不够优秀,形象也自惭形秽,所以碰到漂亮而又喜欢的姑娘,只是撺掇恬妞去追。可优秀的人都矜持,都在等待着别人去追求自己。我一着急就署恬妞的名给一个女生写了一封信,此后那个女生就经常找恬妞玩,我心里也不知道啥滋味。晚上不回家的时候,我和恬妞就关起灯来密谈,品鉴一下全校的美少女。恬妞正告我目光要放远一点,不仅要讨才貌双全的老婆,更要选择宽容祥和的岳父母。他的高瞻远瞩让我现在都很钦佩。恬妞问我:"除了讨老婆,还有什么理想?"我说我想自由,哪怕浪迹天涯。恬妞说他只想平静安稳地活着。

恬妞不知道从哪听说,如果两个人一起种一棵树,就可以永远在一起。我和恬妞在屋前合种了一棵泡桐,刻上了我们的名字。中考过后,恬妞考上了重点高中,我还在子弟学校里晃荡,我们最终分开了。我一直都很遗憾,如果和恬妞这样上进的朋友在一块,起码也能上个名牌大学。可是多年以后,恬妞却向我抱怨,说在重点高中,同学最亲密的举动就是共同花钱买一本不知管不管用的习题集,哪像你们可以偷鸡打鸟,过得如此精彩。

恬妞在上海读的大学,他走的时候不知什么原因我没去送他。后面的故事很简单,他恋爱时我光棍,他结婚时我恋爱,他出国时我结婚,他离婚时我生孩子。正如父母设计的那样,大学毕业我进了一家银行从事稳定的工作,日子忙碌、平淡、一成不变,但我发现我已经习惯并满足这样的生活。我似乎永远慢上一拍,工作后才喜欢工作,结婚后才喜欢婚姻,女儿出生后才喜欢小孩。

在一个地方待久了,生活越来越简单,内心却越来越细腻。朋友笑我,皮囊下住着一颗小女子的心。我学会了唱歌,而且越唱越好。我上了舞台,舞台越来越大。我在大大的舞台上一遍又一遍唱着那首《映山红》。歌不一定要唱得专业,但我可以把它唱好听,就像人生不一定要高大上,但一定要过得甜蜜。我也学会了写作。每次写到某个熟人,他们都要和我绝交,说我歪曲了事实,也歪曲了他们。但很遗憾,是我很遗憾,他们看不到我对他们的依恋。他们乐不思蜀,甚至声色犬马,外面的世界精彩纷呈,只有我这个留守故乡的人,独自操心着他们是不是孤独。

恬妞回国了,孑然一身。

我经常想象和恬妞的重逢,各种场景,各种滋味。和他这么优秀的人相比,多多少少有些自卑,我甚至担心自己会不会变成成年后的闰土,见面喊他老爷。他又是什么样,还是那个手拿风筝的意气少年吗?我无数次去看那棵树,如今树已亭亭,有如伞盖。忽然体验,有一种情绪叫作寂寞。

大年初一,晴,利见大人。我终于见到了恬妞。我几乎认不出来他,干瘦、秃顶,架着细细的眼镜。而这时我已发胖如气球。一番寒暄后,他劝我减肥,我劝他安定。那天,我和他聊了很多,聊我们在阳台上唱歌,聊我们在附中的操场上放风筝,聊我们共同喜欢过的女生。我很小心地问他是否准备再成个家,他开玩笑说,男怕秃头女怕胖,这次回国见到过去的女神,我没头发,她发胖了,相看两厌。我说像你这样的条件,找个妙龄女子也不是难事。他说现在的年轻女孩势利得可怕,他们喜欢的都是我的钱。我还想追问下去,恬妞却不愿意继续往下谈,他说,我们都上了小说的当,书本里的爱情原来根本不存在。我忽然觉得疼,那一刹那我想起了我们的青春、我们的理想、我们曾经为之奋斗追求的一切。

和恬妞的联系断断续续。他迷上了马拉松,一天到晚日晒雨淋,奔东跑西,越来越多的男子气。他终于换了一个霸气的绰号——"大爷"。他每天不是跑马,就在赶往跑马的路上。去年我们又在家乡见了一面。我问他:"就这样一直跑下去吗?可总有一天会停下来的。"他说:"等累了再说。"他告诉我他的生活有多么滋润,我却听出了忧伤。我送他一个很漂亮的风筝。他看看我,说他已经不会放风筝了,他说他现在就是一只风筝,断了线的风筝,风雨飘摇,不知归处。

　　一冬天都暖,立春却飘起了小雪。这雪飘得浪漫,像飞絮,因风而起的飞絮。我终于收到一张来自远方又远方的贺卡,上面是一首诗:"山中何所有,岭上多白云。只可自怡悦,不堪持赠君。"我伫立窗前,看着春雪一丝一缕地飘落,细细体会着明信片里那一丝一缕的牵挂,嘴里莫名其妙哼出那首歌:"若要盼得哟红军来,岭上开遍哟映山红……"

　　而我已经渐渐习惯人生中这淡淡的喜悦,还有淡淡的忧伤。

上海女人

不记得是第几次去上海。城隍庙游人如织,买票进了豫园,方得安静。回廊里闲坐,抛些零食入池,看体态丰腴的红鲤莲间嬉戏,别有滋味。外面是红尘万丈,里面是小桥流水。这大概就是上海,有反差,有矛盾,又有包容;有爱意,有闲愁,也有一江春水向东流。

妻在小摊上逗留,香气扑面而来,分不出是俗是雅。驻足看去,才知是旧上海的香粉,盒子上画一个托腮侧卧的香艳女子,底下空白处烫四个字:"上海女人"。

我忽然回忆起我的少年时光。

我们成长的大院有很多上海女人,她们是老知青,在这里安了家,很多人一辈子都没能再回上海。上海女人给人的印象是时尚、干净和严谨。她们很会抱团,彼此见面,阿拉、侬地能聊上半天。在我们小地方的人看来，上海女人很有优越感，通常嘴如利刃，吵起架来能把人活活逼疯。但有一点我不得不服，她们非常注重子女教育。

　　小时候我最好的朋友叫恬妞，他的父母都是上海人，由于家教严，从小品学兼优。散学后，我们经常在天台玩耍，恬妞给我看他买的单筒望远镜，支上架子四处"偷窥"。每当他傻笑，我就知道他发现了美女。那是一个四月天，一个阳光妩媚的春日，恬妞笑得有点异常，几乎快要窒息。我好不容易把他抢救出来，忍不住凑头去看，镜子里框着两个美人，风乍起时，吹起一头碎发。

　　山茶和水边也都是上海人的后裔，漂亮。不仅漂亮，成绩还好；不仅成绩好，还有文艺特长；不仅有特长，还很有涵养和境界。山茶小时候就是一个粉团，很有才情，会背李商隐和姜夔的诗词，婉约细腻，刚柔并济，无论什么场合总是人们关注的中心。她是班长，把我们这帮泥猴子一样的男孩管得服服帖帖。水边身材高挑，有一双水汪汪的眼睛，和她对视，水气逼人而来。《诗经》有云，"所谓伊人，在水一方"，所以男生都叫她水边。她总是浅浅地微笑，浅浅地忧伤，有宝钗之态，又有黛玉之才，我觉得她应该住在金玉造的房子里。山茶和水边是同桌也是闺密，上课时坐在我和恬妞的前面，但我和她们一直没有什么交集，我以为，我只会在望远镜里看到她们。

　　我一直记得那个早晨。日上三竿，我在树下等恬妞一起上学。有人蒙住我的眼睛。我下意识地喊："恬妞，放手！"脑后山茶咯咯长笑，说："就知道你会喊恬妞，他有我这么香吗？"我果然闻到雪花膏的香味。自那时起,我才知道,女人的手是香的。我有些害羞,急匆匆走了,心中老是挂念着那香味。第二日,又是那个时间,又是那棵树下,又是带着女人香味的手蒙住了我的眼睛,我口中还是喊恬妞的名字。手放下时,却是水边。水边眼波流转,温柔细语:"山茶说得对,你心里只有恬妞。"

从那天起,山茶、水边、恬妞和我成了朋友。课间,男生喜欢拍画片、玩泥巴、挑冰棒棍子,而我和恬妞混入了山茶、水边的队伍,跳皮筋、悠大绳、跳格子、扔沙包、抓羊骨头、叠东南西北,疯到听不到上课铃声。如今这些玩法基本上都已失传。一到雨天,我们就挤在屋檐下的排水沟里放纸船。水边的纸船做得工整,放得优雅,仿佛每艘船都是她的一个愿望。山茶喜欢在船底写字,或一首诗,或一首歌,希望漂到有缘人的手中。恬妞精通航模,做艘木船还带螺旋桨,羡煞班上的男生。而我只会把铅笔破成两半,在尾部涂上圆珠笔油,油在水中自行扩散,推着半截铅笔没头苍蝇般乱窜。

就这样,我们共同度过了少年时代。

六年级的暑假,我们一下子长高了。脚能够到踏板的时候,我们互相扶持着学会了骑自行车。我们经常骑到赤阑桥,在桥上赏花、背诗、看夕阳。山茶总是问我们一个哲学问题:"是春天来了百花开,还是百花开了春天来?"这个问题一直困扰着我。其实每个人都有自己的小心机。我很小就知道男女有别,但为了和山茶、水边在一起,故意装作懵懂无知。恬妞是我的铁哥们,为了他我可以两肋插刀。但有时候我也会为了美女插恬妞两刀。恬妞不在的时候,我经常和水边、山茶说他的糗事,说得精彩纷呈,赛过评书。她们笑得开心异常。我一直以为她们在笑恬妞,但很久以后才明白,她们笑的其实是我。这个世界,觉得自己聪明的人才是真正的傻瓜。

山茶转学走了。我给她寄了一封信,信上写什么记不住了,只是觉得很兴奋。我给她写信是因为从来没给别人写过信,也从没收到过信。可山茶在第二封信里让我投入精力好好学习,使我断了继续写信的念头。我说给恬妞听,他开怀大笑,说:"你就是个二百五。"山茶转学之后,水边有些寂寞,每逢雨天,就在回廊上看雨。这时候就有一个拿着弯把尼龙伞的高大男人来接她,这个人就是水边的父亲。水边的追求者无数,但水边都不搭理他们,她对我说,她在等一个人,一个像她爸爸那样的男人。

水边和恬妞后来都上了重点高中,又都考上了上海的名校,和转学的山茶混到了同一个城市。

大学毕业那年,我去上海旅游。上海是如此繁华,又是如此冰冷。我去找恬妞,终于吃上了传说中的肯德基,非常满足。恬妞领着我去见山茶和水边。坐电车奔波了一整天,我们四个再次相逢。山茶和水边盛开如诗,亲切而又惊喜。我们在校园里溜达,我永远记得那幅景象:阳光洒下,水边在玩味花草,山茶在绿茵上闲坐,恬妞忙着摆弄相机,我在树下听风,谁都没有说话,一切都很美好。仔细想来,这些美好似乎和我没甚关系,但我还是忍不住把它记下来。我所记录的都是世间美好,与私情无关。广场上有人跳舞,山茶问我会不会跳舞,我说:"我从小城来,但我

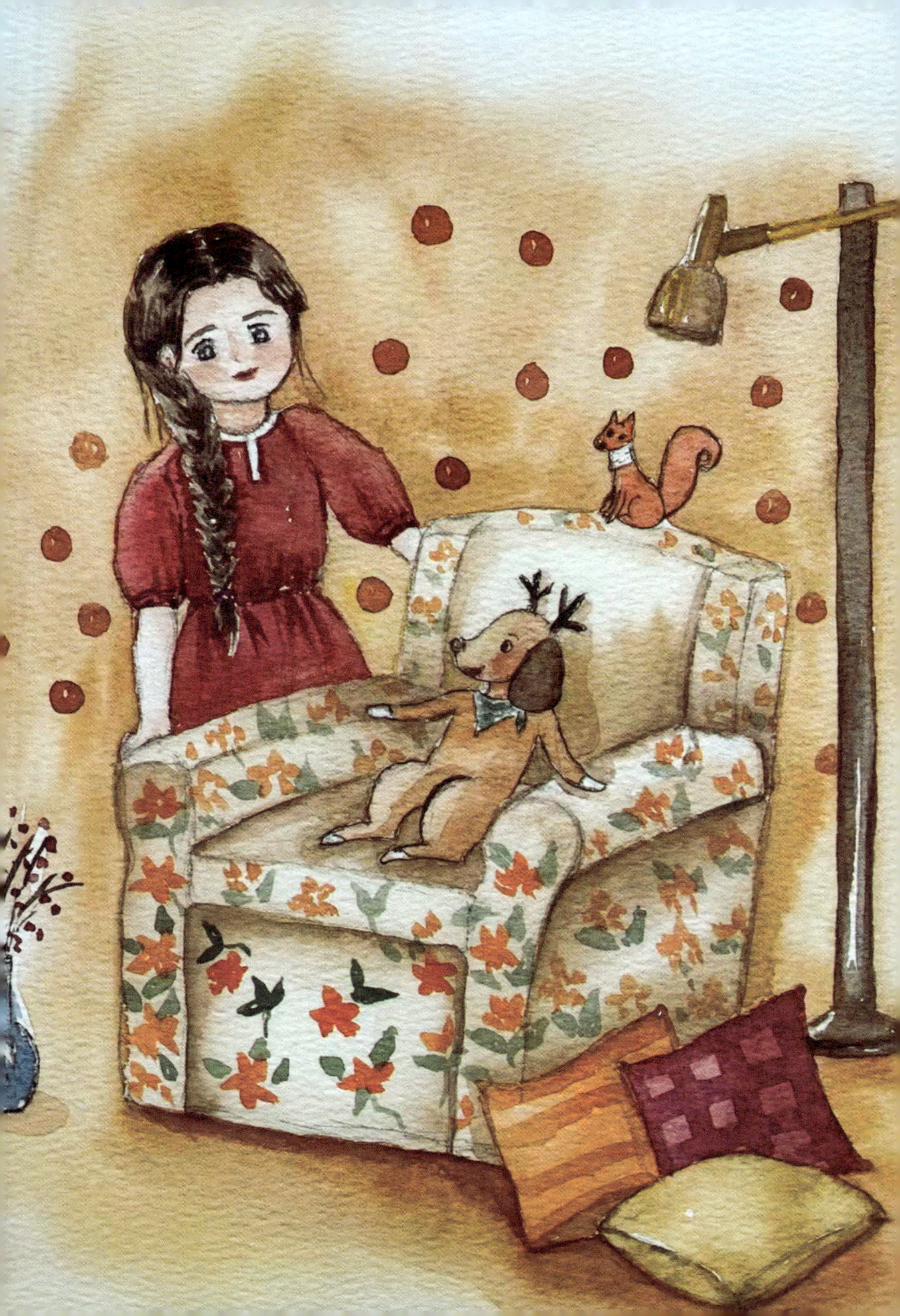

会跳华尔兹。"我挺起胸温柔地旋转,对面的女生衣袂翩翩。我有些炫耀,也有些陶醉。水边问我喜欢不喜欢上海,我说:"上海就像个女人,初见时刻薄势利,等你爱上它之后,又是柔情万种。"

那以后我很长时间没有见过山茶和水边。很多次我路过上海,但总是找不到理由去探望她们。昔别君未婚,儿女忽成行。日子就像小时候的滑梯,快。我娶妻生女,不断前行。而她们有着什么样的生活,是情路坎坷还是一帆风顺,似乎我也没有权利和义务去关心。一切都在改变,许多年轻时认为没有用的东西,后来都觉得很有用,比如钱、经验和人脉,许多年轻时拼命追求的东西,现在看来也没那么重要。我不是一个庸俗的人,但很遗憾,我只能庸俗地活着。

妻从国外访学回来,我去上海接她。恬妞给我安排了聚会,说水边和山茶都来。我在酒店里等他们,顺手翻书,才发现是姜夔的集子。姜白石的词工整、细腻,有脂粉香味。"我家曾住赤阑桥,邻里相过不寂寥。君若到时秋已半,西风门巷柳萧萧。"我终于见到了水边和山茶,她们已经成为地道的上海美女,时尚、知性、健谈。我们的相聚短暂而又快乐,诉说过去,诉说现在,诉说所有的美丽和哀愁。临分别时,淅淅沥沥下起了雨,把我们留在了屋檐下。水边忽然问我,还记得怎么叠纸船吗?我摇摇头。她拿出一张彩纸,指头一捏一捏就造出一条船,然后手把手地教会我们。我们在纸船上粘上蜡烛,放入门口的水槽,随波逐流,随风而去。

微信改变了我们的生活。我经常关注朋友圈,也知道了很多事情。山茶从事金融,后来毅然辞职,做起和出版有关的工作,兴起时,还写文字。我非常佩服山茶,她为了理想可以不顾一切,哪怕伤痕累累,哪怕前路迷茫。水边的父亲去世了。她画了一幅水粉画,烟雨蒙蒙的街头,一个背影高大的男子牵着一个小女孩,弯把子的雨伞遮住了满城风雨。那幅画看得我心都疼。

陪岳母看病,我再次去上海找到了恬妞。我打算和同学们聚聚,恬妞却说:"还是不聚的好,上次和咱们班的一个女神相见,从前的珍珠如今变成了死鱼眼睛,我那个后悔,都想一头撞死。"然后他下意识地摘下帽子,露出稀疏的头顶。而我坚持要见,因为现在的每一天都是最年轻的。

我们约了山茶和水边吃饭。犹豫再三,还是带上了妻小。饭店的名字叫麻辣诱惑,诱惑我们这些凡夫俗子光顾。恬妞已经到了,和我有一搭没一搭地聊他的生活,聊他去潜水,去玩滑翔伞。我们吃完了盘中餐,目光总是不自觉地瞥向门口。又喝了一扎啤酒,还是不见人影。钟敲了九下,我知道,有些人等不到了。

每个人都有自己的路,你不能保证恰好路过自己。

妻似乎比我还要失望,因为没有见到传说中的上海美女。她牵着我的手,陪我唏嘘感叹这用来回忆的青春,让我感到一丝温暖。

就要离开上海了。时间还充裕,我携妻去江边喝一杯咖啡。平台上依然有人跳华尔兹,男人带着女人,就像旧上海拖黄包车。我情不自禁忆起山茶和水边,花开了,记忆被往事塞满,如沐春风。我终于解开了那个困扰我多年的哲学问题。而那一刻,一切都不再真实,二十年前跳的那支舞,似乎也仅仅是我的一个臆想。写字的人是如此无奈,就像阿Q,想谁就是谁。我端起咖啡啜饮,人生苦涩惨淡,也许,我只是想和她们跳一支舞,在最美的年华里。

一杯咖啡

作者按：

这一篇我想称它为小说，"我"当然不是我。我有个朋友，他非常想和他的前任说一些话，逆流成河。而我，只能用笔把它攒成一个故事。

正文

我坐在书店的条凳上看书，阳光却透过窗照进来，有些春天的错觉。我抬起头望向镀了金边的窗户，却看到了阳光下伸展的阿肆。

那之前，我以为我这辈子都不会再遇到她。

阿肆左手挎着书篮，右手小指轻巧地勾着打领结的男孩，就像过去勾着我一样。旁边衣冠楚楚的男人应该就是传说中她的老公吧。我们惊讶地打着招呼,却又不知说些什么,只好又尴尬分开。我不知所措地从书架上摘一本书,然后竖着耳朵听她的脚步越走越远。

书里写着什么,似乎很清淡,也很精巧,掉转过来又看了下书名——《汪曾祺别集》。我想我要把它带回家,我不想再错过美好的东西。

在收银台付了款,即将走出大门那一刻,阿肆喊住我。我望向她身后,却不见男人和孩子。她说一起喝杯咖啡吧,用手拽了我一把。我真想残忍拒绝她一次,真的很想,身体却已经随她前行。

书店一侧的咖啡馆装饰很精美,卡座间用博古架和绿植隔开,人和人的距离似乎很近,似乎又很远。三三两两的过客喝着咖啡,手里又捧着书,真不知道这里赚的是书钱还是咖啡钱。

在窗边坐了下来,我们很客套,也很安静,努力装成一对普通朋友。阿肆点了一杯中杯卡布奇诺,又给我点了大杯拿铁。窗台上摆了一盆郁金香,金灿灿美丽着,纹丝不动,仿佛是将时间和空间一并凝固了。我逃避似的望向窗外,捂着杯沿的手合了又开。马路边,一对中学生穿着校服、背着书包,探头探脑在街边摊买冷饮,男生摸摸女生的头,女生把头一缩,又举着冰淇淋喂男生一口,那种甜蜜,就像当初我们的老照片。

好半天,我才问阿肆:"现在怎样?"她说:"很好,很幸福。"一句话击碎了我所有的企图。

阿肆耐心地用勺子把咖啡搅匀,我却端起来一口喝了近一半。阿肆说:"你还是和从前一样,不讲究也不挑剔。"

我放下杯子,用手抹一下嘴,说:"我早不是当初的我。我想你一定很失望,连我自己都讨厌自己,这些年我面目全非,油腻、邋遢,身上还有股味,人老的味道,每天洗两次澡都洗不去。很多人嫌弃我,而我,也好像失去了爱的能力,除了我妈,我老婆、女儿,我几乎讨厌所有的女人。"

阿肆说:"别和他们计较,那些人不知道,你有着怎样的灵魂。"

我被阿肆的话戳中,眼眶里都是水,只低头看杯子,好不容易才把它憋回去。

阿肆又说:"我喜欢喝咖啡,让人安宁。"手上的钻戒晃了我的眼,让我回到现实。

我却说:"我不喜欢喝咖啡,一杯咖啡以后,还是继续生活,什么都改变不了。"

阿肆说:"我现在倒有的是时间,不用工作,烧烧饭,接送孩子——"

我抬头仔细望她,说:"这真是天大的笑话,大小姐什么时候学会了烧饭?"

阿肆情不自禁摸了一下耳垂,说:"这么多年,我也变了很多,会烧饭,打扫卫生,收拾房子。这些都很简单,当年怎么就学不会。"

我说:"你终于遇到了改变你的人。"

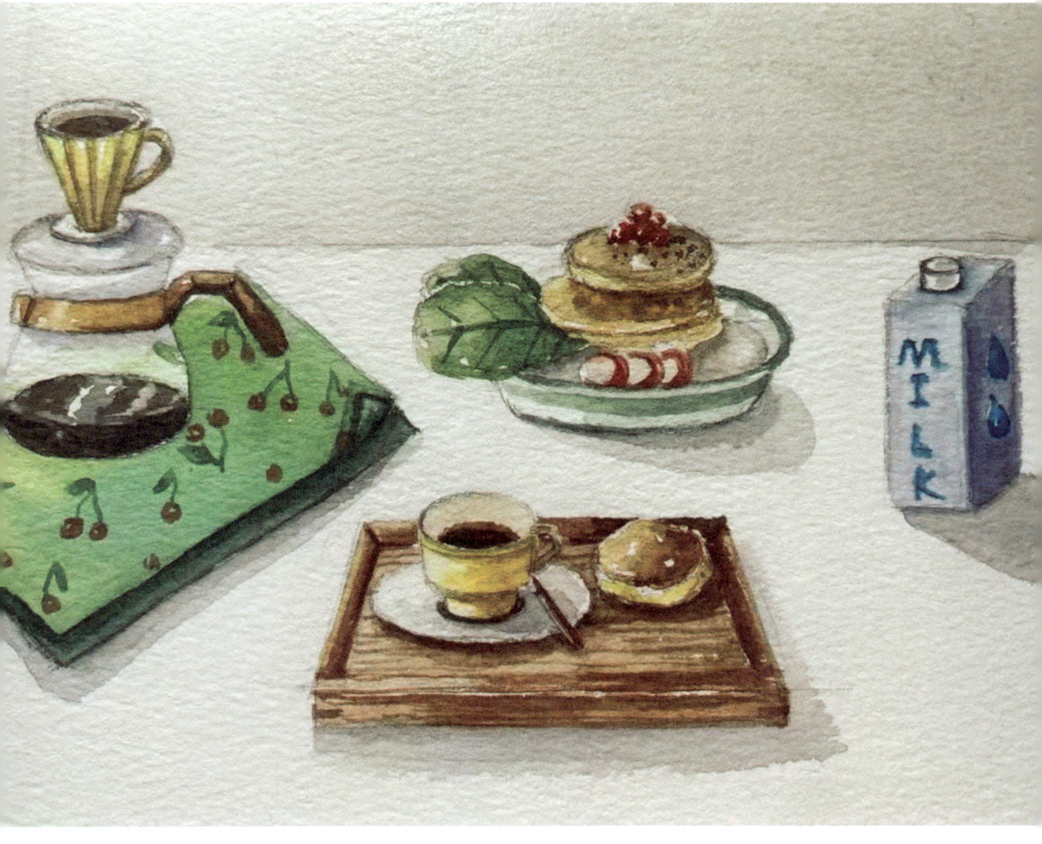
MILK

她沉默了很久,然后艰难地说:"很久以后,我才明白,感情的消磨不是因为柴米油盐,恰恰是因为不会去享受柴米油盐。"

我又随口问:"你的网名为什么叫莉莉安?"

她用手指敲敲杯壁,细如蚊蝇地说:"那是因为,我曾经等过一个人。"

我的内心早已五味杂陈,却没有勇气去问,那个人是不是我。

阿肆有些窘迫,顷刻切换了话题:"你的文章越写越好了。"

我说:"我记得你好像不是文学女青年。"

阿肆说:"那什么才是文学女青年?非要我晃着红酒杯,走到你面前,对你说,这就是生活?"

我沉默了。

阿肆终于松弛了下来,若有所思,说:"现在都忘了,当年我们是怎么在一起的。"

我说:"我记得,每天每一秒钟都记得。高一开始,我就在你家门口等你,可你见到我却很慌张,拼命往前走,仿佛后面有恶狗跟着。"

阿肆说:"那时候喜欢一个人,大概就是刻意地见,或者不见吧。"

我说:"教导主任说我跟踪女同学,让我在大喇叭里做检讨。"

阿肆笑靥如花,说:"我却记得你的检讨,你说:'阿肆同学,由于我的冲动,给你学习和生活中带来了干扰,在这里向你道歉。今后,我要努力学习,和你考同一所大学,给你写一千封信,我要和你一起虚度光阴,如果你有一点点喜欢我。'那一瞬间,我发现我确实有一点点喜欢你,就一点点,不多也不少。"

阿肆又说:"可没等到高考,你就牵了我的手。"

我说:"没有,你记错了,大学时候我们才正儿八经恋爱。我们每天都找个角落一起上自习,题做累了,你就偷偷掏手机看那些没有营养的网络小说,还在自习室里笑出声。你对我说,生活已经这么沉重了,不再想读大道理。"

阿肆说:"下完自习,我们天天去买学校门口的珍珠奶茶,天天喝,天天喝,喝得血糖高,但是,开心。"

我说:"那时候的我们多好,喝酒喝到吐,爱人爱到哭。"

阿肆偷偷抹了一下眼睛,说:"我以为你都忘了。"

阿肆完全沉浸在回忆里,咖啡一口未动,她继续说:"有一次你和耗子打架,脸都打破了,不敢去医务室,让我帮你擦紫药水。"

"你偏着脸看我,一脸都是心疼,就像姐姐对待不懂事的弟弟,对我说:'你就不能乖一点吗?''乖'字拖得很长。那时候的你,不可方物。"

阿肆突然微笑起来,就是当年的感觉,美艳难收。

她在追问:"我一直好奇,你们为什么打架?"

我说:"秘密,不能说。"

阿肆用眼光逼迫我,有些强势。我只好小声对她说:"他说他摸过你的屁股。"

阿肆把好不容易喝到嘴里的咖啡喷到裙子上,狂笑不止,说:"就耗子,还摸我屁股?"我真怕她就这么笑死过去。

好一会,阿肆止住笑,又沉重起来,说:"可后来,我们怎么就走散了?"

我说:"你的家人不喜欢我。"

她说:"不可能。"

我说:"我第一次去你家吃饭,吃到一半,你妈背过脸来看电视,你爸把酒收起来,说不早了,让我早点回家。"

阿肆说:"傻瓜,他们不是不喜欢你,而是不喜欢所有想把我抢走的男人。"

我说:"我其实能懂。我也有女儿,也到了情窦初开的年纪。我怕她不幸福,怕她爱上学渣,怕她还没有绽放就凋谢。哎,好米好面养起来,也不知道将来便宜了哪个小子。"

阿肆嘴角抽了一下,然后告诉我:"我妈让我出国读研,我跑着去问你,你却冷冰冰地对我说,祝你前程似锦。"

我说:"我能说什么? 我让你留下,你会留下吗?"

她说:"如果那天你真不让我走,也许我就真不走了。"

我咔了一下:"也许?"

阿肆说:"送我的时候,你和我说,如果三个月不联系,就意味着我们分开了。"

我说:"是呀,开始那几周,每周都电话,可三个月后,你再没有音讯。我想打电话问清楚,又没了勇气。半年后,我换了手机号码。"

阿肆忽然激动起来,泪流满面,她说:"你知道那段时间我都经历了什么吗? 我父母出国来探亲,就因为听不懂英语,莫名其妙被警察误伤,我爸没有被抢救过来。我妈很快也被查出癌症,她去世前,说你人不错,善良,会照顾人,不要错过了。我那时候拼命打电话找你,就是联系不上。"

阿肆拨了一下额头的碎发,艰难地说:"那段时间,方计海对我很殷勤,他外貌、家世都不错,我又无依无靠。两年后我们结了婚。谈一场轰轰烈烈的爱情,然后找一个对的人结婚,每个女人不都是这样吗?"

我说:"对,聪明的女人都是这样的。不过,幸运的是,这世上还有几个傻瓜。"

阿肆又说:"你总以为,我们分开是因为我父母,但其实不是。我们都是庸俗的,不会,也不可能为爱放弃一切。"

我忽然吼出来:"你怎么知道我不会?"

阿肆吓得缩起了身子,颤抖着说:"你更爱你的自尊。"

我像被子弹射穿,一下子又跌回椅子上。

盆栽的郁金香落了一片花瓣下来。花开不是为了花落,但花开总会花落。

我握紧手里的杯子,不知道为什么就哭了,抱着头,涕泪皆下。

阿肆却说:"他们说成年人的世界,一切都是刻意的,包括眼泪。"话没说完,自己抽出纸巾慌忙地擦去眼角晶莹。

她又说:"我一直在想,当初我们究竟为了什么分开,可要不是分开了,我们还是那对不知珍惜的我们。"

我抬起头,已是泪眼婆娑,只好说:"阿肆,如果当初我们把这段话说清楚,我们就不会是现在这个样子。"

杯中的拿铁怎么越喝越多,越喝越苦。

阿肆忽然转了话题,问:"我有些好奇,你夫人是什么样的。"

我说:"她和你正好相反,很平淡,也很满足。"

阿肆哦一声,似乎了解了。

她给我看手机屏幕,说:"我儿子。"

我说:"我刚才看到了,很精神。"

她又说:"他从出生起就听不见声音。"

我一下子哽住了。

阿肆停了一会,说:"人生有很多事情,远比失恋要痛苦得多。"

阿肆喝了一口咖啡,动作习惯性地优雅,又说:"我请你喝这杯咖啡,并不仅仅是重拾往事,我不想看到你颓废的样子,我想说,无论对错,爱和付出都是有意义的。"

我静静体会阿肆的话,如五雷轰顶。

沉默,还是沉默。我抬手看一下腕间的表。

阿肆敏感地问:"你要走了,有人等你?"

我把杯中的咖啡喝完,小声地嗯了一声。

阿肆说:"人和人就像两条直线,相交的那一刻就是分离的开始。也许只有远远地平行,才能真正地守望。所以……"

"所以,后会无期。"我说得痛彻心骨,又有撕裂的快感、坠落的轻松。我无数次想象过我们的结局,喜剧?悲剧?我以为已做好准备,可没想到,结局却仅仅是放下,结局也只能是放下。

我故作轻松告别,可还是哽咽了。我扶着桌子起身,蹒跚往外走,阿肆突然说:"我们都无法回头。"压抑而又无奈。我立住好几秒,又迈开腿,听到身后阿肆越来越远的声音:"但我们都必须心怀温暖地活下去。"

我不敢回头。透过玻璃门的反射,看到阿肆捂着嘴在哭。我忽然觉得我们都很可怜,可怜到连悲伤都无法从容。

只几步远,又是冰天雪地,手脚冰凉。

妻在门外等我,我没有力气,贴着她行走。妻给我搓手,说:"暖和了吧?"

我说:"非常温暖。"

妻问:"你和谁在一起?"

"一个朋友。"

妻又问:"干什么呢?"

"喝一杯咖啡。"

后记：写作的理由

王巍

女儿忽然问我，为什么写作？

这之前，我把用尽心血写的书拿给她看，她却顺手甩到了案头。

这个问题真把我难住了，我只好堂而皇之地说，是为了追寻生活和生命的价值和意义，然后不自觉地擦了一下额头的汗。

是呀，我也不知道写作究竟能有什么用。和那些赚钱的营生比起来，写作甚至算不上一门手艺。某日碰到一个画家，他对我说，我们画画都是真功夫，你们作家全是大忽悠。

我从来都算不上什么名作家，但我是一个真真正正的梦想家。回顾我这前半生，只有梦想才是不断地凋谢，又不断地充盈。

年少时，只爱读书。我读的书很杂。我学的是理工科，但天生不是那块料，见到积分符号就头痛。读《周易》倒有几分灵光，每每给人算卦,好说"利涉大川",终于赢得同学的尊重,得了"半仙"的称号。不过对我影响最大的,是金庸和钱钟书。金庸给了我一个梦:女孩子是不用追的,只要你够单纯,够天真,够侠义,无论是呆是傻还是没钱,总有绝世美女投怀送抱。这就是我大学四年没有女朋友的原因。后来读了《围城》,看到方鸿渐追求唐晓芙,终于明白喜欢一个人就要约她一起吃饭,在她面前大方潇洒,于是顺利讨了娘子。我的家,一个老婆,一个孩子,很乱,但我很喜欢。我们最感快乐的,就是各捧一本书悄无声息的陪伴。

很多人喊我"书生",我也自诩为知识分子。知识分子也有很多臭毛病,虚伪、敏感、矛盾。前人总结得很对:"百无一用是书生。"我也曾豪情万丈,但半生下来,想博个功名又没有经世致用的才华,向往田园又吃不了劳作之苦。经常是月满西楼,孤枕难眠,兴趣颇广,闲愁甚多。而读书,是唯一能让我物我两忘的事情。

书多无用,但让我后来写作有了更多的灵感。写作是需要大量的知识储备的,要想成为大家,就要跳出文学看文学,就像看山,多一个山外的立足点,对于山才能面面而观。

三十岁的时候,人生开始有了真正的痛苦。有了痛苦,便要寻找途径宣泄出来。于是,我开始写作。我的第一篇短文《聊聊石头》,写的是风烛残年的父亲。我很幸运,刚写完,拙作就登上了报纸副刊,后来一直就写了下来。我写不来"黄河如丝天际来"的壮美,只能写些心灵承载的微小情感。他们说我的文章温情,想想也是。每每写字,心里想的是河对岸吹过来的风,笑起来要人命的姑娘,鲜衣怒马的快乐,逝去却刻在脑海里的亲人,遥远却又天天"见到"的朋友,还有,第一次说"我爱你"的时候。但其实我更想表达的是青春短暂、似水流年、世事无常。写作的人必须热爱生活,但又不满意生活,而写作本身就像情人之间的吵架。我也想写人生中的义理,甚至带出禅意,但我远没有达到看破红尘或自然淡泊的境界,我只是一个不能忘情俗世的书生,忧心忡忡而又心有不甘,满怀失望而又满怀希望。

文学创作其实不需要什么门槛,作家群体也没什么正规军和野狐禅,只要你愿意,都可以写几笔。创作仅仅需要的是知识的涉猎,情感的堆积,勤奋的思考和上天赐予的灵感和天赋。我周围有一些学者朋友,他们挖空心思研究文学。但单从一个文学创作者的角度来说,我觉得文学是不能研究的,有招式就有破绽,与其理性地考量和批判,不如直观地感受它给我们带来的惊艳和感触。就像你喜欢一个美人,喜欢就好,何必把她的鼻子、耳朵放大了看。

再后来,我无意间走进了文学圈。这个圈子的人,大多个性十足,不过有的人放在脸上,有的人放在心里。进圈后最大的感触是,读书和写作是两回事,作品和作家是两回事,文学和文学圈是两回事,市场和成就是两回事。我一直觉得,宽容的文学爱好者比部分成功的作家可爱。很多作家在文学上功勋卓著,但也只限于这个领域,跳出这个领域,他也只是个凡人。

我曾经问过许多圈内人为什么写作?回答大多是两种,一种说热爱文学,一种直说是为钱。某天我偶然听到一个文人在电话里说:"讲座可以,5000块钱,少一分钱都不干。"然后又加上一句:"这是对我的尊重。"自幼在学校里长大的我,听惯了"君子固穷",听惯了"恬淡自适",这种直白让我很不适应。我也知道卖字为生的不易,但字是可以卖的,作家的情怀是不能卖的。我们不排斥功利,但也不能除了功利啥也不要。如果把挣钱摆在文学本身的前面,那文学的目的何在?酸腐气变成了酸铜气,人生的格局又何在?

再往后,我陆续发表了一些作品。我一直在追寻一个有芳草,有蝴蝶,有鱼,有螳螂,有蜗牛的梦一般的世界,后来发现它们本就遍布于生命的各个角落。这些东西非但不能让我忘情,还让我情不自已。但比起这些拼写出来的文学作品,我更加珍惜我的那些人生经历,就像不能因为花否定花骨朵,更不能因为果实而否定花骨朵。我在书房里挂了一幅字:"以自己的生命体认众生的生命,以自己的心灵去撞击众生的心灵。"以为达到什么境界,得意满满。但思来想去,这只能说是写作的目的,却非理由。

写作这条路其实很艰难,越往前走,就越敏感、越孤独、越疼痛。很多人问我,你写的都是你自己吗?我笑了,有时候,写别人其实是写自己,写自己反而化身别人。就像安徒生的《美人鱼》,那个王子不是他自己,小小的不为人知的美人鱼才是。还有他笔下的锡人士兵,身躯都融化了,只剩下一颗心。

转眼人到中年,终于明白,人生不过是一座孤城和几个过客,写作也不过是把心剖给少得可怜的几个过客看。这个年龄,动笔少了,思考多了。想到年少时读过但无法理解的先贤们,心生敬畏,他们不仅看出人生中这样和那样的不同,还能在更高层次上认识到这样和那样其实是差不多的。人若真逍遥,不仅要忘记外界,也要忘记自己。

我开始学钓鱼。

有一天偶遇一钓翁,他问,喜欢钓鱼还是鱼?

我忽然悟了。

渔夫捕鱼和独钓寒江,原本就是两回事。

一个文学创作者,享受读书和写作本身的乐趣,那就足够了。人生是需要一些境界和情怀的。即使是君子,也会低迷和沮丧,因为生活的痛苦有时会超过欢乐的程度,但只要抬头看看天,就会振作起来,就像只要读到好的文学作品,就会心生喜悦。

阳台上靠着,偶然念到丰子恺:"我眼看见儿时伴侣中的英雄好汉,一个个退缩,顺从,妥协,屈服起来,到像绵羊的地步。我自己也是如此。"不由得喟叹,人生竟是如此。

我忽然找到了写作的理由:世上哪来的逍遥,或许只有在文学这个无限接近自由的世界里,才能真正地成为我自己。